我们

骆以军

人民文学出版社

著作权合同登记号：01-2012-3051

图书在版编目(CIP)数据

我们/骆以军著.—北京：人民文学出版社，
2012
ISBN 978-7-02-009171-3

Ⅰ.①我… Ⅱ.①骆… Ⅲ.①散文集-中国-当代
②随笔-作品集-中国-当代 Ⅳ.①I267

中国版本图书馆CIP数据核字(2012)第074898号

责任编辑：王 晓
特约策划：陶媛媛
装帧设计：高静芳
插画设计：邱 珈

出版发行 人民文学出版社
社 址 北京市朝内大街166号
邮政编码 100705
网 址 http://www.rw-cn.com
印 制 山东临沂新华印刷物流集团
经 销 全国新华书店等
字 数 215千字
开 本 890×1240毫米 1/32
印 张 11.25
版 次 2012年6月北京第1版
印 次 2012年6月第1次印刷
书 号 978-7-02-009171-3
定 价 35.00元

我　　们

骆以军

我们

代序

不一样的人生

我曾做过一个这样的梦：梦中场景类似南港线捷运终点昆阳站一带之印象，空旷如假期之街景，一个铁道阡陌纵横、机关车维修、停歇、调换轨道的终点。戴着黄胶盔的工人，在柏油热浪的凹凸空气里，埋头锁着铁轨上的巨大螺丝。我记得，在梦境中，我骑着那种孩童车尺寸的捷安特越野车，车后载着我的姐夫——虽然真实世界里我并未有这么一位姐夫——他扶着我的肩，我们笑嘻嘻地任那脚踏车从出站后的一个陡坡朝下俯冲。

后来，从那个梦境醒来，我自然是怅惘极了。不只是那幅画面中的明亮无忧、我置身其中清晰可感的少年身体、那位未曾谋面的姐夫，梦中那幅画面无论朝前倒带或朝后播放都似乎是一组和我现在的人生完全颠倒、重组的人际关系。

在醒来的这个界面细细体会，愈努力召唤梦中更多细节，愈清楚明白：那不只是“做了一个梦”，这个梦境向我展演的，是一个和我现在正在经历的版本完全不一样的人生。

我记得在我从那个车站出来之前，不断地在类似“侯峒”、“菁峒”、“暖暖”这些侯孝贤电影里的、东北山区废矿的小车站间换车转车。那些小站月台，遮篷的方形木柱皆被蛀虫啃蚀中空，我脑海里浮现一句女性长辈曾给予的忠告：“你总是把一目了然的事实弄得那么复杂。”问题是我总是搭错车，发现后匆匆下车，又必须在这巨大蕨叶密覆的无人小站上旷日费时地等候反方向折回主干线的小火车。

这之前的另一幅画面，亦是在那样的某一部电影中的印象：光线暝晦的一间和式房间，人脸的廓影全在一种低抑谨慎的气氛里凑近说话。

那位在现实世界里我非常尊敬的女作家在这里变成了护士长之类的角色。在梦境中（在那个房间里），她木讷而权威地劝说我接受一旁一位沉默的医生注射一种昂贵的疫苗。我记得我在梦中饱含情感地那么想着：“即使是比这更严重之事，您说什么我都愿意相信哪。”

那样的、和我现在这个无法挽回的人生完全不一样的、另外一种人生。事情似乎变得单纯而容易解决。除了在那些车厢之间的联结踏板上摇摇晃晃地醒悟："唉，又坐错车了。"或一种窸窣的不安："时间会不会这样被耽搁了？"

所以在后来的那幅画面里，在明亮的光照下走出那个车站，骑着捷安特越野车，后座载着比我年轻的姐夫——后来我才确认，这位"梦中姐夫"，真实世界里是一位命运比我坎坷的学弟，这两年来，自我父亲中风倒下，我遇人总是唉声叹气，只有在这位学弟面前我绝对闭嘴：他除了要照顾已倒下的老父，还得看护另一位与父亲结拜之伶仃老人——为何会整个人浸晃在少年时代才有的、身体处在不知如何是好的"撒欢"之轻快？梦中姐夫在后座告诉我许多事：包括现实世界里因为细故而得罪、且似乎永远无望解除他对我的成见和憎恶的一位老师，在梦境里从事外销成衣生意（所以他对我的创作生涯没有那么大的杀伤力？），这些年赚赚赔赔，似乎也吃了不少苦头。另一位是我近日刚过世的姨丈，原来只是我们骑脚踏车经过的巨幅西部电影看板里的、油漆画上去的一个外国演员。

"原来如此。"我在梦中松了一口气。在另外的这个世界里，我不曾娶妻、生子；没有为了逃兵而将身体变得如此胖大；

那些亲手一只一只埋葬的狗们皆尚未死去；我至爱的亲人也还没开始衰老朽坏……

那些缠结的、无法挽回的、人事上的纠葛和伤害，有的尚未发生，有的以一种让我默然以对的简单形式重新组合。

另一次我曾梦见：我和一位少年时代的古典吉他老师，一同坐在夜间无人的地铁月台弹奏吉他。事实上，二十年前我一共只跟这位身怀绝技的吉他老师（他是“台湾古典吉他王子”苏昭兴的弟弟），学了两个月左右的入门课程（我记得大部分的时间里，他要我用留长修成弧形的指甲，无意识地反复弹拨琴弦，感受音质的醇度）。他是我少年时代启蒙我的最早的“艺术家”形象：怀才不遇、脾气刚烈、愤世嫉俗。有一些细节我忘记了，但我记得，当时他不知出于什么原因主动收我为徒（我和一群诅迌少年喳喳呼呼闯进他的吉他店里挑选一把便宜的民谣吉他），不收学费传艺给我。但我那时终究因性格浮躁且缺乏天分而让他失望了。后来的几次课程他几乎是在不可思议地叹气、暴怒，因我对他视为第二生命的古典吉他竟如此漫不经心而深受伤害。我不记得后来是他叫我不必再去了，还是我因愧耻而不再踏进那间教室。我的吉他技艺便只停留在最初几章的《卡尔卡多吉他教本》。

但是在那个梦里，我和那位吉他老师并肩坐在冷风飒飒的地铁月台，一人抱着一把吉他，像竞技，又像对这孤独艰难人世致敬，即兴却又赋格严谨地重奏着一些好像阿莫多瓦电影里的、高难度的西班牙舞曲。他像是在用神的手指没入黄金绸缎那样，炫耀地抡动琴弦，把魔术、梦境、女人悔恨的叹息、海浪击碎船只的暴力、斗牛士将长剑插进牛咽喉的汩汩流动声……全都密不透风、繁花错织在那个原本空洞阴暗的空间。梦中的我竟也一手绝技，忐忑地、亦步亦趋地、癫狂迷醉地让左五指右五指在琴弦两端踢踏着舞步，跟随着他，闭目、摇头晃脑、无视梦境之外真实的时间定义，以我这辈子根本无法拥有的华丽技艺，伴奏着。

那么的美好。

后来那位学弟恰巧打电话给我，我笑着告诉他："前几天还梦见了你哟，梦里你竟然成了我的姐夫。"不晓得是羞怯，或是对对方唬人本性的不信任，他沉默了一会儿，说："真的吗？我前几天也梦见了你。我梦见我和我妹被一群歹徒绑架，绑在一个房间的椅子上，那时我心里还想，我真是世上最衰的人，他们绑住我，除了让家里那两个残障老人因为无人喂药喂食换尿袋而静静死去，实在一点好处都没有吧！就在这时，一个穿着消防队员制服的胖子破门而入，比我们还紧张地救了我们。现在想想，那个胖子就是你啊。”

说来真像一个四处乱搭、许多片子同时在拍摄的片场。我们知道或不知道地，匆促换装地在不同剧情的摄影棚之间赶场串戏。不一样的人生。有时或会穿错制服，有时或许慢慢忘了不同故事之间的时差换算。我最恐惧的一幕或是，在那钻进钻出、颠倒换串的某一次，走进了整个片场的最深角落。在那无可回身的走道遇见某个故人，彼此想起了什么，黯淡地互望一眼：“不想就过了这样的、这样的一生。”

鸭嘴兽

刚开始是因为有一个早晨，我的大儿子突然从梦魇中惊醒。我与妻像上了发条的机器人，两人其实皆仍处在熟睡的梦游状态，却熟练无比、配合无间地弹起：一个扶住孩子、用肩顶着，一个拿小塑胶尿盒凑过来；一个帮着脱裤子嘘口哨把尿，另一个则把尿盒拿去厕所倒掉。然后把小孩仍放倒，所有人躺回原位，结束这一切卓别林式、在闭目中完成的机械动作。但是那天早晨，孩子撒完尿、穿好裤子躺下之后，竟然睁大了眼，无比清醒地说："我想下楼去玩。"

我知道那时可能不过才凌晨五点。淡白的天光随着一种因神经质而早起的鸟鸣声，像电影里的边境渡口，灰濛濛地贴在了我们卧房窗外。这段日子以来，我与妻都是偷孩子上床后的时间工作，通常真正就寝时已是午夜两点以后了。所以我是那么惊恐在那样光线不足的清晨便被唤醒，那意味着将要拖着那种头重脚轻、全身酸痛、仿佛宿醉的支离破碎的状态度过一整天。

于是我(在半醒半睡间)恐吓孩子:“嘘,赶快把眼睛闭起来,现在楼下有一只鸭嘴兽,正在客厅各处闻来闻去。不要被它听见我们的声音,待会它跑上来就惨了。”孩子当时确实乖乖合上眼睛(且因过于认真而眉头紧皱),我也顺利重回那甜黑乌有乡。那时我并不知道,那是一个灾难的开始。从那个早上起,我的孩子认定了,有一只(后来发展成一组、一窝,乃至一个纵队的)鸭嘴兽,侵占了我们居住的这栋房子里。准确点说,应该是有一群鸭嘴兽,它们和我们(人类)以日夜为界,不同时地共用那个空间。它们是那么知所进退,以至于总在我们到达之间,它们已经不留痕迹地撤退了。我们从来不会撞见彼此(除了作为斥候的父亲,我常得为了回复情报下楼和它们打交道),但他就是知道“它们来过”。

每天晚上,当我们在二楼睡着时,鸭嘴兽们会“呀”地把门打开,“呱呱呱”张合着它们那鸭子般的扁嘴,像穿着紧身衣、戴着防弹面罩、嘴里咬着一枝手电筒光笔的空降师突击队,一只挨着一只潜进我们家的客厅。它们在月光下玩耍着孩子睡前排列在地板上的各种塑胶恐龙，它们打开电视，开冰箱吃买二送一的 Häagen-Dazs，它们乱转烤箱，把我藏在柜子里的肉松和辣橄榄全部吃掉……孩子在睡梦中生气地大喊："鸭嘴兽，不要！不行！不可以噢！"

刚开始，我确也从这鬼影幢幢、"像躲在隔壁夹板"的鸭嘴兽们身上得到些便利：孩子挑食不吃碗里的某样食物时，我就恫吓他："还不赶快把肉圆吃掉，鸭嘴兽最爱吃这个了。"孩子摔倒准备炸堤号哭时，我亦可用"鸭嘴兽会听见"来止哭。但很快我便发现了其中饮鸩止渴的本质。我的世界塞满了各种形态的鸭嘴兽。

每天睡前，我都要胡掰数十种关于鸭嘴兽的变形故事："齐天鸭嘴兽大闹天宫"、"小木偶鸭嘴兽"、"阿里巴巴与四十鸭嘴兽"、"白雪鸭嘴兽和它的后母"……比较近乎 Discovery 频道那种洪荒远古的古生物学场景是，在某一个时期，地球上充斥着各式各样的鸭嘴兽：有暴鸭嘴兽、翼手鸭嘴兽、三犄鸭嘴兽、剑鸭嘴兽、雷鸭嘴兽、迅猛鸭嘴兽……

我有时不免悔恨伤感地想：在那个决定性的早晨，我如果没说"鸭嘴兽"那该多好呢！我可以说"独角兽"、"麒麟"或"麋鹿"，那么延展出来的童话幅员何其广阔！且比较容易找到可以附会的故事绘本。老实说，我连鸭嘴兽究竟是肉食动物还是草食动物都搞不清楚。现在的卡通，从企鹅、海獭、河马（噜噜米[①]）、豪猪到猴子，全部都有拟人化的造型玩偶。鸭嘴兽仿佛是一种不容妥协的、无法将线条修圆修钝以融入那个颜色变得可爱的、失去蛮荒野性的卡通世界。它似乎总带着一种写实性、那种大航海时代动物学者在笔记簿上用炭笔素描的棱突轮廓。

有一个晚上，孩子临睡前问我："鸭嘴兽吃不吃小贝比[②]？"那时我给了他一个模棱两可的回答。我说："也许吃吧？不过我们现在趁它肚子还不太饿，赶快睡着，等它饿了会上来（我作出嗅嗅闻闻貌）找贝比吃。"

结果那天夜里，我和妻被一阵惨厉的婴儿号哭声惊醒。两个孩子都不在床上！我冲到楼梯间，打开灯。孩子穿着睡衣，搂抱着他刚满一岁的弟弟（后者愤怒地、面容扭曲地哭着）。我不知道他哪来的力量把十二公斤重的婴孩从床上抱下来？

---

① 噜噜米，芬兰卡通人物，以可爱的造型和宁静的气息风靡北欧、日本等地。

② 小贝比，英文音译，小孩子。

他睁着黑白分明的大眼说:"鸭嘴兽要吃ㄋㄧㄥˊ咕①(我幼子的乳名),有时候它们会吃错吃到阿白②。"什么意思？我至今仍不愿往孩童的黑暗面去探究:他究竟是心血来潮想牵弟弟一起参加楼下鸭嘴兽的夜间派对、还是把弟弟当作加入它们的牲祭见面礼？

为什么我那时会脱口而出"鸭嘴兽"呢？

我记得(我想起来了)我高四那年就读的重考班,是在信义路永康街口附近一间大楼公寓的六七楼,那时,那一排骑楼根本还没有后来的金石堂、惟客尔、西雅图咖啡和麦当劳。我不确定那时鼎泰丰在不在那儿？也许有,模糊中似乎有一群老头在骑楼排队的印象。倒是巷口卖糖炒栗子和糖葫芦的摊贩似乎那时便像街景道具般摆在那儿。那时穿过新生南路的大马路,并没有大安森林公园,而是国际学舍和后面一整排老眷村。那时我总在清晨沿着整排樟树的信义路,走到我的补习班,和一群脸孔同样模糊的重考生走进那栋公寓里,搭电梯上楼。午休时,我会跑去附近一家百货公司(后来倒闭了,位

---

① ㄋㄧㄥˊ,发音近似nin。
② 阿白,指作者的大儿子。

置在今天的葡苑和松青超市那栋大楼)的文具部站着翻小说我记得我在那儿读完余光中译的《梵谷[1]传》和张爱玲的《半生缘》……

我们那个补习班的老板同时是我们的生物老师,他的课讲得非常精彩有趣,那可以说是我漫长自闭的青春期时光唯一曾打开耳朵听的一门课。我记得有一堂课(可能并不是恰好讲鸭嘴兽是唯一卵生的哺乳类但它没有乳头只有乳腺的那堂课),他突然放下课本,和我们讲起他的大儿子。他说他是个蒙古儿[2](他且非常专业地告诉我们,那是第二十一对染色体异常、多了一个所造成的),他告诉我们,一般这种唐氏症患者很少活过二十岁。他和他的妻子不断被那孩子照表操课的各种并发症弄得精疲力竭。他们也加入了义工团体,他们要和这个上帝的玩笑对抗到底。

那时我并不理解他对那么一大群十七八岁的大孩子讲这些做什么?那里面的人渣[3]们提到保险套还会吃吃窃笑呢。

---

① 梵谷,大陆通译梵高。

② 蒙古儿,唐氏综合症(Down Syndrome),又称蒙古症。

③ 关于"人渣"一词,台湾作者蔡昀臻曾如此评论:"悠游自得的人渣身份,是骆以军自诩的强项。他且希望到了五六十岁,能如赫拉巴尔一般,将痞子、流浪汉、妓女、畸零人等,都宝变为一颗颗底层的珍珠。"(《印刻文字生活杂志》2010.4)

他们听得懂那扭曲科幻下的成人生活吗？那时我只觉得一切如此遥远，遥远到好像我和那些重考生在顶楼阳台对下面人行道上的行人掸烟灰。因为实在太远，所以无论怎么掸，那些烟灰总不会真的落在他们头上。

鸭嘴兽，根据猫头鹰出版社中文版《剑桥百科全书》：学名Ornithor-hynchus Anatinus，鸭嘴兽科哺乳动物。原产澳大利亚东部。长可达七五〇公厘[①]。毛浓密呈褐色。喙宽扁似鸭，柔软。腿短，具蹼足。尾扁平，可储存脂肪。双颊各具一颊囊，可在其中用角质棱里“咀嚼”食物。雄性后腿具有有毒的“距”。栖息泥泞淡水处。食水生无脊椎动物，特别是昆虫幼虫。

顺着关系字 monotreme 找到“单孔类动物”，原来鸭嘴兽是哺乳动物中极孤单的一支产卵的（卵生）过渡物种。不论袋鼠、食蚁兽或树鼩，都比鸭嘴兽拥有枝繁叶茂的血源亲戚。

鸭嘴兽是地球上现存的庞大的哺乳类家族里，孤零零地仍用“蛋”的形式在生殖舞台上演出的，怪物。

---

① 公厘，旧时长度计量单位，1 公厘 = 1 毫米 = 0.001 米。

睡美人

S君的妻子最近生了一对双胞胎女儿。电话里谨慎地问:"都好吧?"听到他乐傻了地回答:"都好,都好。"才为他松了口气。

原来半年前(恰正是S君和他的妻子到医院探视刚分娩了第二个婴孩的妻的场合),S君忧心忡忡地告诉我,他的妻子刚做了检查,已经有了三个月的身孕,且还是双胞胎。那很好啊。但他向我解释,不过在两个月前,一位妇科医生诊断他妻子子宫里长有肌瘤,当时竟疏忽粗糙地(实在也太巧合了)未做最基本的验孕即进行药物治疗,等知道有身孕时已像对海面下的潜艇投掷深水炸弹那样,对子宫里的两枚小胚胎进行了两个月余的毒药喂食。

又是一则阴错阳差的"时差的故事"。S君像所有神经质的准父亲一样,上网查到这种名为Lupron的药物,含有相当

程度的男性荷尔蒙(或阻断体内女性荷尔蒙之分泌),在美国的案例中,有百分之七的几率会生出俗称的阴阳人。

当时面临两种选择:一是进行人工流产(一次拿掉两个女婴),一是和上帝赌一把。如果恰不幸是那百分之七——换诊的医生提出一个较令人心安的说法——即使如此,也只是阴蒂较正常女婴肥大,并不影响生物学上的性征(包括性腺荷尔蒙及内生殖器官),只要动个简单的外科切除手术即可。

后来S君选择了“好吧,就算将来有两个男孩气的女儿也挺特别的”。(我发现我身边的这些人渣朋友竟皆在初为人父母的这一关口,才细微款款地展露了他们年轻时不自知的布尔乔亚教养)结局当然是喜剧收场。

那个妇产科在中山北路国宾饭店旁一处骑楼的转角。我们把车停在一旁暗巷的地下停车场。那时我心中已浮现淡淡疑惑:S君为何会将他双胞胎女儿的诞生场地挑选在这样一处所在?日光灯跳闪的地下停车场横梁上,挂着一个吊笼又一个吊笼的白文鸟、鹦鹉、画眉、伯劳……鸟语宛然,仿佛置身山林幽谷。和这水泥垩土斑驳墙壁、充满汽车排放废气之冥暗空间何其不称?也许是守车的收费员用来测试一氧化碳、起到保护自己性命之作用?

潮湿窄小的老旧电梯里，地毯上弥散着一股意欲掩盖住霉味的除臭香水的气味。诊所在七楼，到达五楼时，电梯门打开，震耳鼓声低音贝斯和闪光舞台灯袭扑涌进。待电梯门复又合上时，我这才回过神来：这间私人产科的楼下几层全归一家 KTV 所有。

年轻时看彼得·格林纳威的电影《厨师、窃贼，他的妻子和她的情人》①，有一场戏是主人翁穿过三个不同空间（也许是餐宴大厅和厨房，与外头流浪汉翻馊水桶，孤寂冰冷的街巷），而每一个"正在穿过"的房间，所有的光度色调如此单一，其他房间不同，却可以在同一次的移动（穿过它们之间的墙）中，感受到风格迥异的三种视觉构图。不想这种"风格剧烈切换"的穿梭经验，习以为常地展演在我置身其中的这个时代，这座城市。

从妇产科走出来，后巷的酒店女郎中规中矩地穿着高衩开至大腿根的枣红亮片旗袍，在骑楼下围着一个大铁桶在烧冥纸，那些女孩多才二十出头，奇怪的是以我如今之年纪，以如此远距观之，竟似可以清楚辨看出她们浓妆艳抹的脸廓下

---

① 电影原名为 *The Cook, the Thief, His Wife and Her Lover*。

年轻孩子的质素。她们蹬着高跟鞋的腿肚，微抬蹭搓着另一边丝袜下的腿侧，下意识地闪躲火焰翻起的黑灰。或许是“下班后”，不带色情意味地打着呵欠。

多年前我曾在山中宿舍或校园的空教室里，寂静孑然地抄写川端《睡美人》那邪丽耽美的少女身体细描。在那样单调枯索的空间，朝一个繁花簇放的颓靡世界栽跌进去。时间静止的夜，哀伤的老人无比眷爱地，抚摸着身畔吃了安眠药而陷入深沉睡梦的陪宿少女。那又是一则超出自己感性际遇，以临帖演练“不可能发生在己身”的情色摹拟，心中却像抄写心经一样明亮剔透……

如今，那些女孩便在咫尺身旁，我隔着巷道经过她们，但所有的景框全都上下左右里外远近地错位移动。我一手牵着妻，一手牵着孩子，像一个中产家庭的父亲那样遥远而新奇地瞪着她们，我不可能在这么挤迫而充满不同元素的换场方式中，醺醉迷离地解去与她们少女身躯不相符的酒家女制服，以暮年的色情品味去体会，其中一个姑娘熟睡时正梦见童年的某一段干巴巴的时光呢。

公车

很多年前，我可曾想象过，有朝一日我会与这一大群衣着光鲜面色疲惫不已的人们，如此挨近（甚至脸凑着脸）地待在一个金属密闭空间里，在城市的上空快速飞行？我们（我与他们）是如此陌生不相识，却一同任由着这快速移动的金属载体，摇晃摆弄着我们的身体。某些幽微部位的款款摆动，譬如颈部的轻微晃动、腰部的某种韵律力道的拉扯、大腿内侧那些赘肉类似罐装液态饮料的摇晃，或是足踝轻抵以卸去那较大力冲撞时的酥麻感——我们在同一时刻同一空间里，细细地共用着这种身体私密的运动。多像灯暗后啜泣着让人温柔抚弄翻动你被动的身体。

虽然我与他们，是面无表情（甚至彼此憎恶）地坐在日光灯敞亮的光里。

他们之中有些人完全无视于这种我与他们“恍如性爱般”

的共同摆动，惫懒而专注地翻着晚报最内里那一角落，密密麻麻的股票名称和变动的价格数字；有些女人则垂头闭目，不抗拒但也看不出有任何享受之欢愉地参与那神秘的摇晃（她是睡着了吗？还是羞怯习惯使然，总要在全然的黑暗中才敢释放身体出来接受那拘谨又放浪的扭动）；当然还有些穿着制服的青涩女中学生，我总怀疑她们是基于某种年轻女孩间的闭俗观念，某种那年龄才有的同侪间互相监视的压力，使她们假装无视这种集体放纵的行为，故意围成一圈叽叽喳喳地没话找话，破坏那光亮里神秘摇晃的，需要沉默才能领会的细微快乐……

仔细观察的话，你会发现，她们之中的那一两个，后耳泛着蔷薇花瓣的晕红。

很多年以前，我可曾想象过，有朝一日，我会这样，不引人注意地，像一个体面、安静的男人，侧身于这些高级名牌、昂价材质的裙裾覆盖的、发出酸味的优雅的小腿；这些撑了一整天而开始晕乎开来的、颜色艳丽的彩妆之脸；那些被掏空的灵魂；那些笔挺衣装下面像猿猴般直立着的白濛濛的身体（胯下且呆愣愣地垂着一具不知如何摆设的阴囊）……

那是许多年前的事了，我记得那次是同伙中一个叫蔡头的，为了一个复兴高中的马子①，和人家同班的男生约好“决斗”。我们五六个家伙穿着制服拖枪曳棒(我们从纠察队那里干来了四五根画了斑马纹的长木棍)，长途漫漫到台北车站转公车二一八到新北投。我记得那辆破旧拼装车一路颠荡，西晒的金黄日照把车厢后仅剩的这六个青少年烤得垂头丧气，后来我们在终点站前两站，叫“慈航寺”的一处荒郊下了车。那时已距蔡头和人家约定决斗的时辰迟了近两个钟头。暴戾之气云消雾散，几个人找了一间小冰店，分吃一盘剉冰。

另一次是(也是高中时的事了)，我在永和上车，过了几站，上来了一个景美的马子。我也说不清楚那么多年前的那个早晨究竟发生了什么事，你可以说我被她“煞到了”。我坐在后排的座位，满脸羞红地看着她一手抓着吊环一边拿着小册子背英文单词那美丽的侧脸……

后来我迷迷糊糊跟她下了车(在我不该下车的地方)，躲在人群后面跟她一同排队，然后搭上一辆不知道要开去哪儿的另一路公车。这么多年过去，我已记不清楚自己那样的举

---

① 朋友尤其青年调侃、伙计嬉戏、江湖黑话等的口语，指一个人的女朋友。

动背后牵扯到怎样程度的色情创意？我会像所有那些讨厌鬼一样，结结巴巴地趋前向她搭讪吗？奇怪的是，记忆残存下来的，竟似是聊斋般的，对一个早熟少年的色欲之规训和惩罚……

我记得我不断地跟着那女孩下车、排队、再上车。愈来愈陌生的街景和公车号码终于使我彻底迷失了所在的方位……

到了某一站——那之后发生的事成为我日后所知所谓"女体剧场"的最恐怖景观——突然全车其他的乘客悉数下光，上来了一整车厢和那女孩穿相同嫩黄制服的同校女学生。她们环肥燕瘦，叽叽喳喳，很快地，便把我和那位意中人冲散：我再也无法从那一整车同样颜色的衣装里，找到那张本来就极模糊的脸。整辆公车只剩我一个男生（还有司机）。我在那些汗涔涔、臭烘烘的少女身躯里被推来挤去，差一点没屈辱地抽答答哭起来……但我只是力持镇定，让身边那些摇晃波动、像犹太人女集中营里塞挤拌和在一块的胳膊膝盖肩膀或胸脯们，不要注意到我的存在。

那是许多年前的事了，也许我只是不幸地闯入了一车要赶去参加运动会啦啦队之类的女校学生阵中。

情书

近来翻开报纸，总赫然惊见自己的名字以头条出现在国际版，且皆伴随着一串令人发指之血腥罪行："以军屠杀巴人"、"以军炮击伯利恒圣婴教堂"、"联合国促调查以军在叶宁①屠杀难民营罪行"……

心里总幽幽地浮上这样的疑惑：那些多年前因为某些不可抗拒原因而决裂的朋友；那些因为阴错阳差的巧合而误解我、憎恨我的仇敌；还有内心早就对我的人格阴暗面抱持着怀疑的上司；那些身世曾被我窃取扭曲至小说中而耿耿于怀的亲族……这许多冤亲债主怨灵们，会不会在每日无意识翻阅报纸的过程中，被隐秘地开启那原先暧昧模棱的不愉快回忆？

"果然没错！当初我就怀疑那家伙是个包藏祸心的冷血

---

① Jenin，以色列城市。

动物……”

“看吧，受害的不止是我……”

即使其中一些理性主义者立刻停止那一晃而过的字符重叠，总也会悻悻然地撂下一句：“那也必然是世界以一种隐晦的形式，要告诉我们一些什么，一些讯息、征兆，或是警告。”

事实上不止他们，连我亦被这样的新闻错接着“世界和我之间的关联”这一类神秘主义之想象。

报载美国《国家地理杂志》的记者们几经查访，终于找到了那个十年前震动全球的封面人物“阿富汗少女”——当然，她再次露面的那张脸孔，已因战火流离，沧桑得与原来那张美丽如惊鹿的少女脸廓难以关联了：那张脸变得严峻而残忍，原本绿宝石般深湛慑人的眼瞳，也黯淡灰澹……

我想所有曾在年轻时因不解世事而伤害过某个美丽少女的男人，看了这则新闻，心底必然皆抽动了一下，然后努力追想，那张脸……啊（想起来了）……那张脸如今不知变成什么模样？

我年轻时看过一部法国片叫《编织的女孩》，我记得最后一幕是那个负心的男孩许多年后来到疯人院，躲在窗外看那个被他毁掉的纯美女孩，目光呆滞地坐着打毛线。男孩为自己多年前无法挽回的罪恶蹲在窗台下啮指哭泣。我记得当时我身边的那些哥们,带他们的马子去看了这部电影,散场后这些女人全抽着鼻子说:“反正有一天你到精神病院来看我,我就是那个样子。”后来有另一部电影叫《法国中尉的女人》,那更是噩梦!那个像雾翳般的女人竟然怀了他的孩子却不让他知道,还虚构了一个妈的根本不存在的前情人来逼他遗弃她……

很多年前,当我还是学生的时候,有一段时间,每隔几天,我的系院信箱里会出现一个陌生女孩的情书。

我不知道一般人收到的情书该是何种形式?但我印象里,那些信件常让我拆读后站在信箱柜前迷惘不已。那像是把她每日的日记簿隔几天便撕下寄给我,那些纸,流水账般地记下她生活里和谁吵架或是今天该去补习班结果却跷课没去这一类琐事。在我记忆里,较戏剧性的是,有一次她提到她的一位“梅师”(她信里充满了这些人物代号)流产了,她非常沮丧,因为她想起了当初“梅师”出嫁时,她跑去闹新房,一屁股坐上“梅师”的新床,后来人家告诉她不能坐新娘子的床喔,如今想来,“梅师”的流产,可能就是她害的(她犯了禁忌)……

你可以想象,在我那个血气方刚的年纪,每隔一段时日就得收到一封这样内容的情书,内心是多晦暗了。她从来没在信中提及她为何要寄情书给我，“为何挑中了我?”我从来不曾看见自己被描述，全是她那些灰扑扑且巨细靡遗的小细节……

我也尝试在信箱放一封“给××(那是她每封信尾署名的昵称)的信”，我劝她别再写情书给我了，我告诉她我是个人兽恋者，不值得她对我用情。那封信被取走，但她仍像没事一样，隔三两天便放一封“日记”在信箱。于是我又写了一封信，用更怪诞的方式描述我自己：我花了极大篇幅告诉她一个性滥交症者的内心世界。但她仍未被我吓到，回信的风格完全不受影响，似乎陷入一种意志的对抗，也正是我后来走向“用变态风格描述自己的私小说”这条不归路的开始……

后来我再也忍不住了，我躲在那个系院信箱柜挑空的楼上走廊，守株待兔窥看着去经信箱的可疑女子。蹲了一整天，终于被我等到：那是个面容苍白、不特别美也不特别丑的瘦削女孩。我一个箭步冲下楼，涨红了脸，粗声嘎气地对她说：

“不准再写那些鸡鸡歪歪的信给我了，再写我就揍你哦!”

许多年过去，我想到这个女孩，内心总是为自己悲哀，那是何其辉煌而又不配拥有的一种情感哪。这一生再也不会有人用这种方式爱我了：她完全对我一无所知，却固执地、坚贞地、从不变心地爱了我那么久。

春梦

午睡，梦中似在一旅店客房大书桌伏案写稿。那房间的明亮宽敞，是我从不曾到过、见识过和进去过的。印象所及，或仅是曾在前一阵公视①播出的大陆拍摄钱锺书原著小说《围城》之影集，饰演方鸿渐的男角，拜访他有意攀结以打入上海上流社会的女人家，那种从花园、白铁镂花扶手楼梯、有胡桃木窗台的外推式的玻璃窗、白纱窗帘、仿欧式的改良古董酸枝写字台……乃至穿蓝布衣裤扎辫的利落女佣，处处细节皆呈现殖民地高级华人买办家，那种光影错落，既夸耀对模仿洋人讲究处的用心，又得不经意地露两下传统世家的旧底（所以书桌旁的钧窑大花皿故作轻漫零乱地插放了几管轴卷收起的某某或某某某的字画）。

---

① 台湾公共电视，台湾地区唯一的非商业无线电视台。

我坐在那张酸枝南方官帽椅上，与整个梦境场景十分不搭地用原子笔在A4影印纸上沙沙沙地赶稿。一旁的麒麟足趾四脚罗汉床沿上，坐着一个睡眼惺忪的女子，我当下即明白：啊，我这是借宿在别人家，这个女人就是这整幢屋子的主人。这幢屋子藉由它繁复的空间细节，隐喻着女主人背后的优渥家世和教养。

女人坐在床沿，毫不防备地悬晃着脚（等着看我写出的稿子?）。如此从容。我心里哀伤地感受自己和女人，以及这屋里一切昂贵的摆设，那巨大的身世差距。我终其一生也不可能“真正地”走进那样的画框里了。因为开着窗，空气中弥散着一种庭院树木如此贴近、以肉眼可见的速度舒卷旋转的草叶芬芳。我心里想：“我们这是在独处吧?”

下一个画面：我转过身，捧起女人的脸，诧异地，可以清晰感受那干燥唇瓣裂口之物质性地，接起吻来。女人像游戏又像怕激怒我那样地，一边和我衔接着唇舌咂吮着，一边瞪大了眼观察着我。我心里想：“历史又重演了。”这又是个别人的女人。但很快我就知道那绝非历史重演。我和女人，皆已失去年轻初次偷情时那种被不能理解的悖德图景压得喘不过气来的战栗和销魂，有些根本性的东西松垮散溃掉了，当那激烈近乎死的黑暗蕊心不存在时，我感觉我们只是互相在对方的嘴唇四周涂口水。

女人想起什么似的推开我，说："他就要回来了。"那时我真想回到我从书桌前转过身、捧起她的脸吮吻之前的画面。我和这幢房子陷入了一种本来可以避免的复杂关系，所有的家具都拉长了阴影。

梦醒后我暗中忖度：那置身（像课堂教材的幻灯片投影）于一幢遥远时光以前的华屋里，和一位高贵教养的女主人凌乱且草率的偷情时刻，依然挥之不去、笼罩而下的巨大哀愁是什么？

许多年前，我与年轻的妻以背包旅行的方式散游苏州。有一个晚上，我们发现旅游书上赫赫有名的"网师园"，竟就在我们投宿的破旧旅栈隔街，遂短裤拖鞋前往。如今那夜市如昼的画面里许多细节早已遗忘，依稀记得入园前一条石板小径，两旁的摊贩，像煞京都近郊稻荷神社走入鸟居隧道前的两侧摊位，那儿的摊位全都大大小小摆满了襟前一团白毛的狐狸绒毛布偶。只不过网师园的"表参道"两侧，全以货郎架挂着骗老外观光客的国剧脸谱，还有大红翠绿颜色强烈到令人脸颊抽搐的各式中国棉袄。

我们混在一群老外观光团里，跟着解说员，按着游园路线穿廊绕室（像小时候在植物园历史博物馆二楼参观那似乎永远不会改变的北京人蜡像展隧道），在迷宫般的楼阁园林间徘徊，廊柱上挂着一盏一盏垂苏电灯泡宫灯，款彩泥金斑驳的黑漆八折大屏风，忽而室外、忽而室内……突然闯进一处“后花园”：那原先应该是小姐闺房的厢厅，有两个浓妆艳抹的姑娘在里头嘻哈打闹，她们非常滑稽地头上戴着网套，插满珠花与步摇，上身穿着桃红短袄，下身则穿着练功的运动长裤。在那些云石案桌、东腰带托泥圈椅之间，一架电扇拖了老长电线左右摇头吹着风。

待解说员要那群老外和我们在花园排放的塑胶椅上坐好，那一对姐妹花已换上婀娜的软绉绸长百褶裙，款款走上廊前平台上铺的一块红毯，以无比敬业的打工精神（像北京人蜡像馆里每五分钟就表演钻木取火的野人面前的柴堆，即会打亮代表火焰的闪光灯），翘着莲指，轻启朱唇：

“……原来姹紫嫣红开遍，似这般都付予断井颓垣。良辰美景奈何天，赏心乐事谁家院……”

那滑稽轻率的做作之中，有一个似乎曾经无比华丽照眼的全幅图景，以断肢残骸、无线索可寻的形式藏匿着。那被断阻无从拼回原貌的四不像后裔让我在老外吆喝鼓掌（他们其中或有人极卖弄曾在北京老舍茶馆的热闹京戏歇间爆声鼓掌："好！"）的夜间园林里痛哭流涕。

不伦像处理尸体一样

有许多年了，我不断在报上读着她的专栏。她总是像品评那些昂贵生鱼片料理或顶级红酒，那样地，唇齿留香地谈论着中年男女的不伦情事，但是请恕我直言冒犯，读这些文章的时候，总让我打从心底，像一个被锁在地牢被重武装警力戒护的连续杀人狂，聊作消遣地翻读那些布局精彩直探人性黑暗面的推理小说，阴暗雾翳地浮现这个念头：

“这个女人，是没偷过情的。”

主要是，有太多亲临现场之事，实在太邋遢也太琐碎了，包括像丝袜、领带、男人的不成双的黑袜子这一类的小事。你可能为了要和不伦的情人在约定的那一天相会，就得早在两三个月前错嫁伏笔地安排了一位二百五刚失恋整天要拉你到小酒馆吐苦水的烂哥们，然后漫不经心地像谈人八卦那样和你的妻子嚼舌“那个女人”(妻子们暗地的第六感狐疑其实相当准确)，据说最近和某个男的打得火热……。

唬过了这个，再来是哄那个。我曾不慎闯入人渣哥们的“不伦嫂”正在寻衅的场景，只见我那位老哥突然崩溃，将他最心爱的数十万音响砸烂，然后摔门出去后又弹回我熟悉的ㄆㄧㄚˇ①脸。“必须以和她的委屈强度相对等的戏剧性来处置，她才会心甘愿意哪……”

千万不要把不伦当作喝红酒。偷情的地下世界里藏匿了多少不世出的推理小说家，但我打赌连个三流的诗人也没有。

有一阵子我常躲在咖啡屋一些一望即知正在“不伦约会”的中年男女邻座，想偷听他们交谈的内容，但从未听到我原以为会有的对白：

“……我一直在等着您。这么多年了……我就在等着这一刻要对您说这一句话……我无法召唤回那些您不在场的孤寂时光……我一直在忍受着身边那些打酒嗝放屁说混话的人渣；那些痴心妄想的马子；那些揿马桶按钮随漩涡打转冲进下水道的单套染色体黄鼻涕精虫……只是为了等这一刻告诉您……”

没有。我偷听来的“不伦话题”，他妈的比总统文告或电

---

① ㄆㄧㄚˇ，发音近似pia，意为倒霉相。

子公司股东大会的会议记录还让人想瞌睡。

“……维他命一定要买美国的，你知道那个美国的善存，平均它们搅拌一定要六百次，咱们台湾的搅一百次就算了喔……肠胃药一定要德国的……千万千万不要买意大利人的药，那和买汉药①是一样的意思……”

她静静看着我的脸。她说：“昨天晚上你没来。”

“是啊。”我说。

我向她解释着，是这样的昨天傍晚，我正要出门，接到一通电话，原来是我父母家的一条狗挂了，于是我和我哥相约回去处理那臭狗尸。我说这件事因为一些奇怪的顾忌而出现了一点小小的时间差，我妈是个佛教徒，她相信狗（或是人）死去的八小时内不能动它的尸体，要在一旁唱诵佛号（所以当我和我哥把那臭狗尸抬放至一只皮箱时，那身体从口和肛门流出大量的尸水，并且发出一股像附着在皮肤上的糜臭味）。因为一般焚化动物尸体的灵骨塔在夜间不肯收死去动物的火化作

---

① 日韩等国从中国低价购入原料药后精炼提制后制成的胶囊、片剂和颗粒剂。

业(我们打电话去问,一个男的说:“夜晚阴气卡重啦。”)于是从那具狗尸持续腐臭流汁,到第二天早上动物灵骨塔开门,这之间便有长达十几个小时的“停尸时光”。我说我父亲年纪大了,他很明显地表露对那样一具尸体放在家中的恐惧憎恶。他一直问我哥和我几时把多多(那只狗的名字)的“遗体”运走?另一个地点是搬去我家。但我想到我那屋子里,妻和我刚满一岁的婴孩无邪安详地赖挤在床上安睡,我这样不动声色地载一具动物的尸体回去,和他们共度一晚,那具狗尸在热天蒸腾出来的腥蛋白臭气味,和它失去意志而散溃漂流的死亡意象,会不会从妻和婴孩安匀的鼻息中钻入,变成一整夜的噩梦?

只剩下一个处所可以停放狗尸,那便是我哥的住处。但是这有一个困难:我哥在这两年间,是和我阿嬷[1](她九十几岁了)共住一块。我阿嬷是个神经质的老太太,她这一阵子身体频出状况。我哥曾带她去医院做过检查,医生说这老太太体内的器官有三分之二都近乎停止运作了,肝、肾、大小肠、膀胱……都老化衰竭了。她实在是太老了。但是她每次有不舒服(不论失眠、便秘、哮喘或皮肤过敏),她皆固执迷信地灌一瓶克风邪感冒糖浆

① 闽南语、旻潮语方言,表示奶奶的意思。

下去。这样的老太太，若是在半夜失眠时在屋子里寻绕，给她撞见了那样一具张嘴吐舌的狗的尸体，实在也太那个了……

我说，所以我和我哥的任务，便是在我阿嬷睡着和醒来的空当，蹑手蹑脚地抬着那具狗尸经过她在一楼的房间（她听觉灵敏而且睡得很浅），爬楼梯运往三楼……而且在第二天早晨，要哄骗她我们抬的那只发臭的箱子里是一具尸体以外的某件东西（电脑？一箱旧书？一箱酒？旧衣服？），从多疑的她面前把尸体运出那屋子……

我说，结果你知道怎样？我和我哥摸黑扛着那具狗尸（它活着时我从不知它是条这么大的狗），一推开门走进我哥和我阿嬷的屋子——我阿嬷坐在客厅正中央的一张板凳上。她说：那么晚跑去哪里……

这时她突然极不耐烦地打断我。她的声音比平时尖，她露出不可思议的表情：

"这件事你不是早就写在你的小说里了吗？你哥、你外婆、一只狗的尸体和火葬的故事……我真不敢相信你会错乱到拿自己小说里的情节来唬弄我……"

我愣愣地瞪着她。有好一会工夫我无法弄懂她说的话。每一个字单独飘浮碎裂着……

幸福

我们滞留香港的第五天恰遇世界杯的德韩大战。那是一种奇幻停滞的旅行经验，我们前往中正机场搭机时，在塞车的高速公路上紧张莫名地听着电台插播的新闻快报：英格兰一比〇领先巴西。然后是我的小说老师张大春和前辈唐诺大谈海明威。电台频率到了桃园境内受到干扰，出现了一个奇怪的幽灵女声，下一个较清晰的时刻，我听到他们俩不知怎么跑野马谈起小说家和评论家之间的恩怨情仇。突然，我的小说老师在电台里兴奋地大喊：巴西队以二比一击败英格兰。然后他开始播放英格兰童谣、巴西童谣、美国童谣（是印第安小孩的合声）……乃至彻底被那个幽灵女声的地方电台掩覆盖过。

我带着不满足但松了口气的心情上飞机（总算老巴没有阴沟里翻船）。第二天一早，买了《苹果日报》和《东方日报》，一时间眼花缭乱难以聚焦：贝克汉成了碧咸①，罗纳度成了朗拿甸奴②。（真像初进许留山，在冰品 Menu 上看到“芒果捞嘢”？）

世界杯仍在进行，相较于台北的淡漠与疏离（错乱的输赢认同：台北人对于中国队出乎意料的肉脚表现总有一种资讯隔阻的尴尬与困惑——他们不理解为何北京和香港的球迷会信誓旦旦地相信中国队可踢进十六强。台北的新闻主播会这样凑兴地报喜讯：我们的友邦塞内加尔这次有吸引全球目光的优异表现……另一支友邦哥斯达黎加亦有不凡的演出……云云。台北人倒是口径一致地对南韩以粗暴球风和绘声绘影的裁判黑幕连续做掉了南欧球风优美的三支球队葡萄牙意大利和西班牙充满了无关己事的第三者的义愤填膺……），香港似乎以节庆般的全城骚动（那么敏感、血脉贲张地意识到全球脚下的战火正在同级的亚洲城市开打），在城市里现场即时地拟造一种“火线如此迫近”的歇斯底里感。

我在一个燠热的黄昏，扛着我的孩子穿过铜锣湾西武百

① 贝克汉和碧咸，大陆皆通译贝克汉姆。
② 罗纳度和朗拿甸奴，大陆皆通译罗纳尔多。

货前巨屏荧幕广场上的人群。那是南韩与西班牙之战，我惊讶莫名地发现身边处于一种臭烘烘闷热迷醉状态的街头球迷们，集体地欢呼或哀鸣（“Ya——”“唉啊——”），竟皆是为那红球衫的南韩队加油（解析度超优的画面可以清楚地看见绿草如茵的球场，那些颧骨高耸的高丽棒子脸部特写的汗水。那总让我像个痴肥的弃妇见到多年前的情敌仍艳光四射，那样想起琼斯杯里中韩大战，那些韩国球员干拐子①并躺装死的恶状）。

我发现一个事实：当你以旅者或异乡人的身分坐在一座陌生城市里——不论你是坐在酒店大堂咖啡吧隔着橱窗望着外头匆匆来去的当地居民；或是缩在旅店的床铺上，转着选台器跳跃翻页，无比困惑地看着电视里那些操陌生方言的艺人，乱哄哄兴味十足地大谈世界杯——你总难以自那平面马赛克摇晃晕眩的拼贴里脱身。原本你可以任意进出穿透不同介面、拨弄不同人物心机、架设任一出街隅即兴剧的能力悉数消失……这亦是旅游札记总让我有一种浮光掠影、无论如何卖弄仍不脱工笔刺绣的素描印象。七八年前我们初

① 干拐子，指做不光彩的小动作。

次到港时，还刻意在下班人潮的尖峰时间跑去搭乘地铁（那时台北捷运尚未通车），仿佛置身那些西装笔挺的疲惫身躯之间，便能像萃取稻草汤汁标本里的微细草履虫那样，把这座“更进化的城市”里蜉蝣人群被擎举向天的摩天大楼里每一格办公小间的空调吸干的灵魂，采集收藏到“假城市书写者”的梦境里。

这次来香港，我暗忖自己应已积累了相当的捷运或地铁经验（应该没什么好大惊小怪了吧），不想仍是被一种黏稠厚阻的异乡陌生感隔绝在外（无法理解，无从切入，没有任何的经验的据点以发动极小篇幅之侧写）。城市在模仿和复制另一座城市的过程（即使那一座城市亦是另几座城市的复制品），仅能将更大数量的采样人类驱赶聚集到公共澡堂、戏院广场、地铁站或是咖啡屋（茶餐厅）、购物大街……但那更大数量和你如此贴近的人群，仅能造成你极短暂的幻觉：你以为在这样的汹涌移动和心不在焉之中可以呼唤着你不陌生的情感收藏：孤单；依赖在陌生的“我类”里，藉以不感畏怖地在金属矿石玻璃材质的空间里彳亍；或是内心轻微地诅咒着身边那些制服般穿着流行的女孩：“你们这些没身世的……”

很快你便发现你完全是在另一座城里，那细微翻动隐藏在每一角落的小差异：包括她们的女中学生穿着一种五四时代女学生的蓝染布旗袍，使得她们的身形非常孱幼且保守，甚少见台北街头的日系浓妆美少女；三十岁以上的通勤①女人皆较台北女人擅化妆（她们的脸清一色较小，颧骨较高，脸部因之较立体）且穿着昂贵名牌，从头到脚披挂不漏，不似台北女人常一身七百九②套装却提一个贝里皮包③；她们的老妇则邋遢得像经过精准的汰选，被明快地截切出城市的橱窗景观外（不似我们的阿巴桑④常常仍着昂贵华服有三两姐妹淘巧笑倩兮地占住她们构图部分的色彩）；他们有人群比例高出我们许多的洋人、印度人、菲佣或印尼佣。

但是世界杯仍在进行。但是我在另一个城市里，拾掇着稍能混身他们之中一齐昂头、盯着城市上方电视墙里巨人们拼搏铲球传球的热切眼神（虽然我不时迟疑地回望），我拾掇着那些想象的感性碎片。

另一个黄昏，我带着妻儿换搭了三条路线的地铁，来到九

---

① 通勤，指从家中前往工作地点。

② 七百九，指七百九台币，约合人民币一百六十元。

③ Bally，经典瑞士奢侈品牌，又译巴利。

④ 阿巴桑，指老奶奶。

龙塘“又一城”的“热带雨林餐厅”晚餐。那对我的孩子来说绝对是一场深刻美妙的经验：他一边吃着美式垃圾食物的汉堡、薯条和鸡块，一边惊异极了上下四周的丛林树木里那些肖真的大象、黑猩猩、斑马、犀牛和金刚鹦鹉的蜡像，会在雷电闪光的暴雨特效下，发出原始动物的立体音响咆哮。但妻很快便发现我的坐立不安——餐厅对面的一间美式酒吧，时不时传来看电视的球迷之惊呼叹息——南韩队又会以他们粗暴的球风和疑云重重的“黑哨”，再一次将传统足球强国的德国队踢倒吗？

我终于丢下妻儿，孤自一人走进那间酒吧。那四周的摆设造景和台北的老pub①何其相像：三十三号的公牛队球衣、一颗立放的美式足球、卓别林的肖像和一架P四〇的大模型螺旋桨战斗机……我甚至不露破绽地用我的破英文点了海尼根②啤酒，且在完全听不懂服务女孩语言的情况下，马上会意，她告诉我的是“九点以后有最低消费额所以你必须点两瓶饮料”……

① pub，指酒吧。

② 海尼根（Heineken），大陆通译喜力。

但我却在整个酒吧壁垒分明的欢呼和哀叹中,压抑着自己孤寂的兴奋,一口一口灌着啤酒。除了吧台左侧一撮老外,全酒馆的人都为着已被攻进一球的南韩队一波又一波功败垂成的无功反击焦躁不已。那时我是多么为自己置身其中却未被认出而感到如许幸福。

圣诞老公公

圣诞节的前一天跑去儿子的幼稚园扮圣诞老公公。事前当然进行了惨烈的抵抗，“为什么？他们为什么挑上我？因为我最像流浪汉？”每当妻子对我提出一些匪夷所思的要求时，我都会变成变嗓期之前的青少年，歇斯底里地尖叫、吐口水，只差没像知道即将被宰的火鸡在地上打滚。

“你不要激动嘛，”妻子试着安抚我：“主要是 Miss Cherry 和 Miss Vivian 她们一致公认你的体型最像圣诞老公公。主要是她们原先向‘圣诞老人公司’预订的临时演员，接了太多 case①，临时放鸽子了。她们真的很用心，圣诞树是用真的小南洋杉，三个班的小朋友都排练了圣诞歌曲，原来是安排圣诞老人出现，发礼物给所有的小朋友（当然那些礼物是各自的爸

---

① case，指工作。

爸妈妈准备的）。Vivian 说，如果阿白爸爸不答应，今年她们只好给小朋友们过一个没有圣诞老人的圣诞节了……”

“不可能不可能，”我继续口吐白沫全身哆嗦。我告诉妻子，从小到大，我唯一演过的一次戏，就是国中时老师按国文课本有一篇名叫《爱国的小喇叭手》里面，那个最后将小喇叭手架走（因为他跑上教堂顶上吹小喇叭预警法国军队快点落跑？我不记得详细的情节了）的德国兵乙。没有任何台词，我只需和另一个德国兵甲踢正步进场（我们穿着黑色橡胶雨鞋权充长筒军靴，我还同手同脚地踢正步），按德军军官（他有台词）的命令，一左一右从后架住那个小喇叭手，把他带下场。另一次则是在岳父的狮子会春节团拜中扮演狮子（那天我特意一身西装领带想称头些，博老丈人欢心，不想一进场岳父拎了一团毛茸茸的橘色狮子装，要我换上），“因为你扮起来最像狮子。”那次他们也是这样说。什么意思？当然那次也没有台词，只需要躲在睡袋一样的狮子身体里，头上戴着巨大的塑胶壳狮头面罩（我是从狮子张开的大嘴作为视窗看外面的），捧着一盆糖果，跟在我岳父身后，一桌一桌去发糖。我对妻子说：什么叫“没有圣诞老人的圣诞节”？我从小就没见过圣诞老人。都是圣诞节一早醒来，迷糊地发现床柱上绑着一条破洞起毛的丝袜（我娘的），里面塞着“礼物”。“圣诞老人呢?”我哭着问我娘，她则安慰我：“来过了，来过了，天亮前他就从抽油烟机爬出去了。”

“况且小朋友也未必喜欢看到‘真的圣诞老人’，”我试着说服妻子，“像我老师的孩子阿容，去年走在路上被一个热情的圣诞老人冲过来抱住，吓得都哭了。今年他们幼稚园也说要搞一个圣诞老公公来发礼物，那阿容抽噎对着虚空中挥之不去的圣诞老人说：不要圣诞老公公！只要车子（他的礼物）留下，圣诞老公公走开!”

最后我还是去了。

我依约在发礼物时间前半小时，偷偷摸摸混进孩子的幼稚园。走道上，教室里，到处都是小朋友和拿着 V8 拍摄的爸妈，有的小女孩打扮成小天使的可爱模样，身上黏着金色的小纸片，奇怪的是，有三四个小男生本身就穿着小圣诞老人装，总之他们都洋溢着一种过节的欢喜气氛。“我要在哪换装?”我问 Miss Cherry。主要是到处都是小朋友，她们遂叫我到幼稚园后门一个户外小园圃去换。

一个士官长模样的男子，像交接野战军服、防毒面具、火箭炮、手榴弹那样将一整套“圣诞老人装备”交给我，且一边协助我穿上那一身红色衣物，黏上白眉毛，戴上白色髯口，一边安慰我："忍一忍，一下就过去了。"他告诉我他是去年的圣诞老公公，我看他一脸笑意，忍不住问他为何不今年续任？他说："嘿嘿，唉，我今天刚好重感冒。"最后他将一对假的黑色长靴鞋套用魔鬼贴[1]包覆在我的鞋上。我对着那扇门的黑玻璃看看自己的德行：妈的哪是什么圣诞老人？那根本是一个穿红袍的拾荒老人，或是一个眼神惊惶地扛了一袋窃物的贼，或是痴汉……

说实话那时我挺紧张的。隔壁幼幼班传来那些孩子们五音不全七零八落敲打铃鼓、三角铁、夏威夷ㄒㄧㄚㄌㄚㄒㄧㄚㄌㄚ[2]棒、墨西哥小鼓、小木鱼，乃至大锣的打击乐声。后来只剩下我一人站在那儿。髯口很扎脸，我便把它摘下，任橡皮筋挂在一边的耳朵上。然后我点了根烟（一身怪诞装束地）在那儿抽将起来。

我的头上是一株枝叶茂盛的黄心刺桐。树影翻飞，心中颇多感触。我想，唉，此刻算是我生命里的哪一个段落啊，我

---

① 指魔术贴。

② ㄒㄧㄚㄌㄚㄒㄧㄚㄌㄚ，发音近似 shalashala。

竟然“跑来我儿子的幼稚园扮圣诞老公公”？这要是给我当年那些人渣朋友听到，他们一定笑得鼻涕眼泪直流，抱着肚子满地打滚。（后来果然一位冷面老痞听了说：噢？扮圣诞老公公？那一定是找那些漂亮女老师扮麋鹿哈？）真是今夕何夕兮。

那时我突然百感交集地想念起我的老朋友卢子玉。我不止一次地在我的小说中使用他的名字。到后来甚至有朋友问我：“这个卢子玉，是不是就是你自己的化身？”怎么说呢？这个卢子玉，是我大学时期最把哥们的人渣好友，他具备了我初学创作时期（不能避免的肤浅的人世阅历）为之目瞪口呆、诧异欣羡的某种，“纯粹发光的人格特质”。那种特质，用我年轻时较粗暴直截的口吻描述，便是“人渣之极口”。意即纯种人渣是也。

这像在骂人了。请容我解释：一开始，我发现身边的朋友（包括我），只要和卢在一起，心情就会愉快起来。当然这和他随时可以启动插科打诨的耍宝天赋有关，但奇怪的是，他那些简直可以开一整晚露天演唱会的即兴“不插电”笑话，只要一有女孩在场，立刻断电。（我想起来了，大二那年他和另一位人渣兄弟拉我进一个叫“慈安社”的社团，说“那里面很容易可以把漂亮妹妹”，被我拒绝。后来的下场果然是，直到那个社团解散，他们两个仍是王老五，但他们的耍宝才华使他们成为五六间育幼院小朋友疯狂喜欢的“笑话大哥哥二人组”。）最主要的是，再自怨自艾的人，遇见卢，都会有一种“总算我不是这世界最衰之人”的感悟。以我们那时对紫微斗数的粗浅认识，有一次卢子玉拿他的命盘指给我看：“妈的我是哈雷星座命的。”（即扫帚星是也。当然后来我才知哈雷是一颗无足轻重的丙级星曜。）他的口头禅是：“我真衰。世界衰。爆衰。”确实就我印象所及的一些不幸场景，卢总像是照片灵恰好经过那画面：有一次我告诉他，我高中时曾发生过一次来来饭店擦窗户工人因吊缆断掉从高空摔下，砸死两个我那所高中的学生，他说（他发誓是真的）那天他就在那儿等车，目睹整个事件的经过。另一次是他告诉我，他高中时搭电联车通勤，因为那个时间非常挤，大家就挤吊在车门口，有一回有个北幺[1]的，车已开动，还跳上来抓住他书包背带吊着。但没一会就掉下去了。他说得恍惚如梦，让人难以当真。许多年后，我随妻参加

① 北幺，指“北一女”，全称“台北市第一女子高级中学”，台湾地区百年名校。

一个她的学姐学妹组成的旅行团去内蒙，沿途火车车程漫长，一个学妹（她以前是北幺的）感慨地聊起她高中时搭电联车通勤，常常挤不上车又害怕迟到，便和那些男生挤在一块吊在车门外。有一天她抓着一个成功高中男生的书包，不知怎么一失手就掉下去。车开走后她满头是血地爬上月台，还有阿巴桑大喊："有个北一女的自杀啦！"……

那时我惊呼失声："那是卢子玉啊。"

后来我不知缘故地和这位老友失去联系。许多年过去，我发现奇怪的事情在我身上发生：即是在新的朋友群中，我总是将"我真的很衰"挂在嘴上。一群人走进电梯，只要我也走进，那电梯就"哔"的一响出故障。不止一次，我去拜访尊敬的前辈，却恰好撞见他们远亲的噩耗或猫狗之死亡。一开始大家当作笑话在说。旅行途中亦发生过才参访过的千年古寺院隔周便遭火灾烧毁。有一位长辈甚至狐疑地推算，似乎从结识我之日起，他的海外基金便曲线箭头朝下，及至后来之腰斩。有一天，一群常聚会的朋友聊起，发现"一房间的人"，除了我，大抵都得了身心症、忧郁症或躁郁症……于是他们激愤地给我取了个绰号叫"伤寒玛莉"。

我是不是不自觉地扮演起自己笔下的角色？像是从前学

戏剧时，一次在一篇文章读到一个动人段落："那些伟大的演员，他们一生演过上百个令人难忘的角色，如果你在他们谢幕后溜去后台，看到他们卸妆后躺着闭目的脸，会发现那是一张几近空白的脸。生命中无数次肃穆、专注进入另一个生命的尝试，已经将他们脸上本来堪被辨识的一点残渣，都洗刷殆尽……"那时我穿了一身滑稽的圣诞老人装，突然充满感情地想起我的老友。他那总是将所有倒霉埋单认在自己账下的奇怪个性。这许多年过去，我慢慢学会了，人世的不幸或好运并非如此容易用那么喜剧性的方式描述。所有人到了一定岁数，总会遭遇到该遇到的事情。有时你会过度专注地凝视自己的伤痛；有时你会头皮发麻地莫名承受一些害羞而温暖的人们的良善给予……

然后我听到教室那头传来孩子们的歌声："小朋友，你不要怕，圣诞老人进城了，带来幸福带来希望……"这是她们和我约好的出场暗号。我赶紧把白胡子戴上，把烟熄了，礼物背袋上肩，往走廊的尽头，孩子们拍手唱歌处跑去。

魔术师

近来总为孩子尿床所苦。常在睡梦中，迷迷糊糊地感觉妻越过我的身体，探摸着熟睡的大儿子，然后哀鸣一声："又尿床了。"床单换不胜换。两个孩子（大的恰正值穿不下最大尺寸纸尿裤之三岁，小的为尚不满一岁之婴孩），以奇幻的方式（泡奶。小的清晨的骤醒。大的魇梦。尿床）切割夜间的时段，浅眠的妻子因为长期睡眠不足，已出现轻微忧郁症之倾向。后来索性一家四口，长长短短地，仰躺在那尿了又干，干了复尿的，臭烘烘的凉席床垫上。

我始终无法理解，如何在一个熟睡的孩童，那么漫长的睡梦时间里，内键入一个指令：在那仿佛夜河行舟轻轻摇晃的神秘旅行中，在最舒服的时刻，不要顺着那种汩汩流淌的幸福欲望，把尿放出来，而是"请先按下暂停键。"醒来。叫爸爸抱你去马桶尿，不要尿在床上。我总是爱莫能助地看着妻，在孩子睡前认真叮嘱,取得承诺:“不可以再尿床喽。”然后是清晨醒来的又一次被负弃。

那天从一个像满口囫囵金黄麦芽糖、近乎液态的梦境醒来,发现自己正睡在孩子湿湿暖暖的尿渍上。孩子则移形换位,大字形地趴睡在我原先的位置上。“梦见了你的朋友L哪……”那样迷惘地不可言喻地对妻说着。

L是妻大学乃至研究所时期的昵友。原先是班上灰扑扑教人记不起名字的女孩群中的一个。据说中学时母亲便过世,父亲再娶,于是从十四五岁乃至二十岁考上大学来台北读书,一整段的青青少女时光皆是借宿在不同的亲戚家。穿着制服、背着书包,常常准备接到父亲电话指令,再换一个寄宿家庭。每一次闯进新家庭里,皆变换扮演不同的角色:有时是两个国中男生的不尴不尬的姐姐;有时则是一对年轻夫妇的婴孩的阿姨;有时则又夹在一窝小孩之间,上有念大学、当兵的堂哥堂姐,下有同龄而较易感受到钩心斗角争夺地盘的堂妹……那样失去怙恃的漂流时光,其实就是不断变貌的家人;记忆里各式不同的饭厅、和不同人围聚的晚饭画面;不同的浴室和不同的从一个房子里硬ㄑㄧㄠˊ[1]出来的她的拼装卧房……

也许是听说了L的这段身世，所以我在与妻交往的时光，总感觉到她这位昵友神经质的、好依附赖着妻且模仿着的、但那之中又有对人本质性的不信任的细微冲突的性格……

后来L嫁给了一个超级有钱之老公。据说她公公从前是在永和新生地[2]一带种田的，一有钱便买田地。土地重划后，大片的土地和建商合建，现在永和SOGO后面好几幢大楼全是他们家的。妻有一次这样喟叹：当初班上那几个漂亮女生，争妍斗艳，比谁的男友帅，到后来一个比一个黯淡平凡。不想最后竟是L混得最好哪。有几次我陪妻去一些高级料理店赴L的约，看见对方贵妇般从头到脚连皮包全是扎实的名牌，心里不觉为身旁穿得像女学生的妻子感到难过。事实上我们第一个孩子两岁前的童装，全是L整箱整箱包裹寄来，她的孩子只穿过几次的名牌货，而妻则是一件件如收藏品般清洗熨整。

我记得在那个梦境里，我也是自一场深眠的睡梦中醒来，迷糊饧涩地被妻许多年不曾出现的少女银铃笑声吸引下楼

---

① ㄑㄧㄠˊ，发音近似chiao。
② 位于台北县。

（发生了什么事使现实生命里被损耗疲惫、郁郁寡欢的妻子，那样地开心?)。发现我们一楼的窄小客、饭厅，竟像被浸在水中或长期浸水似的，白漆水泥壁面龟裂凸叠成粗糙的珊瑚礁，水藻密覆，绿意盎然，且有海葵软须款款摇摆。甚至垂悬的灯罩里都不符重力法则地蓄积着水，里面可见孔雀蓝的深海鱼族神经质地来回巡游……

妻和L像少女手帕交那样手牵手跑了过来，妻以一种揭露重大秘辛的口吻对我说：

“……原来一直不让我们知道：L的真实身分，竟是魔术师哪……”

在我贫乏无聊的生命里，偶有一些人会在某一时刻，揭露出他们“真实的身分”，其实并不是你原先以为的那个……譬如每周以读书会形式见一次面的J. W大哥，那么老左，那么人道地关怀无政府主义，那么博览群书且温和安静的人，隔一段时日便会自台北消失，有时一两个月，有时半年，以贫穷旅行的方式跑去爱尔兰、巴基斯坦、印尼、东马来西亚或是南斯拉夫波斯尼亚边境……这些被战火、饥荒、疫疾蹂躏的地区。有一次他不在场，大胡子前辈神秘地对我说：“喂，我困惑了很久，心底一直有一个怀疑，说不定J. W

的真实身分，是美国CIA的特派员呢。为什么每次他一去什么地方，没几天报上就刊出该地区战争情势升高的消息？”

其实他（她）是……去年读了张娟芬的《爱的自由式》，才恍然大悟，我身边认识的许多女性友人（可能包括妻在内），原来让我不能理解的某一团迷雾般的忧悒或躁怒，原来她们竟只是一群对男子较慈悲不忍，或是变装妥协于异性恋社会里的婆？

妻向我解释着：由于苦旱不雨，且这房子里的水管线完全涸枯，L变了个魔术，将我们的饭厅移至太平洋某一片乌云密布的暴雨区，吸饱了水分，再将它移回。妻并且指给我看：电视画面里正播放的《天线宝宝》，那穿着鲜绿绒毛兽皮的黑脸迪西，不正是我的大儿子？而红绒毛踩着滑板车的小波，不正是我的小儿子？

房里的每一处细节都被更动：那些平常堆满客厅的绒毛玩具和橡皮恐龙、鳄鱼和蜥蜴，全成了眼神戒惧吐着舌信湿淋淋匍匐在角落水洼处的一只只活物。所以本来熟悉的一种无层次的鲜艳色彩，被那些动物保护色的褐灰或淡蓝的毛被鳞甲的整片晦暗侵夺。墙上原先用双面胶黏住的“幼儿认识

ABC”或“动物ㄅㄆㄇㄈ[1]”的海报，亦被换成了一些中世纪风格的头盔挂饰或贵族肖像画……

我记得我在梦里向L恳求，在我们这屋里变几套我梦寐以求的魔术。我提议了几个诸如大卫[2]魔术可以在空中飞行或是将我去年旅次遗忘在东京旅馆的一本绝版《马札尔辞典》变回来……但皆被L严辞拒绝。后来我说那至少把我们的房子变回原样吧？L亦耸耸肩表示做不到。L在我的梦境里侃侃而谈，对于魔术师去模仿另一位魔术师曾经秀过的戏法深感不齿。她并且举例，像那个跑去大卫魔术表演现场“踢馆”的那个本土魔术师，不是很快就被魔术界除名了吗？我想L想说的“魔术的真谛”，不外乎是“井水不犯河水”这么简单的道理，但她却把它说得相当复杂。

我记得最后她说了一段饶富哲理的话：“骆，魔术不是魔法或巫术，魔术是一种高度理性的技术。你记住：凡是牵涉理性的行为，皆是不可逆的。”

我便在哀叹“那我的房子不是变不回来永远是这个泡水

---

① ㄅㄆㄇㄈ，类似ABC。

② 大卫，指大卫·科波菲尔，知名魔术师。

鬼样子”的激动情绪中醒过来。醒来的时候发现自己正睡在儿子尿湿的席垫上。我向妻子描述了这个梦境，她分析说可能是昨夜睡前看电视新闻，画面播放着洪水淹没布拉格古城，当地的消防队乘着橡皮艇追逐动物园逃脱出来的快活徜游的海豹。也许是被那样的画面影响……

那时我突然想起，许多年前我父亲曾经告诉我：我们小的时候，三个小孩子轮流尿床，被单裤子换不胜换，于是他去向水果摊要了一个大篓，倒扣着，那些湿答答的被单覆盖上面，下面放一只小煤炉，烘得整室都是尿臭。

我的父亲已于去年中风，我们知道他再也不可能爬起来。而我正在经历生命的这一段时光。那样想着，觉得幸福且辛酸。

客途之梦

短程旅行或许是一种最接近梦境的经验：时空的位标仍飘浮游移着，旅者在一种置身事外的视觉关系中被动地跟着流动景致走马看花。他无从召唤记忆，无法想象任一幅他呆站默立于眼前的街景纵深，他听不懂旅馆电视新闻里或计程车司机们哗哗啦啦的方言，旅程就结束了，像快转速的默片，像我年轻时给自己做的“梦的速记”练习，在床铺边放一盏夹灯、笔记本和一支笔，清晨从一出或惊怵或哀愁的梦境骤然醒来，便戴上眼镜快笔潦草地记下那些流质的场景，那么贴近，像膝盖可以碰撞、皮肤可以感到衣衫布料拂过的那些梦里的亡逝亲人或昔日友伴，如本雅明在《单行道·早点铺》里说的：“灰色的梦境即使在早晨盥洗的时候，仍然顽固地留在更深层，甚至牢牢地黏附在醒来后第一个小时的寂寞中……他以这种方式回避夜与昼这两个世界的断裂。如果不能在祈祷中做到这一点，那就只有小心翼翼地通过焚烧梦境来表明把精力集中于早晨的工作是正确的，不然就只能导致生活节奏的混乱。在这种精神状态下说，梦是灾难性的，因为一半仍然忠于梦境的人在言语中泄露了它……这时候他触及了没有优势的梦境，并把它泄漏出来。”本雅明说，梦境的洗涤是通过胃来进行的，“空腹的人说梦就像说梦话似的。”

这一点来看，短程旅行真像梦境。特别是清晨暗影中打着呵欠的机场通关人员；还有航厦里那些昂贵又难吃，却吸引着出境旅客在登机前像领孟婆汤的游魂般直着眼拿托盘排队的台式早餐。事实上，我在那天为了赶早出发而用闹钟将自己从一片漆黑的深眠中拔醒，那时正做着一个灯火灿亮的梦：似乎回到父亲刚过世的那晚，在永和的老房子里（那房子的甬道、转角在梦中变得像植物的腔室，会变形延展），丧事背景的灵位、引磬声、来往穿梭的穿黑衣的人……这些都与真实发生过的一切相仿，只是在那场景中多了一个角色：父亲的亡魂。

在那个梦中，父亲的亡魂像我从前打过的一种日本忍者电玩：“总部”的大房子里，所有的小人儿在光天化日下碎步移动，你（控制的主角）只要躲在屋梁或家具后面就没人看得见你；只有一种会隐身术的上乘忍者，隔一段时间就会从一抹小黑影慢慢扩大成人形轮廓，站在你的身后，一不留神就会被它狙击。梦里的父亲既不阴惨也不恐怖，只是在那灯烛明晃的丧宅，时不时贴附在你的背脊后面。你看不见他，却感觉得到他。我记得我醒来前，还在梦里用我孩子对我撒娇的男童嗓声，对父亲出神秘的恶戏抗议：

“爸爸，爸爸，不要这样嘛。”

但是梦里的其他细节都记不清了（譬如我母亲坐在那间大屋的哪个角落？我哥我姐在做什么？家里的狗呢？），就和这一趟旅程一样。我们到达香港的第一天恰好是六月四日，在机场往市区的计程车上听着收音机里播放的广东话评论，通篇我只揣测听出他重复地发出“六”和“四”这两个音。司机灰暗着脸开车，也不和我们搭讪，太敏感了。台湾来的？“你们那个‘阿扁总统’……”讪消地，但说起北京开放大陆人民来港观光，“那些内地人……”又是一脸衰苦。“治安、卫生都变坏了……”第二天，妻在旅馆的电视里看到一则台湾的新闻：新竹的一间动物园里，一位管理员为了“抄近路”穿过兽栏，被狮子活活咬死。（这是什么？似乎才离开，我的家乡便变成一处魔幻不真实之地?)第三天报上说美国前总统雷根①死了(港报上写的是“列根”),一些文章分析着雷根作为一名演员成功扮演了美国总统这角色,他的一生功过褒贬:“雷根经济”,冷战后期扩张军武竞赛造成苏联解体,伊朗人质事件,他遭暗杀时仍能保持幽默对急救手术医生开玩笑:“希望你是共和党员。”晚年沉进暗不见、光隧道般的“阿兹海默症②”……第四天,旅程结束归程的班机上,看到台湾的报纸,原来那天是二战诺曼底登陆 D-Day 六十周年纪念。德国总理施洛德和法国总统希哈克③在和平纪念馆的纪念碑前拥抱。希哈克对施洛德说:“六十年过去了,无论你们还是我们,都不曾忘记那些曾经决定了欧洲和世界命运的时刻。今天您来到我们中间,让我们激动不已。您的光临再次见证了我们为实现民族和解所做出的长期努力。”

有一天,那些年轻鲜艳一如刚剖开的海胆发出浓郁气息流出金黄膏物的事物终会老去。这是最陈腐的感伤,但我确乎到了一个容易被怀旧之物塞满对这个世界理解的年纪分界

① 雷根,大陆通译为里根。
② 阿兹海默症,又称老年痴呆症。
③ 施洛德和希哈克,大陆通译为施罗德和希拉克。

线。我不知如何向我的孩子描述，我和他们正共同经历的这个世界，其实是那么不同。旅次的第一天，我的大儿子又像精密仪器般奇准无比地发高烧，所以这趟香港之旅，四天之中有三天，我们一家人其实困缩在那间老旧破败的旅馆里。那几天，香港恰好下着罕见的大雨。有时儿子烧退，像小兽待不住那窄仄的房间，我会带着小兄弟俩到那一层楼的电梯前，玩一台自动滚轮擦鞋机（那又是遥远年代的复古机械），鞋油的香味，暗沉漫长的甬道地毯；老旧的旅店房门电铃，偶尔便听见长廊里回响着手指关节敲击木头门的寂寞声音。我会带他们从二十楼高的气密玻璃窗鸟瞰下面，雨中的九龙公园里一朵朵移动的小小伞花，澄蓝的游泳池中竟仍有人来回弋游着。

每日我皆经过那一扇扇挂着房号的木门，二〇一九、二〇二〇、二〇二一、二〇二二……这一层最末一间房恰正是挨靠在我和孩儿们眺看下方世界的电梯旁角落：二〇四六（那不正是王家卫的电影吗?），那时我突生喟叹，对着孩子说："不晓得到这一年时，爸爸还在不在这世界上呢。"大儿子问我为什么我会"不在"这世上呢？我换算了一下（如果还活着）届时已八十整寿。我说我不敢相信自己会活到那么老。"那我会活到几岁呢?"他问我。像所有的父亲，在那神秘的一刻既祝福又持咒，笃定地说：“八十四岁。”“弟弟呢？”“九十二岁。”

那一切其实只像是本雅明说的“空腹说梦”，我和他们在一个二度空间的梦境走廊里描述着一个更多维度的未来之境。那间老旧旅馆正在进行建筑外廓的整修，即使在我们置身的二十层楼高空上，窗外仍不可思议地用传统工匠技艺的长竹竿，以电线和布绳交错缠绑关节处，搭构着一格一格的鹰架。不止一次，有戴着工程胶盔的工人从我们窗前横移走过。孩子们惊喜不已，妻却坚持要将遮光厚窗帘拉上。于是在孩子高烧周期的漫长时光，我们更像躲在一个昏睡的静止梦境里了。在那样的旅次中我做了许多怪异而破碎的梦，且对那些梦的情节记忆深刻。有一个下午，我梦见和昔日友人在阳明山的夜间公路轧车，醒来时耳际仍停留着引擎汽缸轰轰运转的气爆声。另一个梦境里，我则在一极肖似宫崎骏《神隐少女》那布达佩宫式傍山建筑的险峭后壁梯阶上闲散漫行，遇见一个多年不曾忆起的学生时代宿舍室友在看管着那一整片已成废墟的山城。

那一切都不适恰地在那趟短程旅途中出现，使我们坐困其中的旅馆，意象无比繁复，原先预期的城市印象则稀薄模糊。但有一些话语仍会从梦境中泄露。第三晚，孩子的高烧渐被控制,我们兴致不减地带孩子到天星码头搭渡轮到湾仔。雨中的码头更黏着一种时光倒流之感。等候船只从飘雨的港湾波浪那头驶来,深蓝漆的长排木条椅,寥寥无几人的印度夫妇和他们的孩子,已关掉展示灯的小玻璃橱柜内展示着渡轮公司纪念款的小白锡模型:天星渡轮和伦敦式双层巴士,对照组是一艘四角的平底中国帆船和一辆手拉黄包车。那时五岁的大儿子突然对他的母亲说:“为什么我的生命比弟弟的不好?”我听见妻不解其意地纠正他:“你是指身体?不是‘生命’。你只是现在生病了,乖乖把病养好,你的身体没有比较差。”那时我脑海又浮现了梦境长廊里那些飘浮的数字。果然孩子说:“但是爸爸说阿ㄋㄧㄥˊ咕可以活到九十二岁,我只能活到八十四岁。为什么?”

老家

后来我对人说起“回永和”，都不再说“回家”了，而拗口地说“回我父母的家”或是“回我小时候的家”。说来这个“童年小镇”与台北仅一桥之隔，我无法如一些朋友，年节后总说“回了老家一趟”：老家者，铜锣、小港、大甲、马公、头份……这些遥远而陌生之地名也。我如今仍每周两三趟，开车载着妻小，在那梦境似的灰色腔肠巷弄里旋绕，苦于找不到停车位，所有的倚墙空位全被人用铁链拴着辆破脚踏车破折叠铝梯板凳破瓦烂花盆给占住了。有时车子陷困在那腔肠里，堵死在小巷弄里，前后各五六辆车，静默停顿互不相让。我会晕眩抬头，看着头顶像《银翼杀手》里那个未来之城的废墟景观：奇怪，不过是一些六七层高的公寓楼房，因为如此架拐搭肩向上堆盖，且人家框格一律塞挂着各式花纹铁窗、冷气机及下面的水渍墙面，乱七八糟的盆栽植物，或一些舍不得丢弃的建材……使得那困陷其中的悠漫时刻，像置身于一处遮蔽天空的金属峡谷之中。

那是我的“昨日之镇”。有时我会恰好遇见我父亲像一只头部硕大而身体萎小的古代化石鱼，坐在轮椅上，由印佣莉雅推着（他们要去巷口的跌打损伤店去扎针），困惑但认命地和其他路人一块儿候在巷里的美容院门口（那已不是我童年时只有两张躺椅的家庭理发店了，而是镜面琳琅、染红染金头发的美少年设计师们在十数张座椅间翩翩穿梭的，同步于台北的美发沙龙），因为路全被这些车子给占住了。

有一两个午后，我独自从古亭站搭捷运（穿过新店溪河床底部？），在顶溪站下车，经过那些我童年时就对他们的脸孔如许熟悉的卖奖券老妇、卖山东大饼烙饼的老兵，或是摊车上有个马达支着两个布袋戏偶“咯啦咯啦”卖糠薯和洋菜冻的白面中年人（只不过我小时候他们都聚集在中信百货公司的戏院售票口前，现在他们像吉卜赛人迁移至捷运出口），到中兴街口的邮局去缴交通罚单（我的户籍仍在永和）。我在邮局里和那些老人、老妇和大着肚子的泼辣妇人挨靠在一块等叫号码，闻着他们身上的气味，心里安定而怀念。我不知道身边这些人是自我童年就待在这个小镇，还是后来陆续搬迁进来的因为住不起台北高房价而委屈落脚在此的下港人。但我比他们任何一个看上去都更像是异乡人。

我不止一次地在我的小说中勾描我童年的小镇。那些迷宫般的巷中之弄，未成死弄则又如肠内指突状绒毛连结上另一条巷子。少年们顺着这些末端指突不认输地往繁错深处钻，以为最终总会在这些石棉瓦防雨篷、砖墙上倒插着破酒瓶的日式矮平房阵遮蔽的迷宫世界突围而出，豁然开朗走到主动脉的大马路吧？但往往会被一幅截断的，无法理解“为何这便是世界的尽头”之景观给绝望地挡住。那幅图景通常是巨大的，绕不过去的：一座高墙再加上铁丝网的变电所、一道布满芒草间或直立几株木瓜树在其上的古旧河堤、一大片被圈围起来、似乎是私人财产的竹林……

那样的地貌构成了我理解或描述世界的潜藏结构：腔肠般的、熟悉又陌生的狭窄巷弄，没有一条主街道上有可供作永久性坐标的历史建筑物（很不幸地，从我童年开始，我和家人或玩伴如此确定辨识地标之机关，它们的名字同时存在于全省所有乡镇上：镇公所、“国父纪念馆”、消防队、以镇为名之“国中”“国小”①……唯一异于他乡之大型建筑却数度易名：

① 国中国小，分别指初中和小学。

中信公司或金银百货)。我的小镇没有通往远方的铁道及让人怀念的小车站(那些如今成为7-11[①]便当的月台站名),在我童年时,它只有一条桥通往台北,这条桥旧名萤桥,后来改名中正桥。桥下据说曾为枪毙死刑犯的法场。我小学一二年级时架了第二座桥(福和桥):童年有一段记忆是:每周日,我父母会带着我们小孩,牵着狗,走过长长的河堤上桥,再漫步过桥至河对岸一家军公教福利中心,买足一礼拜家用之卫生纸酱油色拉油洗衣粉什么……

我的小镇是一个具体而微的封闭世界:它有戏院(虽然它们大多在我国中时期因经营不善而先后沦为"六十元放两片"的三四轮旧片之电影院);有百货公司(虽然后来大楼里的游乐场和保龄球馆沦为满地槟榔渣和黏腻可乐渍,迌迌仔混聚之处所);有整条街巷的传统市场(很怪的是你在这市场里可以找到和万华龙山寺对面同样古老的佛像雕刻师傅、堆满各式草药的青草茶铺、或是买卖赃车的二手脚踏车店);也有一整条街的小舶来品店(后来这条街在我离家多年后突然变成了小有名气的"韩国街")、有夜市(你可以在此吃到不道地的

① 7-11,指一家连锁便利店的名称。

台南碗粿、基隆庙口猪脚、彰化肉圆……之类的全省小吃)；在金石堂出现之前，它亦有一些除了参考书亦兼卖文学书的文具行，还有一些藏匿在巷弄里的漫画出租店(奇怪的是我是在那些出租店阴暗的灯光下读了司马中原的《失去监狱的囚犯》和琼瑶的一些小说)。

它像是对着一桥之隔的那座大城市，捏皱了的，一个便宜许多的模仿。但这模仿似乎只到某一个年代便停止了。小镇里的人恍然大悟，他们只要搭车进城，便可以混迹在那座大城市的居民之中，无需将自己的小镇打扮成大城的缩影或赝品。我的小学、中学时光，几乎我身边所有的同龄少年，全和我一样困居在这座封闭的小镇里，所有人的家像小红光点散布在最精微的卫星照片上，那张地图是繁琐狭仄像挤在一团的猪下水。没有人能提供给你一个遥远陌生、蒙着雾光的、“远处的他乡”。这使我的少年时光，既缺乏一种远眺的想象力——那种铁道少年或港口孩子的想象力；也不幸地失去了另一种，置身于某一古街、历史城楼、老教堂或老庙宇……描勒出时间感饱满之城街地图，那样的“大城市教养”。

变脸

有一次我在与妻家人的家族聚餐中，脸突然歪了。那时我捂着左脸，猛然推开椅子，在众人惊愕尚做不出任何反应前，冲出那家泰式料理餐厅，在空荡荡的马路边，拦下一辆计程车，跳上车离开。

妻的手机来电随后追到，在我和她解释原因之时，后视镜里运将的眉眼也露出恍然大悟的神情，因为放下了左手，我的脸，一半露出恐惧、孤单和忧伤的神情，另一半却冻结着之前在餐桌上的、线条向上牵扯的滑稽笑容。

三年前我的脸就曾歪过一次。专业一点的说法，是“颜面神经受损”。

对一个不间歇地写着恶德作品的小说家来说，这种怪异的病（且这么年轻就发生），真像是一则充满宗教暗喻与神秘主义的惩罚哪。当然我并不像那些每几个月就得偷偷摸摸到小诊所打一针肉毒杆菌的男星，或是某些靠脸孔而吃得开的乐透彩开奖主持人。不过，脸这玩意儿……相较于那像核子动力潜艇寂静匿航在深海底下的肝脏，或是疼痛时可以用超音波描出其位置的胆囊，或是即使溃疡、穿孔你也必须吞条摄影镜头管子下去一探究竟的胃或大小肠……脸像是腔体外翻于外的，另一个独立的存在。

我高中短暂跟随一群朋友“混”的时光里，有好一阵，每晚洗澡都对着浴室镜子，练习挤出最狰狞凶恶的表情。我亦曾认识一女孩，每晚睡前刷牙时，必对着镜子自我催眠：“你是全世界最美的女人。”绝对不会有任何人这样孜孜不倦地训练他的肝脏或肾脏：“你是全世界最漂亮的一粒内脏。”

因为脸歪而混杂于一些神情委顿人们之间的夜间急诊室里，让我有一种好似品质不好的杂牌矿泉水中的悬浮物，慢慢沉滞下降，无比温情地与身边这些出了故障的人们，“我们是待在同一座城市里啊！”那样的认同感。

有一次，有一位长辈问我：“你说的那个‘城市入族式’是什么东西呢？”我觉得除了在麦当劳或捷运站厕所大便这类事情；或是没理由地看人挤人排队在鼎泰丰骑楼下就忍不住跑去排；夜间的急诊室最容易让人兴起“我终究把自己交给这座赌烂城市了”那样委屈想哭的情感。(比清晨爱国东路口的烧饼油条店、临检时整批人被条子[1]从地下室摇头 pub 带走,或是夜间无人的自动提款机小间……都要煽情。)

当然急诊室的传奇底色绝对有这一层:“找某某记者(医疗版)可以马上帮你安排到病房”或是“我认得那个公关室主任或急诊室主任或副院长”……这一类城市漫漶繁复的权力币值,在医疗系统内紧急兑现。但是夜间急诊室的童话哀伤调子就在于:该经过特殊关照的电话挑拣的,早在黄昏时刻就送进了病房……剩下的,那在阴惨日光灯照下,用绿色折叠屏风遮住吊点滴的,那衰弱乖顺地坐在疲惫不堪的值班医生面前,一脸茫然看着自己身体的 X 光片或断层扫描片的……都是这座城市里,不得不在这样时刻里,以各自松垮之姿,歪躺着、蜷缩着,除了歪了半边脸仍东张西望的我之外,一概惨绿着脸的人形剧场(比那个在世界各国招募裸体集体躺卧街头大合照的摄影作品要繁复)。

从我的脸(事实上是失去控制的垮掉的半张脸),拉杂扯到这座城市的公立医院的夜间急诊室,并非只是像苏珊·桑

① 条子,指警察。

塔格的《疾病的隐喻》那样充满电线线路烧断发出焦臭味之意象，最自信其精密网络布满其中（像中正区?）的一块区域，突然模糊迟钝陌生起来……只是前一阵子正在替天才年轻导演D君拟想一则剧本的雏形，有一个桥段恰好和脸（或是对脸的偏执）有关。

那个故事是这样的：一个年轻男子无意间闯入了一宗强暴案现场，一个全身赤裸的小女孩站在街灯灯光的工地瓦砾堆上告诉他"我刚刚被强暴了"，而前十几秒他才和那个男人在狭窄的巷弄里贴身走过。

作为目击者，他清楚地记得那张脸（那个强暴犯!），但在警局的鉴识科里，素描专家按着他讲述之特征画出的通缉犯的脸孔，无论如何都像另一个人。

他陷入对那张脸的抓狂的细节性回想。后来他卷入另一场完全无关的街头械斗，后脑袋被人用铝棒殴击。当他醒来的时候，他失去了记忆。因为完全想不起自己是谁，于是他加入了街边游荡的那些发酸发臭的老游民堆里。逢年过节他跟着他们一起排队去领市政府发的猪肉刈包①，平常他们为争

① 刈包，台湾人过年时节的特色小吃，源自福州。

食餐厅馊水而打架。

有一天他在马路上遇见一个男人，那个男人的脸孔像电击一样召唤着他(那个男人就是他失去记忆前苦苦追忆描不出脸廓细条的强暴犯)。他认定这个男人一定是他失去记忆之前极重要的亲人，但那男的说操你妈的老子根本不认识你。他被那家伙揍了一顿之后还不死心，偷偷跟踪到那男的住处……

D君说前面强暴的那场戏不错，不过后面这个“失去记忆力”的点子不太优耶。

我歪着脸坐在急诊室里等医生的验血报告时，心中突然涌塞着一种呼之欲出的灵感：也许歪了半边脸这个点子和这座寂寞又暴乱的城市，有某种完美的隐喻关系？歪了脸的强暴犯？歪了脸的老法官？歪了半边脸的电视新闻美丽女主播？歪了脸的密宗水晶大盘商？

我静静坐在急诊室的塑胶椅上，想像着这些人物会如何去面对他们歪脸后的生命表演。似乎这城市的传奇，狡猾地自那线条歪斜的半边，如此汹涌地溢出。

多余出来的情感

有几个广告拍得真好。譬如众人皆曰好的海尼根，手伸到冰桶篇里，那个一只啤酒不对再探进冰桶重捞的瘦子老外，以及之后凑到另两个也是“坚持”要海尼根而“喀喇喀喇”发着抖的衰伴之鸟样，让我想起一些逝去时光里断失音讯的人渣朋友。他们会坚持某些妈的一点也不重要的小事，即使在这个商品逻辑内在设定了自毁装置、“永恒”成为美德之反面的年代。Pub里有一些老痞子死就是只喝台啤、或是只抽长枝肯特(即使因之造成常买不到货的不便)。我认识的一位脑容量极大的大胡子前辈，他有一个奇怪的坚持(在他上百个奇怪坚持之中)：即是每回他赴京都散游，离开之时，他必坚持要步行走过大阪御堂筋那段以银杏作为行道树的街道，像进行一个告别仪式。有一次，我恰好与他还有一群人同行，那天的时间已相当赶，极有可能错过返台飞机的chech in。众人大包小包行李小孩塞上了三四辆计程车，分明还有空位，但这位平时说笑话像第四台选台器任意跳跃的天才大胡子老兄，阴郁着脸闷声不吭气不肯上车，像赌气一样转身便往那刚发新芽的银杏下的街道走去。

就只是为了坚持要把那个模糊的仪式完成。

海尼根最近那个在回转寿司的日式酒馆里、那个雅痞绅士想请对面桌角的美人儿喝杯啤酒的广告，我觉得亦极好。pub里那种恰到好处，不溢流不黏腻的古典陌生男女情境（为你的美丽，敬你一杯吧），突然被所置身的现代都会情境给骚扰中断（妈的，那么优雅递过去的酒杯，被中间不相干的人顺手拿去喝掉）。这时才想起，你置身的pub没有熟识的老酒保，可以说“库可奇，你替我请对桌那位淑女一杯啤酒。”你是在闹哄哄、人挤人的回转寿司烧烤店耶……

于是这个现代性的优雅痞子，用现代性的幽默，对抗那随时会从中伸手攫取你的古典演出的闲杂人等。他在那机器回转盘上，放了六七杯的海尼根。（美人儿最后总会拿到其中一杯吧。）

但大胡子前辈仍坚持还是之前那个“手伸到冰桶里发抖冻死也要捞海尼根”的好。

倒是有一些广告，你不太理解它演出的情境和推销的那个商品有什么必然的关系。我并不是指像那种什么"连我的老婆都是某某卡追来的"、会让人自心底浮起久远微弱的左翼情感的；或是像安泰人寿那种以希区考克配乐、最后被掉落物砸死的是死神、这种导演玩过头的。我指的是，某几个，看的当下你忘了它是个广告片，看完也不会因此被逗引想去消费该产品，却疙疙瘩瘩、雾濛濛地在心底被摇晃了一下："这是什么啊？"

譬如说，有一个卫生纸的广告，是半夜一个小孩的气喘症发作，那个父亲（为何母亲不在？）在摸黑混乱中翻箱倒柜，最后找到可能是药粉的口腔喷洒器，在那样黑暗的光度里，所有人置身其中的慌乱、焦虑……完全没有广告片橱窗灯光的明亮和表演气氛。我甚至怀疑那是一个莫名其妙的家庭DV。这样的一场戏让当时苦陷于幼子肠绞痛夜啼不止的我深有所感，但完全不理解，那样珍贵的一段人生截面和卖卫生纸有何关系？

另外一个是最近的奶粉广告，也是暗黑的打光，在夜里，一个父亲坐在餐桌，另一边坐着一个哭着吵饿的小女儿。妈妈手中只有一杯热牛奶。有近乎五秒的停顿对峙，那母亲的脸如此凝重暧昧，似乎在痛下决定，究竟该把那杯仅剩的牛奶给（他们之间似乎已存在着某种紧张）无言凝望的丈夫，还是小女孩？（字幕且打上“谁更需要温暖?”）后来当然她把牛奶推向女儿，且露出松了一口气的神情。妈的原来她还藏了一整罐新的尚未开封的奶粉。

我看完这支广告时心里充满了疑惑：那是怎么回事？这是一部五六十年代经济萧条物质匮乏的电影吗？一杯夜里的热牛奶，会造成父女间静默的抗衡？冰箱不是应该还有微波一下就好的冷披萨，或是下几个水饺，还有泡面、吐司、洋芋片……

那个女人（端着一杯热牛奶的女人）停顿犹豫的几秒钟，成为一种“多余的情感”。

契诃夫曾有一个短篇，写一个可怜的小办事员，有一天这家伙不慎在剧院里对着城里一位高级官员的后脑勺打了个喷嚏，他当场道了歉，对方也不以为意。但这位神经质的小人物回家后忐忑不安，他担忧着对方是否因此判定他为一个不懂规矩的人。于是，他“理过发，穿上一套新的官礼服大衣”，亲自到那位高级官员接待诉愿市民的办公室，亲自郑重道歉。

那位官员以为他正经八百的道歉是一桩恶作剧，给他吃了闭门羹。第二天，这个小办事员鼓足勇气再次登门道歉。这次那位高级官员气得将他赶出去。

契诃夫这样写那位有着丰富、敏感而多余的情感的人："……蠢摩耶可夫觉得身子里面有什么东西啪的一声被折断了。顿时，两耳不聪双目失灵地退回门口，步出外面，在街上漫游。他机械地跌跌撞撞地回到家里，就那样穿着官礼服大衣，和衣躺在沙发上死了。"

我总是为自己身上像多背了几个"哗哗"水袋的"多余的情感"折磨困苦。我总是在一场众人皆心不在焉的聚会散毕后，心思如潮地自悔不已："刚刚在什么时候说了那句什么，那个谁一定以为我在讽刺他。"我每回传真稿子给约稿的报纸或杂志时，总会附上可能比稿子还长的信件。我担心人与人正面接触时的傲慢或粗鲁。在我最穷困的年代，难得一次出国旅行，我仍是疲惫不已地在每一个游景暂停处，盘算着："某某的礼物还没买。"

大胡子前辈曾这样安慰我：这样的神经质是上天送给好小说家的礼物。但他后来又加上句：譬如说像那些最好的赛马吧，它们通常六七岁以后就要从第一线退役下来。那种神经极度紧绷的结果是，时间拉太长会疯掉的……

我记得那时听他这么说，心里怀疑：他是不是在暗示我什么呢？

失落的弹珠台游戏

周日的午后，坐在台大侧门新生南路对面的西雅图咖啡馆最里侧的吸烟区，透过一道隔间玻璃门，再穿过外间一桌桌年轻学生的人头轮廓，以及吧台上方垂下的一列细荷叶裙边圆柱灯盏，黑色天花板、黑色墙面将那摇晃的光晕和零星的投影灯的光源悉尽吸去……这样透视出去，截面大街那曝置在白灼日光下的校园砖墙、校园里的绿树、旧铁栏杆以及从对面穿越马路拿着书本顶住头遮光的男孩女孩们……像是冰冷黑暗的电影院正投影一部以强曝光作为影像风格之纪录片。

有时我会这样想：作为一个吃梦者，作为一个窥视、偷听、窃取破碎身世并欢快拼组，在一座城市里曲意承欢或扁薄成影子，只为了像折纸那样，手指跟着眼花缭乱，复写出一座比例缩小之城吗？作为隐喻，作为时间的牲礼而砍下的头颅——里面蛆虫般爬满玷污嚼食灰白质的各式八卦、政争谋略、股市、躁郁症杀人、生意失败的合伙人谈判破裂后抱着对方的六岁小女儿从十四层大楼的楼顶跳下……

这样的折叠、压缩，像繁花圣母、像妓女，吸吮着整座想象性城市（罪恶城市？欲望城市？）灰稠忧郁的梦魇，究竟值不值得呢？

后来，变成人手一本村上春树。有些偏执的家伙甚至炫耀性地找到他提过的那些绝版爵士唱片。那样按图索骥的目录学精准气氛多少令我沮丧，像是所有人的左腕皆戴了一只不同款式不同型号的SWATCH手表。你既疏离却又不专业地，也是“爱用族”里的一员，但你偏偏没有一本型录，以鉴往知来它所有琐细历史和琳琅炫目却持续生产的经典纪念款背后一个大致的轮廓。在这样被稀释的“我类认同”里，极难找到一个关于“我”的，不能被替代的投射和串演。

一如pub里那些迷信香草食谱和精油疗法、穿着低腰露脐牛仔裤的马子，人人皆能顺口背诵一段张爱玲最冷僻的段落；穿着三宅一生裙装染金发打烟出来是Davidoff凉烟的死痞子，开了他的Smart小车载我便车，一路华丽流畅地大谈本雅明和纳博可夫……这总令我诧异且惊怒：那是如何做到……怎么可能？

我这一代的城市过客，许多的现代气氛，是在一种实体与虚拟的巨大漏裂缝隙中，狼狈草率地找寻衔接黏补的拼装方式。譬如说：在台北尚未有捷运的十年前，我们或许是以公馆或信义路人行地下道里弹三弦琴乞婆、卖十元一枚的仿制卡通发饰之皮箱地摊或是有一只日光灯必定坏掉跳闪不已的残蔽场景，来想像诸多小说中描绘之“隐匿在城市下面的冰冷黑暗世界”。在超高层可俯瞰台北市全景的新光大楼出现之前，我们无法站在一个绝对制高点，想像罗兰·巴特的《埃菲尔铁塔》是如何借由鸟瞰城市全景历史层层覆盖的时间地图去达成“城市入族式”。妥协之方式通常是搭二六〇路公车，昏天暗地上阳明山看一片灯海的台北夜景。在Starbucks出现之前，街角常是被修车厂、瓦斯店或是银行骑楼下拄杖卖奖券的老人占据，所谓的“街角咖啡座橱窗”的观看视角和停顿时刻，常以坐在路边摊的板凳上吃着切豆干卤蛋海带时，似曾相识地看着穿着正式的上班族面无表情自你身边走过……

有许多和我年纪相仿的“老村上迷”，常有点尴尬但顽抗地坚持，村上最让人眷恋怀想的小说集子，还是那尚未家喻户晓的《失落的弹珠玩具》与《遇见百分之百的女孩》。那么地超现实，那么地灵光一现且破碎如诗，无需负担那日后慢跑般沉闷孤寂的书写长度。我总是乡愿地赞同，但确实想不太起来这两部小说究竟是在说些什么？《失落的弹珠玩具》似乎在说一九多少年份的某种型号的弹子台，印象里那个小说像一个冬日废弃的游乐场。那是一个未来感十足的场景。

但是在我的记忆里，与“弹子台”有关的场景，不论是西门町心脏地带的狮子林，或是像永和、板桥这些台北卫星市镇，那缩简版的百货公司综合大楼里的游乐场：总不外乎可乐倒翻或整坨融化的冰淇淋以至于地板总是黑乎乎黏答答，那些长头发黑丝质衬衫敞着胸的诅迌少年，一边在弹子台争相竞器的巨大音效中，像梦境中的剪影那样又摇又撞又踹骂着那些牲口般的金属机台；一边叼着烟，呸着槟榔（他们搁放在台面上的烟燎熏得玻璃一整片黑疤，他们的槟榔汁喷得投币孔和弹簧拉杆处处有一种肺痨传染病菌的阴晦印象），穿着夹脚拖鞋啪啪啦啦和同伙追逐喊打……

那样的城市经历，一旦成了村上的读者，不知为何全成了冷光科幻的“天文馆剧场”之类的印象？

有一些是真的……有一些是假的……有一些是从前的景观硬被未来召唤去充数……有一些则永远永远不会在你眼前的这座城市里出现了……

有一次在 pub 听一位前辈诗人说起上海，他多少对这一阵台北文化界人人趋之若鹜往上海跑或是充满艳遇地谈论上海的现代化感到不耐。他说，那一回他和一位人渣好友为了什么事只去上海一天，就只待一天，所以也就没兴趣去传闻中的繁华所在看看逛逛。他的人渣朋友出去晃了半天，回来非常兴奋神秘地拉他去“一处好玩的地方”……“结果你知道是去干嘛？”像提着裤脚蹬踩过那座未来之城以名牌橱窗豪华饭店花岗石玻璃材质作为换时线的切面，他们闯进那个城市某一个午后过去的时刻：他带着他绕进人家弄堂后巷的一间小洗发铺，并学着里面十六七岁素净的苏州少女的腔调——“ㄒㄧˇ·ㄍㄜㄊㄧㄦˊㄧㄡㄧ”洗个头。一个人三块钱人民币。梦境一样的午后，阳光斜懒垂挂着，他们满头泡沫地仰躺在老旧的躺椅上。没有旖旎遐想，只有苏州少女的手指劲道恰好地在头皮上按着搓着。

这个故事还有个尾巴。他说他那个人渣朋友在上海的那半天，非常兴奋地跑去买了很多的——说好听些，是“如今已消逝无踪的、老台北人怀旧的时光物件”。我记得我那位前辈诗人又气又笑地说了许多，但不知怎么，我只记得“美琪药皂”这一样。离开的前一晚，他帮他把那些“垃圾”打包，硬塞满一只破皮箱，因为扣锁不时迸开，他们还找了条麻绳来捆绑。

“你知道怎么样?”当他们到了中正机场出关，在领取行李的环形履带平台前等着，那个人渣朋友突然哀鸣一声，喊他的名字，“喂，某某，你看……”

那些大箱小箱金属壳塑胶壳的行李随着输送履带转动，在人群围绕着，在光天化日下，他们的那只皮箱迸裂敞开，所有那些——我只记得其中有数十块美琪药皂——像去另一座城市偷取自己这座城市古老身世的证物，全四散撒落在那持续运转的金属履带上。

绿窗

我曾在阳明山租过一间宿舍，那是在中山楼旁，歧岔入一条幽僻山路的小村，说是小村，其实不过是沿着磺泉溪谷上端，每隔一百公尺才零星出现三四户民居。当地居民可能是早些年卫戍中山楼的警备队、厨房或工作人员的家眷，所以等我们这些大学生看了房租红单寻来、找出租宿舍时，会感觉到一种似曾相识的，年轻人俱离开只剩老人的凋零眷村印象。

我那时忙着恋爱或找朋友喝酒，每日皆早出晚归。阳明山从初冬开始到第二年春末，总浸在漫漫雨季之中。对那条山路的印象，总是每夜孤单地开着摇晃的破二手车，车前灯照着雨丝纷飞的一片强光屏幕，不断地有大批寻死的白蛾在那光里撞在雨刷一拨一拨的挡风玻璃上。积水的小路上，翻白肚子仰躺着一只一只溺死的蛙尸。有的被之前的车轮辗得肠红屎绿;有的则完好洁白像屠村后漂在河面上的女童尸体。

因为是由一些简陋民居改装成宿舍,所以规格总和学校附近那些公寓里用三夹板隔间或是某些有钱房东干脆花钱重砌水泥房舍(每间整齐三四坪①,五六间共用一间卫浴)的“学生厝”不同。譬如我那宿舍,即是由一间典型的眷村小平房中间以木板隔间而成。隔壁住着房东太太的大儿子、媳妇一家人。我的这一半,当初可能是他们分家前(我的房租是交给已搬离山上的小儿子)的小客厅(因为墙上有一个凹嵌进去的小壁柜,那已被漆上白水泥的弧形板架让我猜测是那个已过世父亲的简陋酒柜。我把它用来搁放普通植物学、微积分、说文解字、世界戏剧艺术史或唐戏弄……这些我在不同系所间流浪、浑浑噩噩买下、却从未用心研读的大本教科书),小厨房(有一个结了黄垢、缺牙露齿的小瓷砖贴的洗菜槽和原该放瓦斯炉的小平台),小厕所(那个和尿斗形貌相似、上面布满冰裂纹的小洗脸池,装了一只长颈的结满铅垢的旧式水龙头),一间一坪大小的贮藏间(我在里头打地铺充作卧房),还有一间书房(我把它当作书房,而它原先亦极可能是那位未谋面的老

---

① 坪,日本面积单位,等于一日亩的三十分之一,合 3.305 7 平方米。

人的书房。因为我一租进去，那个房间即在窗前放了一张比学生书桌大上许多、木头料子也甚沉重的大书桌。靠墙还有一座老书架）。

那张书桌正对的窗外，是房东太太的小菜圃。但我如今回想，那片菜园那时可能已荒芜了。我记得有一架丝瓜棚，水光淋漓地湮埋在一整片绿草之中。我那时青春正盛，哪知珍惜自家窗前这一幅使时光停止的画面？偶尔，春天瓜棚上垂挂下一朵朵女人裙蕾般的黄色丝瓜花，便引来几只盈盈袅袅的黄粉蝶。有时山中起雾，那隐进灰绿色湿糊水彩画的远近树木轮廓，简直就像塔科夫斯基电影中的镜头。

我想到一些细节。然后我试图补充它们，使之成为较清晰可辨之画面。

我记得有一个黄昏，我回去的时候发现房东太太的大儿子带着他的小孩（那是一个叫“君君”的小男孩，我初搬去时，隔墙听见那媳妇斥喝着：“ㄐㄩㄣㄐㄩㄣ[①]，有没有要尿尿？”“ㄐㄩㄣㄐㄩㄣ，不要玩鸡鸡。”总面臊耳赤以为在喊我），蹲在门前一只老鼠笼边，在逗弄着什么。我凑近去看，发现是一只掌

① ㄐㄩㄣㄐㄩㄣ，发音近似 junjun。

握大小的小猫头鹰。房东太太的大儿子告诉我:那是前一晚一只母猫头鹰带着它的小鹰学飞,结果两只小的摔了下来。一只摔死了,剩下这只,可能翅膀也摔坏了,连扑扑跳跳都不会。

他们父子,非常专心地蹲围着那只小东西,用筷子挟一块血淋淋的生绞肉,往那灰色的鹰喙里塞。但那只小猫头鹰,像落难贵族那样,一脸尊严,不时翻着白眼,用硬喙错挡着伸戳过来的筷子尖,甚至威吓式地咬那筷子一下。房东太太的大儿子忧心忡忡地对我说,这家伙什么也不吃,水也不喝,这样下去,恐怕没多久就会失温而死。他说那只母猫头鹰非常着急,一整天都在上面徘徊悲鸣。然后这个性急的家伙,竟然进屋去拿了一柄老虎钳子,想一手把小鹰的嘴撬开,一手用筷子塞肉进去。那个过程非常惨烈,乍看像要替那只小猫头鹰拔舌。那只烈性小鹰激烈挣扎,我和君君皆只敢远远观看(且不时要将好奇趋近的他们养的一只老黄狗赶走),无从插手帮忙。

这两天我突然着魔似的惦念起那个书桌窗前的废弃菜圃,那幅静止的、晕着整片绿光的图画。我那时因正处于一种热病般的不幸恋情里,所以鲜少安定地坐在那张书桌前好好读书。有时入夜后,我会将电视音量按至最小(怕吵到一板之隔熟睡的那一家人),坐在小客厅,看无声画面里我完全不理解规则与审美角度的拳击赛。山中静夜，我似乎可听见自己太阳穴处血管突突涌动的声响。那一年，我为了抓住那份脆弱绝望的感情，开始把自己从七十几公斤缓步吃肥，一直到一年后被军中退训的一百零八公斤。我的成绩一落千丈，那时非常疼我的指导教授在我的期末报告后写了一段长长的文字：“……我不知道你发生了什么事？也许你会非常自信清明于你只是暂时处在第二义的生活，不久以后，你也许就会回到第一义的世界。但是，如果——也许我太悲观——如果，时日渐去，你并没有回到那第一义的生活，而永远、永远就活在那第二义，甚至第三义的日子里，且永远不会有人再对你提起：原来你该是怎样的。……思及此，我不觉沉痛且悲伤……”

窗外那幅漫淹于一片绿光中的废弃丝瓜棚是怎么一回事呢？这两天我努力想着那幅画，想到脑袋都痛了。“我已活在第二义甚至第三义的世界里许多年了？”人群里，我眯着眼笑而好脾气，独处时，常点烟失神，让灰烬长长一截烧到滤嘴。“我再也无法变成更好的人了。”那些美好的昔时，已再也、再也不会回来了。一位陌路多年、我以为“在遥远的老年总可以释怀迟钝的、难以言喻的伤害”之故人，前些天辗转听说，得了绝症。这是怎么一回事呢？

算算我在阳明山一共待了十年。先后搬过七八个不同住处，不同宽窄的房间，不同光度、不同房东太太和她们的家人。我每一阶段的不同遭遇和身边流过的朋友。每一时期收养过不同的狗（后来这些狗在这两年内陆续死去）。在我单身汉的时光，我赁租在山坳或溪谷的宿舍从不锁房门，我的人渣哥们自由进出，用我放在地上的电锅热、小冰箱里酸掉的卤味下酒。有一次我醉醺醺地回去，发现一个失恋的家伙，用他射箭社（他是社长）的箭矢簇头，把自己的大腿戳得血淋淋的，弄得我的流浪汉房间臭烘烘的，全是米酒酒精和血腥味。

另一次是一个叫小贤的学弟，他的漂亮马子不知哪里弄来一只巴西宠物龟寄养在他那儿。我们一开始无聊得很，想出各种方式折磨那只可怜的乌龟，没想到过两天那只乌龟就死了。这可把小贤给吓坏了。我们提议再买一只相像的来冒充，“不可能，”他哀号着说，“一定会被发现，她像电脑描图一样记得那龟壳上的花纹。”后来他还是照我们的话去买了一只同品种的乌龟。他马子也并未发现有何异同（连我们教他的万一被抓包的说辞——“小乌龟每几个月就会把龟壳上的花纹蜕变一下”——都没用上）。后来的这只冒牌货倒是长命百岁，一直到他们结婚，生了一对双胞胎女儿之后，仍养在家里。

原来的那只，那时被小贤藏在书桌抽屉里，时日久远，变成了牙黄色的骨骼标本。

小贤那时赁租的宿舍坐落在前山公园阳明湖后的一排旧楼房里。他的房东是每天清晨提着两只铅桶——一只装芋头咸粥，一只装米粉汤——卖给早晨到公共浴池泡温泉的一位不起眼妇人。但他们的那栋房子，上下三层，每层至少十个房间，规格不输一个小型教师会馆或联勤招待所。按此计算，每学期的房租少说百万。但那房舍临近布满水生植物的湖沼，四周茶花树丛蓊蓊郁郁，入夜后总有一股鬼气。我每次去找小贤，他总神秘兮兮地诉苦：妈的，我在这住了半年，从来没在走廊上遇过半个同租这里的学生。晚上四邻静悄悄，完全不像学生宿舍，可是外头的车棚每天都停满了机车，这里不会是个鬼屋吧？

从他那宿舍沿一条小径往外走，会经过一幢仿欧式建筑的漂亮别墅，从倾塌的围墙看进去，可以看到一个高台走廊，有一排希腊神庙式的圆柱列，柱头上的装饰花样还颇讲究。据说那屋子是柯赐海①的，他空置着，在里头养了数十只的

---

① 柯赐海，有“抗议天王”称号的台湾话题人物，曾持关公刀登记参加2008年台湾地区领导人选举。

狗。确实，以在那屋外紧靠马路处，就停着一辆“柯式宣传车”：上头的看板上，红漆黑漆写满各种控诉句子，车辆四周栓着各式大小（包括挪威娜、大麦町、秋田这类大型名种犬）哀哀哼哼的狗。

去年我儿子满月，我和妻子上山送油饭给以前的房东，途经那幢房子，发现车子和狗都不见了。我们忍不住下车，旋进那美丽的建筑里看看。发现那已是一座废墟空屋，地板因潮湿膨胀而浮凸隆起，藤蔓植物破窗而进，爬满了整面墙。欧式的壁炉里，竟奇迹地长了一棵小树。

搬离

我搬离阳明山前的最后几年，和妻子赁租住在纱帽山阳投公路旁一处隐蔽山坳的宽敞平房里，必须顺着一段凹损的青苔石阶爬上极陡的四五十级台阶，穿过四五幢或荒置或仅住独居老人的傍山小屋及老人们在屋前植种的白茶花、山樱、李树或一丛丛的杜鹃，才会到达。事实上这个山坳里的十几幢住户（据我观察，全是违建），共用石阶下的一个斑驳红漆木门，和一个门牌号码。他们全是一些在山里住了四五十年的老人。我们的房东太太年轻时就是在中山楼里做打扫的女佣。另一幢房子的房东太太将屋顶加盖，隔成四个小房间分租给文化大学的学生。她则在“国家公园”的售票亭做票员。

如今回忆那个房子，真让人怀念又感伤。住在那儿的几年内，我们每天洗澡皆是到房子外面独立挖在路面地基下方的石砌浴池里泡温泉。朽烂的木框窗外，就是一株老山樱。

夜里泡澡，点一盏黄灯泡，周围垢积着一层白色硫磺结晶的湿漉山壁，栖覆了成千上万只颜色艳丽的飞蛾。它们在烟雾中轻颤翅翼，使得整个澡堂恍如梦中。

那时我们的房子有六扇大雾面玻璃的落地窗门，门外就是那些山居老人来往走动的小径。早晨天气好的日子，阳光整片洒进，被那面厚玻璃墙滤成白银匹练或银箔纸般有物质实感的一棱一棱，让我们那穷人家的客厅，显得豪奢之极。

那样美好的日子（我们每天早晨，便带着两只狗去纱帽山古道爬山；傍晚则带着直排溜冰鞋到前山公园的溜冰场和那些小鬼竞技；我们总是闲之又闲，熟门熟户地招待上山玩的朋友，到竹子湖买海芋、吃炒青菜，到平等里吃山鸡……），若不是一个叫阿辉的家伙出现，也许我至今仍避居在那山上。

那个阿辉是我们隔壁的隔壁的阿婆的儿子。这个阿婆在我念书时曾在文化大学附近开了一家肮脏窄小的素菜店，后因生意不佳而收掉。但这些看来邋遢土气的阿婆们，总因为可以将山里产权不明的老房子改建成小隔间的学生宿舍而非常殷实。阿辉搬回这个原先尽是幽灵老人出没的宁静山坳，后面或有一个其时我们不理解的台湾经济开始大崩坏的预兆。之后五六年间，我身边充斥着三十出头即哀叹不景气的失业人士。阿辉的“重回故里”，就像是台湾梦破灭，第一波不知不觉浸到脚踝边的泡沫浪花。

阿辉一开始都穿着一身西装，但我一眼就知道那是房屋中介或汽车销售的行头，且流浪汉总可以精确地嗅出另一个流浪汉。我们太常在别人上班的时间在这山坳小径悠晃相遇了。他总是露着一嘴白牙邀我上他家泡茶抬杠，但都被我婉拒。有几个晚上，他喝得醉醺醺来敲我的门，但被我挡在门外。后来他转去敲别间学生宿舍的门，找那些大学生喝酒、交心、号哭忏悔或一吐郁卒……

我不知道那后面是否有一种紊乱错置的、阶级流动受阻而形成的想象性仇恨，我在阿辉的眼中是个“读书人”，有个美丽的妻子。他跑去向我隔壁赁租的学弟埋怨我“瞧不起他”。但在我的立场，我的贫困生活后面并没有一个作为宿主的有钱父母啊。阿辉不是开着他那辆二手 SAAB① 嚣张地上下山吗？

那一个深夜，大约三四点，我与妻子在熟睡中被一阵持续的巨大声响惊醒，一开始我以为是楼上另一户赁租者（她是一

---

① SAAB，瑞典萨博汽车。

位在三温暖上班的单身女郎)的瓦斯钢瓶爆炸了。我披衣而起,打开落地窗门,发现是阿辉,即使我那样站在他的面前,他仍是低头,非常专注用力地踹着那玻璃下方的铝框。

我问他干什么?他抬起头——那是一张吸毒者的脸——像排练过的演出,他说:“你的狗。”

他说:“你的狗,吠什么吠?”

那时我亦处于一种巨大的愤怒中。我告诉他,不是我的狗在吠,我欲言又止(吠他的狗,是楼上那位谢小姐养的狗)。他说:“你这样跟我说话?”

我咆哮地对他说:“我就是这样跟你说话。”

他突然转身就跑,在路灯下,我才发现他赤着脚,那费劲跑步的矮小身影有一种奇幻滑稽的恐怖意象。我心底知道要出事了,赶忙将玻璃门锁上,一面叫仍惺忪迷惑的妻子打电话给警察(我们那个梯阶一路下去就是阳明山公园派出所)和房东;一面在房屋四处找可以当作兵器的长枝物件……

但一切都来不及了。接下来发生的事让我想起小时候看过的一则小叮当①漫画,即人如果用缩小灯缩至蚂蚁那样的

---

① 小叮当,日本漫画角色,又译机器猫。

大小，喝水就变成一件极危险之事，因为一粒水滴的表面张力就极可能把你拖进去淹死。我们的那扇玻璃门，突然像迸碎飞散的水族馆鱼缸，在我们的面前破裂了。我们的房子，少去了那层脆弱的隔屏，原来根本就贴在那条人来人往的山径旁。

阿辉带着三个朋友，各自持着长柄镰刀、锄头、铁棍和柴刀，带着恍惚的神情站在那片残垂裂齿的破玻璃门的外面。其中一个胖子的手腕在敲击中被厚玻璃裂片割伤，所以流了满身的血。我清楚地知道，他们全是吸毒者，我与暴力如此接近，而我手中拿的是黏纸拖把的塑胶细杆。我是打从心底真正地恐惧：下一个瞬间他们就会推开门进来，杀了我，强暴我妻子……而事实上阿辉的手也从那玻璃门的破洞中伸进来，不得要领地反开着那锁……

于是我走上前（我的拖鞋踩在那些大小玻璃裂片上），颤声向阿辉道歉，我说我不该用那种语气对他说话，我甚至柔声劝说他快带他满身是血的朋友去看医生，我说阿辉我们不是朋友吗？我说我不是一直最敬重你吗？……这时阿辉似乎才从那咒魇般暴力化的连续动作中静止下来，他把手从那裂洞中伸进来，要我跟他握手言和……

后来发生之事我不想多说。我们的房东太太十分钟后赶到，她看到她的玻璃门被打破，愤怒地要找阿辉理论，但却又被阿辉殴打。半小时后才讪讪爬上来的派出所废物警员恰好扮演拉扯劝架的角色。后来我们全到派出所作笔录。一开始我们坚持要告他。那个写笔录的警员一直写错字，且想把案子吃掉。后来转到北投分局时，三组里的刑警又劝我们告到底。那时我们才知道阿辉有十几条伤害罪或伤害未遂的前科。但后来案子上诉到地检署检察庭时，房东太太的儿子说他决定撤回告诉（他怕阿辉对他的小孩报复），这一说提醒了我，于是我也撤回了告诉……

但那段日子，每当我睡前闭上眼，脑海里浮现的尽是我如何痛殴阿辉的画面，我一拳一拳地打他，凌虐他，甚至后来他在我的幻想中被我失手打死，我还偏执地想象如何处置他的尸体：剁成小块，泡盐酸，丢进马桶冲掉，或是埋在后山的茶树丛里……

后来我们搬离了阳明山。

别人的房间

我和妻子在那座公园旁等了许久，那位房屋中介公司的业务员才姗姗来迟。她是一位妈妈型的中年女性，脸黑黑的，不善言辞的样子，完全不像印象中所有业务员穿着光鲜西装或剪裁合身的套装，介绍起房子像连发机枪的钢珠子弹。这位业务员沉默寡言，拿了一串钥匙，开了那破旧的公寓铁门，领着我们一阶阶爬着那阴暗积尘的楼梯。

那是一间老旧公寓的四楼，顶楼阳台还加盖了一间轻钢架、铁皮屋顶、四壁全是玻璃铝门的篷屋。当她费了好大劲旋锁，打开那扇和整幢建筑灰旧印象不相符的墨绿色簇新防盗钢门时，我和妻子都有一种屋里涌出的光像大水缸被击破、水的张力犹停顿悬空的饱满晃漾的幻觉。那个屋子的采光实在太好了。也只有这种老公寓的格局才会有那么奢侈的采光。屋里空无一物，地板磨损得相当厉害，壁纸上污渍斑斑，玄关处作为鞋柜，隔屏橱柜的木工非常老式扎实（木料是二十几年前的家具才可见的硬木，木刻雕花也是古早①工艺），开往阳台的落地铝窗窗框全因金属疲乏而歪曲变形，浴室里的浴缸也是久远年代的那种彩色小卵形瓷砖碎拼而成，饭厅预设区域上垂着一盏老式（不是复古）百合花弧瓣玻璃灯罩的挂灯……

是一间时光的质地像细沙可触、在空间里悬浮的老房子。

妻压低嗓音像高中女生在课堂讲悄悄话那样对我评论着这房子的各处，我知道她只有在极兴奋时才会这样说话。她说这房子的光线让她想起小时候澎湖的那些房子。我则想起我小学时放学时分和同伴在永和那些迷宫巷弄里冒险兜绕、偶尔翻进已无人居住的日式空屋，同样也是空荡荡的房子，曝白强光四面汹涌，不同的是满地破烂家什书页报纸水泥碎片……是那么容易召唤你昔时记忆里某一个怔忡时刻的梦幻老公寓哪……

寡言的业务员推开阳台窗，比给我们看，隔着一条窄巷，对面不是遮断视线的另一座峡谷公寓或大楼，竟是城市里稀

---

① 古早，意指有一段历史了，在福建闽南地区和台湾地区用的比较多。

罕幸存的,"大户人家"的日式平房宅院,你们可以俯瞰他们家的庭园景致和蓊郁的大树。我们几乎尖叫出声,但立刻又摆出购屋人该有的那种刻薄挑剔,糟蹋别人房子的嘴脸……

实在是太旧了……这要重新装潢,怕得再花个一两百万吧……怎么搞的好像法拍屋①哪……

那个妈妈桑模样的业务员竟也不加辩解,只是带着一脸低抑抱歉的笑容,再领着我们打开一间一间房门——我突然觉得,她是那种,晚餐桌上先生孩子抱怨今天的冬瓜排骨汤或炒茄子难吃死了,她也不会动怒,只是默默把汤整碗端下去的妇人——壁柜全都打进墙内,虽然非常旧,但又可以省下一些空间;打开后阳台的门,(天哪)后面又是另一幢"大户人家"的庭院鸟瞰,满眼因为不同种树叶错落而形成视觉的繁复构图。带我们看看顶楼加盖的那间好吗?好的。女人又领着我们爬了两级积满灰尘的楼梯,来到屋顶阳台,那座违建加盖的铁皮顶玻璃窗之屋,建材的损坏状况较主屋严重许多,完全无从想象原来的屋主利用这间空荡荡的透明空中楼阁作何用途?是一座私人的空中花园?退休老人放张长条桌写写书法的简陋

① 法拍屋,由于债务纠纷,由法院查封后进行拍卖处分的房屋。

书斋？或是老套的放张乒乓桌或滑桨运动器材？

女人干巴巴地跟我们解释，这个加盖屋是在违建立法之前，所以政府不会来拆，可是也不能改建或换铁皮屋顶，因为当初已空拍过了……还没有谈到价钱……或是房贷利率之类的细节。我和妻子交头接耳地讨论：这间到时就当作书房吧，所有的书柜全放在这，这一面玻璃窗墙可以换成遮蔽的墙面吧……还可以放一些大一点的盆栽……当然地板要换掉，地板都浮起来了……

女人和我们站在那浮晃的光里，仍是微笑地听我们煞有其事地规划未来对这空屋的摆设和想象，有时她会拿出手帕来擦擦额头和下巴的汗。

但我们根本、根本就不会买那个房子。

这个游戏我们已进行了第四次或第五次了。通常是妻子在城市的某个恍如梦境的巷弄漫走（头两次在温州街，有一次在瑞安街，一次在永康公园的后面，这次则在伊通公园），突然见某一公寓铁窗上绑着块房屋中介公司的联络电话，她便把我找去，然后拨了那个电话，大约十分钟后，就会有一位（通常是年轻而多话的男生）业务员骑着机车赶至，拿着一串钥匙，打开某一间空屋（或新或旧，但屋内总弥散着一种人去楼空的奇怪寂寥)，于是我们便像一对有意购屋的年轻夫妻，这边看看那边看看，某些地方露出欣羡欢喜之情，另一些地方则挑拣批评。有时那些业务员会用奇怪的方式套交情(您几年次[1]的? 什么高中毕业?真的?我老婆也是澎湖人，我一听你讲话就知道……)，有时我们会互相发发对时局或景气的牢骚。然后我们在离开屋子前，会暗示那业务员我们其实颇心动，不过那个价钱对我们而言稍稍超过预算，我们回去再仔细研究看看，会再和他联络……

事实上我们完全没有“买一幢房子”(在台北市!)的预算，不论是头期款或那之后漫漫无期的每月分期款。一开始我被妻子拉去“看房子”时，心底着实隐隐惊疑着，后来我发现那是她某种梦游般的“梦境场景”(那些房子的周边总围绕着一些美好的咖啡屋、小学校园、传统市场或一些奇怪的店家)——像年轻时我们走进摆放着一辈子也买不起的琳琅古瓷器店，和那些古董知识渊博的老板切磋心得，或是你推着婴儿车在微风广场的购物街，看着一个小间一个小间玻璃柜窗内展览

① 指以1911年为起始点，如1920年代生人为一年次，2000年代生人为九年次。

着那些昂贵名牌衣饰和戏梦一般的华服美妇(有一次我孩子的婴儿车和一位少妇推着一女孩的婴儿车错肩而过，妻子回头轻声对我说："那是孙芸芸①。")——如此亲爱又如此疏离，如此置身其中却仿佛异乡。我们闯进城市不同高度的楼层，那些别人的空屋子里，在里面静待默立，想象着自己在其中生活的景象。

那里面有没有伤害或欺骗的细微情感呢？老实说之前都被那些叽叽呱呱口若悬河的年轻业务员话语后面的侩俗气氛给冲淡抵销了，直到遇到了这位木讷的中年女业务员。(我多想这样问她：您每天骑着机车在这城市的街巷穿梭，拎着一大串钥匙带着不同的陌生人，进去那些不同的空屋。下班后也是得戴着盔帽口罩，灰扑扑挤在车阵里，离开这座城市，回到您在中和板桥北投新店或深坑②的家去吧？)我们和她离开那间公寓时，她完全没有夹缠，要我们赶快决定(虚构出另一个不存在的买主)，她竟像第一次面试结束后松了口气那样，急匆匆(没有留我们的电话)朝我们反方向的巷子那头，小跑步

① 孙芸芸，台湾企业家，名媛，微风广场时尚顾问。
② 深坑，台湾省台北县辖下的乡级行政区。

地离去。

那时，我和妻子站在伊通公园的小铁栏边，怅然若失地抬头望着那间老旧却迷惑人的公寓。像隐喻一般，在我身旁的矮墙上，贴了一张奇怪的寻物启事。那张启事的内容如此哀切而令我物伤其类——写这张启事的失物之人和他欲向之讨回失物的窃贼，在这座城市里，那么相濡以沫互为流浪同类，那么体贴婉转动之以情——使我忍不住将其抄录下来：

给清晨5点(4月20日)在吉野家①拿走睡人旁座深蓝色大背包的先生：

我知道你不是坏人，请还我包包和两本笔记本和里面的书。是我自己不好，没顾好东西让你起了这念头。我只要包包里的东西。那里面的笔记本和书对我而言，是和生命同等重要的宝物。我可以跪下来求你，磕头求你，把包包里的书和笔记本还我，其他的东西你都可以拿走。没人知道你的长相，求你快把包包和里面的书册交给警察局……

① 吉野店，日式快餐店。

会有好报降临在你身上的。或者你直接打电话给(0922××××××)约个地方拿背包。你把包包留下后马上走掉也好。我会感谢你对我这可怜人存有的恻隐之心。

洗衣店

那一年，我的朋友卢君在阳明山后马路边赁居了一间不到三坪的小房间，那个房间很怪异地被圈围在一个颓败荒凉的庭院里，且从外边的人行道隔着低矮的镂空花砖墙，正好可以看到闷热而无所事事的卢君，穿条内裤和背心，如橱窗里的猴子一般呆坐在那灯光之中。那个庭院可以从一个朽烂的红木门进出，围绕着小庭院四周，住着四五间似乎是同系的学生。因为以我每回进出那院落找卢君的印象，他们皆摔纱门进出各自房间，吆喝着吃消夜，女孩们佯嗔痴笑男孩的戏弄，屋里总流泻出那种学生宿舍才有的、热闹繁华、朝生暮死的灯光。他们的房东是个外省老头，在院落的一边开了一间店面破烂阴暗的洗衣店。院落里机车排列占据后的剩余空间里，老人养了不少盆栽，有兰、有小松柏、有铁树、有茶花……所以院子给人一种饱吸水气、湿漉漉的印象。

只有卢君孤自一人和所有人无关。不论是院落里那些大学生，或是隔墙洗衣店的老头和他的女儿。

那间洗衣店如此昏暗老旧，完全没有后来城市街道巷弄里大量出现的连锁洗衣店（排列在一起、像潜艇圆舱防水窗里永远在翻转的衣衫芭蕾舞，或是套着一层明亮塑胶纸的高级西装整列挂在洁净的柜台上空，或是空气里总弥散着高级办公室那种淡淡的纳米消毒剂香味）如果后者刻意将洗衣店伪扮成一个都会化的“衣物的商务饭店”，光洁、利落，你只需把你褪下的衣物送进去，不需要经历那一切流程，时间过去，你就可以去领回一包散发着软香气味的、全新的衣物，那么我记忆里的那间老洗衣店，则像是那些老中药铺、老当铺、老师傅的脚踏车店：那窄小的店面永远光照不足，墙壁上永远皱浮裂纹着大片壁癌，作为老板的老人永远将手艺过程中排泄或积累的油垢秽物毫不遮掩地展列给顾客看。那些大学生们整包整包提去发酸长霉的臭袜子臭汗衫臭内裤，老人以他奇特的分类记忆方式将它们全堆在一处，他的手上总沾满了处理顽垢油墨的清洁剂。在头顶的上方，则鬼影幢幢拎挂着一条一条大学生的床单（奇怪的是，既有老阿嬷的暗花布纹，亦有可爱小熊碎花或太空船图案，亦有饭店那样的白色床巾），总给人一种湿淋淋尚在滴水的印象。店里唯一在运转的三台滚筒洗衣机，则像锅炉间里的蒸饭箱，喷得一屋子热腾腾的蒸气。

在那阴郁、湿热而晕乎（塞满各式臭衣物）的画面里，除了那个像少林寺老僧一样的老人，还有一个有一双惊人美目的女孩。在我依稀的回忆中（以一个二十出头的大学生对女人的经验判断），女孩可能比我和那些穿着拖鞋进出领洗衣物的颓废大学生们大两三岁。（她是老人的女儿？或是孙女？）我不知道那女孩是否仍在读书或在工作。她总是一脸忿恨地置身在被垂挂衣幔遮蔽得如此晦暗的空间里，回答那些嘻哗又无知的大学男生："号码牌呢？""砰"的把整包洗好的衣物丢在柜台，"八十块！"完全和我们在校里看到的那些因为浮晃在奢侈的青春当下，故而脸部线条没有纵深的女孩们，像两个世界里的生物。

那个洗衣店女孩，总让我想起小津[①]电影《秋刀鱼之味》里那个酸臭落魄老头的女儿。笠智众演的老人（他是小津电影里像老照片一样永远静美停蛰的时光之化身），在一次老同学的聚会中，看见了某种预示性的、衰老的不幸面貌：他们学

① 小津，日本导演小津安二郎。

生时代那个严厉无情的老师，已变成一个看到酒馆里的佳肴热酒便失态囫囵猛吃的糟老头。老学生们（他们在战后日本的经济复苏中成为商社老板之类的上层阶级）还来不及以敬语抒怀过去时光的种种，老头便胡讲一堆浑话，后烂醉不醒。笠智众和另一个老友扶着昔日的老师回去，见到了老师破旧的小店和老丑（已过了适婚年龄）的女儿，女儿的脸部线条刚强而丑恶，似乎和已成社会渣滓的老父相濡以沫，守着一个不再有任何时间意义、只有继续枯槁老去的洞穴。那一刻，原本因过早丧妻而舍不得让适婚年龄的女儿出嫁的笠智众，仿佛遭当头雷击，回家后便认真安排女儿的相亲事宜。

但那个洗衣店女孩，记忆里的那张美丽的脸——也许是我那时太年轻了，我太容易弄混事物的外貌与它们并不必然深藏其内的意义。我只是耽恋于一幅朦胧的构图：那双暗影中如蝶蛾覆翼的古装美女的眼睛，那潮湿闷热的空气，那披盖四处暗色调的布幔，还有那个沉默怪异的老兵模样的老头……使我相信那构图的后面必有一被禁锢的故事，那是一种对于时光犹存、幻觉身世像用长颈弧瓶接屋漏水滴的模糊期盼——那张脸如此愤懑，令人不得不相信她必然因为错失了什么而怨怼？

所以，像失去卫星定位的漂流地图，我回忆着那画面里的每一细节：我一次又一次地，在山仔后烤小卷串烧卤味的摊贩升起炊烟的傍晚，钻进那扇红门，穿过那些热带雨林般的，姑婆芋、爬墙虎、跳舞兰、银杏、木兰树、杜鹃……各式藤叶混生的庭园，矮身挤进卢君窄小的宿舍，听他苦闷无比地讲述他那些无疾而终的恋情，或是转述他从森林系降转心理系后，成为教科书的皮亚杰[①]或行为学派体系云云……或是那之后，每回我必然面红耳赤地，拎着一包换洗的脏衣物，像羞耻的嫖客闪进隔壁的洗衣店。我不知道其他那些大学男生是否和我同样心机——只为了在那昏黄的灯光里，可以有一瞬间，恬不知耻地盯着那张美丽的脸，好好看个够。

这许多年过去，我或已与城市里诸多惫懒男子无异，偶尔在计程车后座，额抵车窗，瞥见骑楼摊贩女不可思议的艳丽容颜，或是进出捷运车厢咫尺贴身的娟秀少女，已不再在第一瞬的诧异叹息后，继续迷惑耽想那些美丽的脸后面的故事。我亦习惯了在不同场合和一些美人儿面对面谈话而不再脸红结巴，或是突然空白失神。“啊，对不起？你刚刚说的是……”城

① 皮亚杰，瑞士心理学家，发生认识论的创始人。

市的教养让我们准备聆听身世的街廓和密室里叠放了一坛一坛"微波加热"故事，不再有那"从不断累聚的阴影往下望"，自一张美丽的五官悬垂绳索，往一处倒叙深井下降到黑暗、战栗核心的，"被囚禁在古堡里的公主"。

美丽的女人不再有足以匹配她们的伟大故事，她们变成了橱窗里的海报，环绕她们的迷雾森林变成了一小罐敷脸面膜、真伪不分的 LV 樱花包或刘玉玲的爱马仕提包、香草精油、胸罩尺寸、体重数字……不很久以前，我记得她们会睁着美目，像是仅仅为了惊吓不怀好意的痴汉："其实我……""其实我酗酒……""我唯一爱的人是我哥……""我母亲她……"童年迷路一次，街道皆沸腾浮起……或是少女时期教室的阴凉光影，暗恋的一位国文老师……

所以，在我这个年纪，我无法像数码相机清除图档那样，将那个阴暗、潮湿、闷热的洗衣店女孩从许多年前的记忆里涂销，那或是不曾发生过的某些启蒙小说里充满戏剧性的一幕。("请原谅我不得不告诉您，您是我见过最美的女人。")我从不曾真正上前和她搭讪，在那张暗影中，眉骨、鼻梁骨或下巴皆显得立体棱突，但眼瞳却发出猫科动物的般防卫与无情。折着光，那张美丽的脸庞底下，隐藏着什么伤害性的质素？("您不可能知道，在我身上曾发生过怎样悲惨的故事。”）那时我是真正、真正地，像热病一样，为了猜臆她背后的身世而颠倒迷离。（“不，您真的是最美的了。”）

瘟疫时期的怪梦

我与女人住进没有空调的俄式旅店，墙上有像指肠迂回数匝之铜管，想是在冬季严寒之时为室内暖气。不巧却遇上难得一见的高温，我们开着窗，将晾衣绳从窗扣拉至落地灯，上头挂着旅次中污脏洗净的衣裤袜子及女人的内衣。窗外，八层高的楼下，入夜的边城马路仍是霓虹流闪、人心浮动。满街乱跑之白俄胖女人，交易市场内各类仿制之俄军望远镜、苏联表、俄国军用品，摊阵老板特有的狡猾笑脸，在讲价的拉锯间，松紧收放，拿捏自如。

那时我不知道自己其实正置身梦中场景，我以为我不过是在一座异国城市。市场里蓝眼珠深削鼻梁的老头老妇们卖着榛子、干果、酸果、猴头菇、桃脯、西瓜和灵芝。小街上有放了张台球桌的小店，一群穿西装裤搭配背心的青少年支着球杆互相替对方点烟。街道上的人们拿着塑胶玩具，红着脸蓬头垢面的妇人，骑单车的年轻人，闹哄哄地往市中心的迷你圆环靠近。我看了看旅店大厅门上的红布条，原来是这个城市"自治五十周年"，像极臆想中一九五〇年代之花莲街道：骡车、马车自我们车窗外错擦而过（街边有一辆画了马车再画斜杠表示禁止通行的交通标志），低矮木造之民房，可以越过矮墙看见人家客厅里妇人困坐在一堆家庭手工业的塑胶材料之间……

那时我不知自己正置身梦中，犹在那旅店的大床上追忆着一个依稀模糊的怪梦：我在那旅店醒来前，似乎梦见（未来的）妻的父亲带我参观一间他从不让人进去的收藏间，里头是一瓶一瓶胚胎或幼婴的标本。妻的父亲私密狎昵地告诉我，这是他出生一个月间，用胚胎复制而成的另一个他，但这种复制工程只能做到幼婴一个月大时。故而我无法看见青少年的他被泡制在防腐剂玻璃皿内的景观……

女人在一旁深匀地睡着。那时我突然想起似乎是在梦里（最后一个画面）的温暖水流中，踩了海豚的头一下，才梦遗醒来的，指端犹记着冰凉潮湿的触感。我摸着因为被被褥彻底吸吮干净而显得异常燥爽的胯下，一种迥异于整趟旅程中每一次性爱后的情绪安详宁谧地缓缓释放。

为什么会出现海豚的意象呢？那个旅馆有一个树木扶疏的小喷泉庭院，房间里则是老旧的纱窗、红木地板、高脚床和干部来寄宿时的办公桌，有一台十四吋的小电视（当然坏了），污渍的墙壁，大小蛾群在日光灯跳闪之明暗间蛰覆在白色被单上。女人仍在熟睡着，我记得在那之前我陪她吃了不少怪食物：炸蚕蛹、狍子肉、一种透明身躯的长须活醉虾、小笼包、一种沾炼乳的炸馒头（她可真能吃），还喝了不少白酒。那是一间叫“熙春颐”的餐厅，听名字像是这个边城对纵情声色之最旖旎颓靡的意淫所在。但一掀帘子进去，是破烂狭仄的木梯，黑腻油滑，灯光晦暗。门口除了三四个浓妆小姐蹲在门口，亦有两个黑着脸梳了发油的后生在一旁蹲着，先前看来亦是横眉竖目的，待我们进去订了桌，大师傅出来叫了声：“客人来了。”马上缩头咂舌溜了进去。我们进入一间类似厢房的隔间，送菜的后生，即适才在门外蹲着的其中一个家伙，说话亦变得文明恭驯。

之前我们在迷你圆环的街道中心，一路找能吃的餐厅，凡挂几根霓虹灯管的，即将车靠去。但塑胶门帘垂挂着，里头黑乌乌的，灯也不开。后来我发现整条街都暗着。我倒了杯白干请那位后生，他也不客气，一仰而尽。我忍不住问了：“你们这城是咋啦？入夜人全不见了？”那家伙给自个儿点了根烟，瞪大了眼说：“客人，你们什么都不知道敢跑来这里，我们这城闹瘟疫，死了好多人哪。”

之后发生的事我竟无法以一种合条理的方式记忆：女人继续在那个古旧房间的高脚床上熟睡着，我独自一人沿着铺波斯地毯的回旋梯走下旧旅馆的大堂，在酒吧里听四个白西装的秃顶老人演奏一些爵士乐老歌(他们分别弹奏钢琴、拉大提琴、吹萨克斯风和小喇叭)。我想我大概是喝醉了吧。后来我居然看见年轻时期的妻走了进来，她远远隔了好几个座位在吧台的另一端，点了一杯调酒，自顾自酌饮着。她不认识我。过了不久，另一个年轻时代的痞子朋友也走进这个酒吧，他是个非常会讲笑话的家伙。他倒是认识我，坐到了我一旁。

纯粹是为了没话找话，我说：“想不到在我们有生之年，会遇上这场大瘟疫哪。”

“是喽，”他自暴自弃地把不加冰块的烈酒像漱口水那样倒进喉咙，招招酒杯又向调酒师要了一杯，“日子他妈真是过不下去了。”

他口齿不清地发了一些对医疗体系或官员们的牢骚，然后他又讲述了一些电视上看来的、那些遭瘟而被隔离的病人们孤独地在自己的小公寓里发着高烧病死的故事。他们的肺变得像菜瓜布一样坚硬粗粝。他们的家人都受到四邻发狂的诅咒和厌恨。没有人敢来收他们的尸……后来不知怎地，我们开始无意义地讲一些和这个瘟疫有关的屁笑话（包括那些把乳罩剪裁成口罩，于是口罩可分前开后开啦之类的）。我想要讲一个笑话压倒他，不想便垂头在吧台上睡着了……

醒来的时候（在这之间我曾隐约醒来，发觉他们两人皆不见了），只剩下年轻时的妻坐在我身旁的高脚椅。她正专注地看着面前的酒杯，没发现我侧趴的脸，眼睛正盯着她（我确定她完全不认识我）。

那时我心碎地知道：在我刚刚熟睡、在冷气直吹我后脑门的这段时光，她和那个痞子上楼开了房间，并且草率而无情地办完了事，垃圾桶里还有那家伙撕开的包封紫蓝保险套的锡箔小方格，还有用完了拉得长长（像女人丝袜一样）的一袋秽物。

暗影中女人的脸真是美，像可以把什么东西都焚烧殆尽。

（我的心脏像被什么给割开了一样。）

请原谅我，这是我在瘟疫蔓延时期的恐怖与哀愁里，非常脱轨所做的一个怪梦。

独处时光

后来我的孩子们全送进了幼稚园。在那灾难般的，因为身体的持续高度紧张（随时跟在两个不断爬上爬下、搬移物件并摧毁之，且不断制造各种险象环生的恐怖场景的小男孩身后，追逐、喝斥、镇压或处理善后），而令人处于一种耳聋目盲的弹性疲乏之中，突然间，如此奢侈地，生活里突然冒出那么一小段的、久违而乍乍变得生涩的独处时光。那是我在恋爱、结婚、生子这一切发生之前，长达六七年生命的基本样貌，很长的日子里，除了到电玩店或烂痞子朋友的宿舍喝酒打屁①，我皆像一只灰色的壁虎，失去时间感地静蛰在自己的单身宿舍里。那时我没有阅报习惯，房间里没有电视，那个年代更没有所谓电脑网络或手机。当时亦没有隔一段时日没去诚品巡巡

① 打屁，东南沿海地区的方言，指闲聊、吹牛。

逛逛便隐忧着恐怕错失了什么非买下不可的重要书籍。那是一段恍如静止的时光。我那么安惬舒缓地花一两个礼拜的时间，逐字逐句地抄读卡夫卡的《城堡》或杜拉斯的《如歌的中板》。那些故事里所发生的每一处细微转角，皆像我的澎湖妻子拿筷子吃鱼、细细翻拣那交叉繁错的针刺骨骼上附着的梭形肌理，悠闲地戳弄挟起，放进嘴里慢慢咀嚼。

当然，那样的时光（我不知道算不算美好？）对我已是永远不可复得了。不过偶尔，像劫后余生的安静清晨，它突然被插置进现在的（这几年已习惯了的，肾上腺素飙洒的每一天）时光，那种滋味真是又诧异又感伤。

像一则隐喻，大瘟疫经由每天的素描草图逐渐叠覆成一幅“地狱变”的大型回廊壁画，报上出现了一则奇幻的“连续杀人狂”新闻：这位叫陈瑞钦的加油站工程师或乡公所职员（在同事眼中是个忠厚老实的好人），十三年内，三任妻子，那些妻子们和前夫所生的儿子，还有一个他自己的儿子，最少有五人先后以车祸、遭电扇掉落砸死等原因死亡，这些死者，最后在检察官、法医、保险公司的调查下，全部以意外死亡结案。一位检查官说：“全案涉及五条人命，分开来看一点问题都没有，但合起来看却又‘奇奇怪怪’，因为死者生前投保的巨额保险金受益人都是陈瑞钦。”

瘟疫强袭，带给人们如此陌生、前所未有的巨大灾难景观——每日哪间医院又爆发感染、每日染煞的新增死亡人数像股市点数翻牌上升，像日本樱花季时节各处火车站皆挂上的各地地名及各线樱花开放之不同状况。隔离的灰暗感。大萧条时期将要来临的不确定感。进出城市密闭空间的量耳温、戴口罩的科幻仪式——这一切死亡由前景（单一死者的特写、追踪报道，或官员出现在葬礼场面）慢慢撤退成一片“惘惘的威胁”的模糊背景时，这位“怪怪的”、阴鸷藏匿在漫长时光河流里，静默无声地将居家生活里最亲近之人一个接着一个杀死的嫌犯，多像是这个难以言喻的苦闷时期的拟人化。那像是弗洛伊德说梦境对于真实世界诸多恐怖、欲望、伤害、焦虑的浓缩和隐蔽。（我们忍不住轻轻惊呼：原来“连续杀人狂”的匿踪和作案手法与SARS如此相似。）那是一种杀人想象力的衰弱和自我重复（除了第一任妻子被电扇不明不白地砸死，后来的死者们皆死于车祸），且经过这样的自我重复，让“再婚——户口认养并保险——杀人——领保险金”变成像至提款机按下密码提领现金一样地快速而程序化。那样的死亡剧场（或凶杀案的推理），将许许多多人际关系间的细微张力、停顿时刻、身体对抗(包括在杀自己的亲人时他在想什么?怎么设计死亡场景?如何伪扮而重新混迹人间?如何面对警察或保险公司繁琐的测谎侦讯)科幻地清理掉了,只剩下一种数量的景观,或是“怪怪的”、难以言喻的灰暗情感。

最近在HBO①台看了一部旧片《AI人工智能》。据说这部电影在上演之初并未得到好评。当然以“复制人类型”的科幻片来说,史蒂芬史匹柏②无法超越(甚至抄袭了)以未来的时空幻觉或人类文明耗尽衰竭时刻反省“我族与他者”的经典的《银翼杀手》(“我族”如何以自身形象为蓝本,制造“他者”,然后在经济成本考量和“种的纯洁”的复杂焦虑下,透过侦讯、测谎、监视,找出那些和“我族”看来几乎一模一样的“他者”,予以歼灭)。但是在这部“科幻片版小木偶”的电影结尾,有几个场景真叫我潸然泪下。

那是一个场景空旷到极致的“独处时光”。因为无法变成“真正的小男孩”而被收养的人类母亲遗弃荒野的机器人男孩大卫,在历经了种种像纳粹集中营般的屠杀噩梦和逃亡后,终

---

① HBO, Home Box Office,总部位于美国纽约的有线电视网络媒体公司。

② 大陆通译斯蒂芬·斯皮尔伯格。

于心存执念，找到当初设计并制造它的“公司”。那时整个纽约已如废墟浸没在海底，水面上浮出的是自由女神持手炬的手指，还有诸如帝国大厦、世贸大楼（可见电影摄于九一一之前）为首的摩天楼建筑顶层。小男孩一直相信着：“只要我变成真的小男孩，母亲就会爱我了。”当然它在自己的诞生地看到的真相，是成千上万个犹在组装线上的和它一模一样的机器人男孩大卫。外裸的金属骨架、电路板内脏和栩栩如生的、蜡像一般的一粒粒头颅。于是这个男孩哀伤地跳楼坠海“自杀”。它沉入了海底，恰好漂到一处类似迪士尼乐园童话区的小木偶肖像群中，它坐在一具因在水中浸泡过久而斑驳破旧的蓝仙子雕像前，不断祈祷：“请让我变成真的人类男孩。”

接下来，史匹柏用这样的方式说故事。他说：“日复一日，大卫都对着面前的蓝仙子许愿，他藉着白天水面上透下的细微光源看着她美丽的脸庞。每一天皆如此，这样地，两千年过去了……”

当另一个星球的高等生物乘着飞行器来到地球时，人类已经整个覆灭了，外星人从结成冰洋的城市废墟下找到电源早已终止的机器男孩大卫。它们用一种高度进化的读心术（多老套）将大卫脑袋中“曾历历如绘在人类世界的生活”的记忆重新投影重播。那时整个世界只剩下大卫，这个终其一生无法变成人类的、被遗弃的哀伤个体，可以描叙那个“灭绝之前的物种”。

当那位老外（外星人）这样对大卫说“我们常如此羡慕人类，他们那么珍视且保护的所谓‘心灵’，以如此庞大的艺术、文学、算术去描述它。我们总在困惑，那究竟是什么?”时，我忍不住在这意外的独处时刻里战栗并生理性地流起泪来。像我们这样的人造人，在这个风声鹤唳的大瘟疫年代，在这隔阻、恐怖、猜忌的气氛里，每日像吃梦兽那样大把大把吞食着“一场瘟疫景观里人类的各种变貌”，是不是只缘于一种孤独的童话式向往：“变成真正的人类。”一个全程目睹大灾难时代的人如何像体液流失般失掉尊严、仁慈、畏惧、缄默……悲惨画面的，真正的人类。

游街

在我国四[1]那年（也就是北联联招落榜，无比晦暗忧郁地，理了光头进入一间所谓“升高中前三志愿保证班”的重考班就读），因为生活突然像被折放进一只小火柴盒般苦闷，于是我结交了一群诅迌少年。以我父母的眼光看，就是“学坏”了。虽然我们那个年代的国中[2]、高中生涯同样极枯寂无聊，但设想一个十五岁的少年，每天早晨出门，顶着光头，穿着绣了补习班班徽的国中生制服，在公车上遇见你那些已换上卡其衬衫大盘帽高中制服的昔日同学或是绿衬衫白衬衫黄衬衫黑裙（而不是蓝裙）的暗恋女生，阴惨地走进罗斯福路上一条夹在腊肉店和修理脚踏车店之间的窄巷弄，钻进一间霉湿破

---

① 国四，相当于初中毕业后的第一年。

② 国中，相当于初中。

烂的旧公寓，其中一层教室约三十来坪大，却挤挤磕磕地排放了七八十个学生的木头课桌椅，天花板上整排的日光灯，似乎光源被这七八十个苦闷少男少女的枯槁皮肤吸尽，永远都暗沉沉的。

没有校园，没有操场，没有升降旗或实验室里那些像演戏一般的玻璃试管烧杯瓶罐，没有窗（教室黑板后的那面墙本应有建筑物原有之窗，但或因补习班为了隔阻楼下马路上的车声，整面用铅板封起），没有走廊（所以不可能有像《回忆点点滴滴》①里那样逆光和心仪女孩错身而过的延伸景深），甚至没有擦黑板时的彩色粉屑和值日生打板擦之类的背景声音（补习班老师用白板和一种可擦去的蓝或红墨水笔授课）。男女生严禁交谈。在那样一间修道院（或更像勒戒中心?）的封闭公寓里，配置了一位像漫画中老夫子那样的班主任、一位时不时在课间训话提醒我们是“失败者”并以繁复隐喻将一年后的“联考”描绘得时如恐怖巨兽、时如生香活色的老小姐“班导”（也或许她是班主任的妻子?）、一位据说是从两栖部队退

① 《回忆点点滴滴》，又名《岁月的童话》，日本著名动画片，吉卜力工作室出品。

役的“生活辅导组长”；以及一位他的工作就是拿藤条坐镇在教室最后方的座位上以监控全班的夜大工读生（我们几乎所有人，在那一年内皆被他从后背或脖子或手臂冷不防用藤条抽过）。他们四位的黑脸白脸角色分配可能经过精密设计（例如那位老小姐在某个男孩或女孩被蛙人组长或夜大工读生揍哭时，总会适时出现，语重心长甚至哽咽地对着人心浮动的整间教室发表演说），但有时他们会乱了套，彼此交换角色（我看过那位老小姐有一次气急而掌掴一位在发型或袖子上玩些时髦小玩意的漂亮女孩，却换成蛙人老哥柔声对那泣不成声的女孩晓以大义）。每天下午大约一点半，班主任会用藤条甩击黑板，把伏桌午睡的我们叫醒，然后（不准发出声音）排列成队，带我们走出那栋建筑、那条窄巷、沿着骑楼绕至补习班后街，经过一排修车厂，等于绕那补习班周边一圈，再列队钻回那栋阴惨的老公寓。

这趟“放风”（美其名为“让你们活动筋骨”）是我一天中唯一见到世界景物充分暴展在日光光照下的珍贵时刻，但每每却让我羞愧欲死。我想象着那条路线所经的商家，每天午后都会像看街头艺术那样，怪异滑稽地看着二男一女，各持一根长藤条，赶骡队一般驱赶着一列面容苍白、蹶蹶蹬蹬、安静无声的队伍从店门前走过。那些少年一律光头，那些少女一律西瓜皮。这个经验使我日后经过那些美发店时，巧遇那些染金头发的男女美发师们，排成一列在人行砖上一脸大便地答数喊口令做晨间操，我总是心有戚戚焉低头经过，脸上绝不带一丝嘲弄……

暗室里的严栓密缝与午阳曝晒下安静无声的游街展示，那样像黑白纪录片或兽形猫犬之眼瞳观看、记忆，第一次跨过桥离开童年之镇（永和）而进入大城的流动街景。每天下课后，穿过那时对我来说简直宽阔无际如大河的罗斯福路，在对面的站牌下等公车回家。那时通常已是华灯初上，整座城市最美丽的时分。我们这些半人不鬼、怪装异服的少年们，挤上公车，置身的人群全是那些疲惫不堪香水馊掉面容垮掉的下了班的成年男女（那个时段已没有身着正规制服的高中生在车上了）。那时我并无能力观察那些疲惫而各有心事的大人们，只是莫名其妙地置身在那一大团像油彩晕乎下滴的奇异画面里。那些垂挂着浓膏酱色动物腿蹄的老腊肉店、那些二楼橱窗里像鬼魂般悬挂着孤单两件蓬裙短上身的新娘白纱、那些卤素灯下鲜艳失真一盘一盘西瓜、木瓜、杨桃、莲雾水果切盘和一只飞速旋转电动赶蝇绳的水果摊、还有那如今已难引起食欲彼时隔街相望却如梦如幻的一铁盘一铁盘展列在店家案前的红糟肉卤猪脚、番茄炒蛋、炒茄子、酱乌贼甚至一枚一枚油晃晃荷包蛋的自助餐小饭馆……

置身在那幅画面里使我又饥又饿。如今我或有体会，或是感伤一些地扩大那不幸被错置于“初次进城”的关键时刻。那黑白纪录片的一年。那没有正式名分、像鬼月在沿街铁炉熊熊冥钱火焰间仓皇窜走的鬼形的一年。我或会将之描述成“对颜色的饥渴”或曰“对懵懂但允许恰嵌入人群之身份的饥渴”。

这个故事的尽头，是否一如那些艺术电影的陈套，会将光影收刹在这样一个场景(虽然在我记忆中那一幕真真实实地发生过)：某一天午后，同样是从睡梦中惊醒，像上好发条的机械玩具，乖驯地跟着那一列同样被剥夺掉什么重要东西的少年少女们，从那栋暗室走入那强光骤袭的白日街景里。无望地、眯着眼、垂耷着头安静地走(整列队伍只听见全部人的布鞋“窸哩窣啰”拖着骑楼走廊地的闷响)。那些腊肉店、照片冲印馆、刻印章打钥匙的、修车行……突然一个清脆的少女声音从马路那端喊我的名字：“骆以军——”像超度经文突然破空而下，掴击了踟蹰在空荡街景不知自己早已死去的亡魂：“你在这里做什么啊?”炽白的阳光下站着一个白衣黑裙(那是中山女高的制服)的高中女生。我马上认出了她。她是我国中同班坐我座位旁的女孩。她是一个非常、非常聪明的家伙。常在上课时面不改色(我怀疑是腹语术?)学台上那些老师滑稽的腔调说话,逗得我“扑哧”笑出被叫上台挨板子,她却完全没事。但这一次,似乎是我远超出她智力理解范围地加入了一个喜剧马戏团里——我的光头,我身上不伦不类的重考生制服,还有我置身的这出奇幻荒怪的街头滑稽戏——她在日光的街道上涨红了脸,几乎要大笑起来,但旋即被我前后那些和我一模一样装扮的少年少女们阴郁敌意的眼光惊慑压制。她隔着一段距离,跟了我们的队伍大约十来公尺吧,压低了嗓音,疑惑地问我:“你怎么了?”“怎么会在这里?”“他们在做什么?”

我很想转头痛斥她:妈的你是白痴啊!看不出来我们在排队走路绕这个街道绕这个骑楼吗?我在做什么?我在重考,懂不懂!但,我只是低着头跟着那安静的队伍走(我多想把光头埋进那一列僵硬黯淡、几乎连缀成一条整体的身体里),一直到下一个骑楼转角,转进那条阴暗的窄巷。我从头到尾都没搭理她。

冰宫

大约在我高一、高二那两年，这座城市突然魔幻又诗意地流行起滑冰——那可不是公园里，小狗随意便溺的磨石溜冰场，或是国父纪念馆广场上那些戴头盔护膝护肘手套歪歪斜斜踩步的直排轮小孩；那可是货真价实的冰刀，以及刹车时冰层漫飞的人工冰池——我不知道那是怎么一回事？就像这座城市发生在十几二十年间的一场一场幻梦：高级花式撞球场、棒球打击场、钓虾场、健身房、网咖……但是那两年突然就流行起“冰宫”。城市的各处角落，像外星人入侵般建立起一座座科幻味极重的华丽据点：来来冰宫、金万年冰宫（在西门町万年大楼里）、太子冰宫（在圆环）、狄斯耐冰宫（在信义路老银翼附近）……这些冰宫通常都在某一幢商业大楼的其中一层，电梯打开的一瞬，一种宛如梦境的、奢靡又疏离的气氛便扑袭上来。那是奇诡地糅合了舞厅、保龄球馆、游泳池与电影院气氛的乖异游乐场。你从布满雾气的彩色压克力窗窥望里面，冰池上的氤氲迷雾、霓虹灯与镭射灯错闪，震天响的音箱喇叭“砰咚砰咚”让玻璃发出滋滋共鸣，穿着奇装异服的男孩女孩们便在那晕染了各种颜色的冰面上，歪歪跌跌地绕圈子、嬉笑、忸怩作态、羞涩调情，进行着我们那个苦闷年代的社交。大部分人都只会简单的正溜和倒溜。（有些家伙明明只会正溜，却故意拿杯可乐危颤颤地边溜边喝，以此在马子前装出很屌的样子。）像我有个朋友，绰号叫“老二”（他其实是个长得极帅且斯文的家伙，不知为何被栽上这个难听的别名），他不过就是倒溜极稳且左右剪冰皆极流畅，便常常在冰宫里大出风头，因为他可以带出一条二三十人连结的“接龙”：即几乎冰池上所有滑冰的男孩女孩们，皆像火车那样一个接一个扶着前一人的腰（有些不良的迌迌仔会乘机摸前面女生的屁股），由着“老二”，他，忽左忽右，绕柱打圈、蛇形、波浪舞……

有时候，会有一两个真正的高手，他们总喜欢穿着蝴蝶袖长衬衫，前襟敞开，他们穿着自己订制的冰刀（而不是冰宫按不同尺寸出租、永远湿答答、皮革皱烂、捂着前人脚臭的蹩脚冰鞋）。他们睥睨众人，一开始，极不耐烦地在蹒跚滑行的人群间游梭，算是热身。他们在我们这些歪斜凡人之间滑行，像

《骇客任务》里基努·李维闪子弹那样写意。奇怪的是他们的身体没怎么使劲，整个人就像豪华的太空梭在一堆宇宙垃圾间飞翔，他们时不时还可以摆出像飞燕、华尔兹跳跃这样的舞蹈动作哩。不论他们在平地上是如何矮小、肥胖或面容猥琐之人，一穿上花刀（花式冰鞋）站上冰池，马上变得如此飘逸潇洒……

我一开始是和我那群迌迌少年同伴作伙走进冰宫的，他们的动机自然是把马子喽（在那个没有网络、没有手机、甚至KTV都没出现的年代，而“救国团”又只欢迎正派的好学生）。但是慢慢地，当我们不自觉变成冰宫里一群“球刀式溜技”（像冰上曲棍球选手的溜法）最好的群众，“小姐，要不要一起溜？”我们在冰池上追逐、喧闹、逆向冲驰，故意用铡刀刷起冰层喷溅那些美丽的女孩……我的注意力开始被场子中间那几个沉默、优雅、自顾自练习着高难度动作的家伙吸引。乃至于后来我渐渐躲在角落，偷偷观察，模仿他们的某些华丽特技……

我记得那天，是那位教练主动溜到我的身边。他对我说：“你这样不行，你连剪冰都没用到腰，就在学图形，整个身体都是错的。”他说得我面红耳赤。他是个中年人，后来我发现他是场子中央那几个高手的教练，他说：“我注意你一阵子了，你和你那票朋友不一样，可是你的基础动作整个都错了。你愿不愿意加入我们冰团，跟着我从基本动作开始练起？”

于是我拥有了一件背后印了“××冰宫”的塑胶背心。我的朋友们发出尖声怪叫地嘲笑我，但是我每天进冰宫，乖乖地听从那位教练的指示，摆出舞蹈姿势（我一位诅咒朋友说：“骆仔，你怎么做出这种卵蛋被绑起来的动作哇？”），枯燥又疲惫地绕着一根柱子练习推腿的动作。

但那位教练行踪神秘，两个礼拜后他醉醺醺地出现，称赞了我两句：“很好，很好，稍微懂得用腰了。”然后他再教我同样绕着那根柱子校正倒溜姿势，并且他建议我可以考虑自己去订制一双有“跳齿”的花式冰刀了（之后可以练习冰上跳跃的动作）。他说他有熟人，替我做可以比外面的运动器材行便宜一半。我问他那是要多少？他说一双要六千元。

我不记得我是怎么向我娘要到那笔钱的，总之我在几天后交给他六千元。但这位教练从此就不见了。我每天仍是到冰宫报到，穿着租来的霉烂冰鞋，孤独地绕着那根冰池上的柱子。不知是否心理作用，似乎来那间冰宫的人也渐渐少了。我的正溜、倒溜和剪冰练得非常标准，我也开始变成冰池上摆出飞翔姿势快速滑行的那种人，但没有人教我进阶的花式动作，使我始终就只会那几个（近乎完美的）基本动作。

有一天我母亲知道了这件事，她非常愤怒，锲而不舍地打电话到冰宫去问，找他们的经理，最后问出那位教练家的电话。她打去的时候，是那位教练的哥哥接的（也许就是他本人假装的也不一定），他起先说了许多推托之词，说他弟弟也是被人所骗，又说那笔钱早已花光云云……但我母亲摆出不惜闹上警局法院的悍妇姿态（这令我又诧异又伤心），这才使他极不甘愿地答应还钱。“好吧，那我先替我弟弟还这笔钱好了……”

我记得我母亲赴往相约处取钱的那天下午，我躲在对街商家骑楼角落偷看。他骑了一台机车前来，没错，就是那位教练，机车前杆还吊着一个保丽龙便当。我彻底发现，不在冰宫那霓虹烟雾的梦境里，他趿着一双球鞋而不是冰刀，看上去多么矮小而狼狈。

那之后，没多久，像外星人举族迁走，整座城市所有的冰宫，像在一夕之间——至少是在两三个月后——全部关闭，没有人再溜冰刀了。我的迌迌朋友，又开始在找城市新冒出来的，寻乐子的处所。

恶童

我这个世代最俗滥但又深植记忆的某种科技场景是：带着一台笔记本电脑（或干脆就一张空白光碟），潜入一间密室，以管线插入一座大型电脑（或以键入密码的方式侵入）资料库，读取并下载那被禁闭封存的秘密档案。

影片里总有这一幕：特写是那已被解密（而无力反抗）的深蓝色萤幕，上面一行一列移动着揭开自己内在秘密的闪光字体。“下载中……”那样的景象何其孤寂。

是将我们常不自觉地将自己遮蔽在名牌西裤下、用高级棉质内裤包裹起来的那古老话儿“科幻化”了。在我们的想象里，它像是深海底下的荧光生物：钛合金材质、银漆外壳、高智慧记忆晶体、超薄、防震、冶光荧幕液晶显示、流线弧形的腔体内有繁细精巧的金属管线与支架……

这样的高科技接头，经过某种复杂的潜入与密码窃取，一旦将它插进另一座有冷光荧幕大型记忆体且造型更华丽、包裹在更昂贵名牌衣装下的躯体接孔中，旋即能将那其中封存的大笔记忆资料“数码化”，一行一列快速跳闪地下载。

我在国四重考那年，像是为了对抗那阴暗小屋里一组奇怪大人们以其诡异想象力，将我和身边数百位同龄少年少女，冻结时间，浸泡在那一年停止生长漂荡发白的福马林玻璃皿之中。（我国中时的同学们已换上高中制服，男孩长髭髭，女孩凸胸脯，往时间边界的那一边飞奔而去啦。而我犹穿着蓝短裤白衬衫的国中生制服，理了光头，似乎心智意识也停顿在青春期曚暧光影的门槛里。）于是我，在第一次从那孵养童年记忆的静止小镇，跨河（中正桥）与这座城市素面相见的时刻（我的城市启蒙经验），竟悲惨地选择了“恶童”的形貌：我结识了一群同样穿一身怪异制服的迌迌少年，他们各自都是那所补习班管理阶层（班主任、可能是他老婆的女班导、可能是他表弟的蛙人组长以及可能是他妻舅的夜大工读生）眼中的问题学生。我们像幼兽一般嗅闻凑近彼此，活动的辰光场景皆在下课后凄清迷离的傍晚台北街道——其实主要是沿着主流河道的罗斯福路：已过了尖峰时段、坐着一车疲惫下班族、仿佛日光灯剧场的公车（我们失去用学生票拍大头照的资格，持一排十格的成人票上车，把落单时刻的羞耻畏缩甩掉。一票人在那些老僧入定的闭目大人之间，吆喝叫嚣，随车子的颠摆歪跌推打，让自己表演至突兀之极限），公馆的咖啡屋（我们从公车票亭买二元一根的长寿散烟，在那些柔光棕榈叶影下大学生情侣的沙发座间，人小鬼大地叼着烟打扑克牌），弹子房、冰宫、唱片行、戏院楼下的投币槌拳袋机或点唱机或吃角子老虎……有一次我和同伴老朱打赌，（"敢不敢？"）两人相约打赤膊从公馆穿过夜市，走永福桥回家——那个画面何其幼稚可怜，两个十四五岁的少年脱去重考班的白衬衫制服，提着书包，露出孱瘦未发育的少年肩胛和胸肚，逞蒙强地在人行砖上"叭答叭答"走着，经过那些长瓢子聚集的撞球店、露出困惑神情瞪着我们的机车行里的剽健黑手或是桥头的宪兵岗哨，我们总是刻意不看对方因紧张而浮满手臂的鸡皮疙瘩。

恶童。枭怪横行。引人侧目。一群少年相聚，口里发出"哇啦哇啦"不像人类的声音。

我回忆中的夜间"恶童"游荡场所，之所以有一不搭轧之"唱片行"，乃因我们之中有一个家伙（他似乎是那群少年无意识但又默认的头儿），叫陈昱，以超出我们这些北联英文个位数字成绩的程度，不无炫耀地迷恋于收藏那原不在我感性教养内的西洋歌曲卡带(那时未有CD):约翰·列侬、琼贝丝、鲍伯·迪伦、赛门与葛芬格、卡本特兄妹……以及当时流行的奥莉薇亚纽顿强和空中补给合唱团(瞧我记得这些歌手的名字全是中文译名)。我们眼花缭乱心中暗自不服却不得不缄默着听他口沫横飞描述那些像他远房表哥表姐们的一个个老外的惊世骇俗故事(时不时哼上两句,再翻译给我们听,但那些句子以我那时的心智听来,确实魔幻绝美得像诗一样难以置信)。这个陈昱,身高一米八几,瘦削颀长,总在书包里藏着一套白色系的"泡衣泡裤",一离开补习班他便"变装",当然他是那种有钱人家的纨袴小孩(后来我另外认识一票北港、台西上来读书的,真正"混过"的迌迌仔,有一次见了陈,嗤之以鼻说:"ㄎㄚˊ①仔"),中学念的是私立名校而非我们这些国民中学生。在我们装模作样递着抽长寿烟时,他老兄抽的是Marlboro或长枝More②。

主要还是,和那个年龄极难以连结的,他拥有远超出我们想象的,丰富的性经验。我在那之后游荡失重的两三年,遇到

---

① ㄎㄚˊ,发音近似ka,意指不入流。

② Marlbor和More都是香烟牌子,前者通译万宝路,后者通译摩尔。

过各形各色的迌迌青少年，也不乏听闻许多十五六岁男孩们糅杂幻想或唬烂情节的性冒险故事（包括嫖妓时遇上一位年纪大他一倍的老女人，或那些什么干姐干妹或姐姐的美女同学之类的烂色情故事），但记忆的暗影里，似乎我在懵懂无知时，就已凭气味或某些类似罐头盖翻起锯齿锐角之印象，确知这个陈昱所说的全是真的。那一个一个他半炫耀半追忆的女孩名字，都真正的，“被他玩过了。”对我们来说，陈昱的那些性经验，像一个墙壁上挂满了古怪又毛色鲜艳的动物头颅的标本室。那个房间里才真正锁着某种残忍或邪恶的东西，除了他，我们其他人都不曾真正进去亲历那房间里展列的一切。这使得我们在暗夜大街上的恶形恶状或模仿大人的行径不过是虚张声势罢了。

陈昱且弹一手好吉他，据说他国三[①]时曾组了一个 band，他是主唱。他曾邀我去他家，在他的卧房表演了一首 *Dust in the wind* 和罗大佑的《乡愁四韵》，那样繁复的美技，即使我在十年后在大学吉他社团见一玩音乐家伙表演，仍是心惊叹服，但陈昱却以我十四五岁同龄少年的躯形，过早地演出我十年

① 国三，相当于初三。

后才琢磨体会其不可思议的才华，包括他那些“阅女甚众”的早熟经验，我也是在十年之后，才陆续遇识一两个有着“情色集邮册”收藏癖的家伙（他们像收集麦当劳玩具赠品一样收集着那些不同品貌不同性格的女人），但他们皆是近三十岁的成年男子啊，我且是通过阅读昆德拉小说里的那些浮浪男子，或《金阁寺》里那个八字脚柏木，才隐约揣摩那种征逐女色的冒险漫游大约是怎样的一种光度，怎样的一种心境，怎样的一种“自我滥用”，但陈昱那时不过是个和我一般的十五岁少年吧——我回忆至此，难免晦暗狐疑：那个陈昱，不会是像小叮当（哆啦A梦）第一集里的交代身世：因为……因为……大雄未来的孙子感叹郁卒他这位平庸低能的祖父，自己过完悲惨的一生不算，且还祸延子孙，让衰运和潦倒承继给后代，于是派了小叮当坐时光机器回到祖父的少年时光，做他的保护者，以此改变整个家族不幸的命运。陈昱，不会是我的后代子孙派来？或根本就是我后代的其中一个……带着不可思议的炫目光华和经验，混进我的少年时的画面里，作为某种启示或预警……改变我的命运……

因为这个家伙，在我日后的生涯竟如烟消逝，从此未再遇见（我们那群“恶童”，在考上不同的高中或专科后，便各自散去），不像某些即使面目再模糊的小学同学国中同学，你都会在某街景或医院或百货公司遇见，这个人却像蒸发一般彻底地自我的生命中消失了。

也许他是完成了某一项我不理解的隐秘任务（矫正我对女人的某些错误之诗意想象？或是扩充我的经验扫描之容量？或因某件我无从预知的悲剧，所以预先在我的少年人格期打预防针？），便被我未来的子孙们像充气娃娃那样拔掉气栓挤扁之后回收了。

诚实

那时，那位脸廓线条严正而瘦愀的上校阶主任教官用力拍击他的办公桌："你再不把实情全盘交代清楚，我这里有少年队的电话，我马上叫他们把你送进去管训，你信不信？"那时已是傍晚七点左右，整间偌大的教官室犹灯火辉煌，窗外的校园早已一片漆黑。我从下午被叫来这间办公室接受讯问，已经五六个钟头。之间写了近十份不同版本的"自白书"：交代共犯、事情发生缘由、时间、地点、事件经过（多么类似多年后，我在大学小说课堂上奋笔疾书小说老师设计的"人、事、时、地"小说素描练习）。每写完一份（那可是一个十六岁的少年在一个冰冷、充满惩戒气氛和敌意的空间里，绞尽脑汁虚构的创作雏形：人、事、时、地都是真的，但事情的真相被织造缝合成完全不同的样貌），他们拿起来，皱着眉读了，在几个不同制服的教官手中传递着，摇摇头，也不告诉我是哪里出错，或是他们心目中的理想版本该是怎样的面貌，就把那张辛苦写满字的“告白书”揉了，重新拿出一张空白试卷纸铺放在我面前。“再写，重新来过，写到你自己觉得那是真的事情经过，就可以回去了。”

那时我拿原子笔的手指有没有汗湿而控制不住地发抖？教官们陆续地下班了，只剩下这位严正的、军服衬衫背后总是笔挺烫出三条折线的主任教官，像意志力对决那样等着我写出“最后的真相”。许多年后，当我读到傅柯[①]的《规训与惩罚》，里面写到古典主义时期公开展示的惩罚（通常是以酷刑来回击犯罪的“残暴”成分），“提供了展示真相和权力的场面，也是调查仪式和君主庆祝胜利仪式的最高潮。”或是到了十八世纪后半期，新的生产关系和合法财产，使新的惩罚策略转为一般的契约论：公民在一劳永逸地接受社会的各种法律时也接受了可能用于惩罚他的那种法律。罪犯破坏了契约，处于整个社会的对立面，他成为公敌、叛徒，在内部打击社会，是一个“怪物”。为了惩罚他，社会有权“作为一个整体来反对他。”

事过境迁，那么多年过去了，但我仍总难以解开心底的那团疑惑：那位正直的教官（他在我的记忆里，相对于当年在校

① 大陆通译福柯。

园里横行、动辄以粗暴方式羞辱或体罚一些犯下“无意义之罪”学生的教官们，确实是一位人品端正的军人），当年是基于怎样的“对真相的执念”，而耐烦于那样枯燥、细腻且深谙人性脆弱面的侦讯技巧，独自在天黑的办公室里，看着一个少年倔强地在他面前表演“谎言的各式变貌”？他不是早就知道真相了吗？为何要有那之后的六七个小时和十来张注定必揉成纸团的“伪膺的叙事”？以及到后来，拿着保温杯啜饮着办公室的廉价茶叶，无比疲惫（他是真的愤怒且痛心）地对那说谎的少年说：“某某，我真要对你刮目相看了，可以连着几个小时说谎，眼睛都不眨一下。”（他没料到那少年日后宿命性地——报应？——必须靠永无止境地说谎编故事谋生？）

他那样的沉痛和阴郁深深感染了我，乃至终于在身体和心灵的双重疲惫下，崩溃而痛哭失声。于是，在最后一张洁白的试卷纸上，在眼泪鼻涕将原子笔蓝墨油晕糊开的构图里，“真相”被老实地描述出来。那个事件如今回忆起来仍如此复杂：先是我的朋友老朱，某日来ㄊㄨㄚˋ①我去“教训”他们学校一个“很鸡歪”的家伙；我恰巧那时身边跟着一个不上路的俗

① ㄊㄨㄚˋ，发音近似 tuà，意指结伙。

仔（姑且称之为丁），便一道带去老朱学校附近高架桥下的无人处所，好好恫吓了那个其实我不认识的少年一番，“以后不要太厂一幺ㄅ历[1]。”（请相信我，在那幅画面中的几个人，没有一个是真正在道上混的，全都是从同伙传说和少年想象去拼凑演出那种日本铁血高校里的腔调。）这件事过去了几个礼拜之后，有一次我和老朱在常混的咖啡屋如常扯屁，突然老朱对我抱怨起，“那天你带去的那个丁，他妈的看起来比我要警告的家伙更肚烂[2]。”确实如此，但如今我细想关于丁这个人何以给我一种“肚烂”的印象，自己忍不住嗤笑出声——那后面其实暗藏了两个少年对于难以言说的“江湖道义”的理想典型：重义气、慷慨、干架时不胆怯，且不“嗑烂饭”（不欺负乖学生、不把哥们的马子、不摆道）——这些“品德”，恰巧，丁无一符合。丁在我那些哥们的眼中，根本是个不折不扣的“俗仔”。他喜欢来凑蹭我们下课时在楼梯间的秘密吸烟众会；回到班上却嚣张地欺压那些驯良的好人（最让我不愉快的是，总有一种暧昧的氛围，让那无声的一整群体的人们，用沉默的敌意，将我

---

① 厂一幺ㄅ历，发音近似 hiaobai，意指嚣张。
② 台语，粗口，指不爽。

和他视为同类)；丁他妈的还会花枝乱颤地跑去跟那些老师教官们ㄙㄞㄋㄞ[①]热心公益；丁常常惹人嫌地吹嘘炫耀手上那只他老爸给他的浪琴表，还有那些被他甩着玩的高职女生们(我猜是最后两项才真正激怒了我和老朱阴暗的内心情感)。

于是我们决定给丁"一点教训"，老朱想出一个版本，由我转告给丁。我们编造出来的故事是这样的：我(压抑住笑意)凝重地告诉丁："出事了，上次带你去延平恐吓的那个小子，没想到是有来头的。他竟然是'血鹰帮'的，他们的大哥很不爽我们，说要讨回公道。"丁当时对我和老朱编造的，这个从未听过的"血鹰帮"半信半疑，于是我带他去询问事先串通好的蔡(他是真正"混"过的)。蔡的演技超乎我想象之好，他那时伏在课桌上假寐，被我摇醒，一听"血鹰帮"三个字，立刻惊恐地睁大双眼："血鹰帮？你们怎会去得罪这挂人，他们一点小事都要断手断脚的。"至此丁似乎真的被吓到了，哭着，声声拜托蔡一定要帮他摆平，我还训他："一点小事就哭，大不了就被他们切一只小指。"

那天傍晚，我在咖啡屋把这段情节描述给老朱听，几个人恶戏地大笑不已，老朱说："操！蔡真的这么说，我真的服了他。"

---

① ㄙㄞㄋㄞ，发音近似 sainai，意指撒娇。

没想到，第二天，丁的父亲就来了学校——那时我才如在所有的“启蒙小说”里一般，在少年的迷雾里，被拉开眼皮看了一眼我那个“小宇宙”所不能理解的大人世界——丁当天晚上回家就把一切都“摆道”了，他父亲的黑头车直驱进我们那个寒碜的校园，有司机替他开车门。我们学校的人事室主任，气极败坏又鞠躬哈腰地领着他到教官室。原来他老爷子的官衔是人事行政局的处长（管这整个学校所有人的人事考评）。那时我也正被叫进教官室。

这就是我那十来张的“自白书”必须如此像小说一般“真事隐”的缘故。老朱的爸爸是卖小米粥和大饼的；蔡早已留校察看，他的警察老爸不知什么缘故离职，有一阵在火车站卖饭包；我要怎么修补叙事（即使以我早熟的小说天赋）才能掰出一则从头到尾、我一个人莫名其妙编造出来的古怪、逼真又无意义的黑帮电影情节？

这二十年过去，我一直暗中努力，当一个“诚实的好人”。那个傍晚，灯火辉煌的教官室场景深刻地潜进我的自我想象。后来老朱和蔡先后因别的事件被退学，我竟亦和那挂朋友日益疏远。那成为一个灰色的疑问：“我是个说谎者。”“我是一个正常世界整体的对面。”“我是怪物。”那样的想象延续了我整个青少年时期。我记得那晚我走出学校，穿过马路，在对面的台大法商学院被一对情侣模样的大学生叫住，他们请我帮他们拍照。我记得那时我神经质地逗他们笑，然后从照相机视窗里看着他们无比美好地曝闪在镁光灯里，心里想："从此我和你们是不同的人了。"

钉孤只[①]

那年我高一，那天傍晚我、老朱和一个中正高中的“江明”（他制服夹克上绣的名字）约好在罗斯福路南门市场对面巷里一家补习班楼下“谈判”。事情的起因大约是前一个礼拜（我如今怎么努力也想不起那家夜间补习班的名字，怎么好像和当红的中国概念股“鸿海”同名？“鸿海补习班”？这样想来有点怪怪的，譬如“台积电补习班”？“华硕升大学”？“旺宏保证班”？一定是哪里弄错了），我和老朱按例坐在教室的最后一排（那可不是一般的教室，那是容纳两百人以上、课桌椅由前至后缓梯上升、天花板的日光灯条至少上五十根，有中央空调、老师衬衫前襟夹着小蜜蜂麦克风……那样的大型教室），那晚老朱煞到前排一个中山的乖静女生，遂写了张字条（内容

① 台语，意指单挑。

大约是那种放牛班男生带着自卑、负气和歇斯底里喜剧感的粗蠢用句:“小姐,有没有人告诉过你,你的眼睛好大好漂亮?”)朝女孩丢掷过去,不料字团丢到女孩后排一个中正高中的家伙的后脑勺。

于是那个“江明”便怒气冲冲地冲到我们桌前——我便是那时瞄了他绣在制服上的名字,居然和我们那个年代八点档连续剧里常演皇帝的一位小生同名,他有点生涩而拗口地干了我们两句三字经:“你们在ㄔㄨㄥˋㄕㄚㄒㄧㄠˊ[①]啊?”我和老朱对看了一眼(简直就像《黑色追缉令》里约翰·屈伏塔和塞缪尔·杰克逊那两个职业杀手正在替老大执行大杀戮场面时,门外冲进来一个少年小混混,拿枪没准头地乱射一通,他们于是乎又惊诧又忍住笑意地互看一眼,然后“砰!”“砰!”一人一枪把那少年毙了),彼此都闻到对方肾上腺素飙涨的气味。我们站起来,做出磨牙瞪眼坏人的狰狞表情,扯住那个文弱男孩的领口:“出去讲,去外面讲。”

许多年过去,那个画面被我倒带重播,发现其中藏有许多幽微繁复的意义,只是我当时浑然不觉。那个“江明”,活脱脱

---

① ㄔㄨㄥˋㄕㄚㄒㄧㄠˊ,发音近似chunhsiashiao,意指搞什么鬼,脏话。

就像很多年后我看的一部描写青少年混帮派斗殴的电影《牯岭街少年杀人事件》里的男主角小四。那样地眉清目秀，那样地文气。

主要是，对于彼此背后的背景，如此欠缺理解，却又急于将自己伪扮成想象中的极致戏剧化、想象中的腔调、想象中的恶形恶状。我和老朱平日在公馆咖啡屋或冰宫烂混打屁的一挂朋友里，不会听见类似“我找我表哥可以调到枪。”“上次我带我几个小弟，搭公车噢，一人背一个吉他袋，里头收着小武士，到那个鸡掰ㄒㄧㄠˊ[①]的三清宫前去晃，他妈的吓得一整个下午不敢出来。”或是“真的太嚣张，你们也不必调枪，我有一把潜水用的鱼枪，往他大腿射——你知道那个力道有多大？——连大腿骨都可以射穿。”……诸如此类不负责任的吹嘘。（想象中当我们回到穿学生制服的同龄少年之中，我们算是非常“够力”了？）但是当真正身体形成暴力对峙的剧场时刻时，我们却不知下一步该做什么。我们该说些什么又残忍又上道的话？

事实上，在那间晚间补习班的空调大教室里，一切是那样

① ㄒㄧㄠˊ，发音近似 shiao，脏话。

乱哄哄且五颜六色，两百多个十六七岁穿着各式制服的公立高中男孩女孩聚挤在一个封闭空间，什么事都正在发生。有一次有一个北幺的女生，她非常酷，我不记得她是上台领考卷还是擦黑板什么的，反正她用跑的冲上讲台，然后在众目睽睽之下整个人摔趴在那个空心的讲台上。整间教室都安静下来。过了一会，那女孩满脸通红地爬起，对着全部的人，做出奥运体操跳马选手空中转体两圈半落地后那种举臂昂首挺胸翘臀的姿势。我们全部报以如雷的掌声。

言归正传。那时我、老朱和江明半拉扯半挤脸（狰狞的表情?）地走出教室，我们突然不知道下一步该怎么做？于是我对他说："我们两个打你一个也不公平，这样好了，下礼拜这个时候，我们约在这里'谈判'。"

那个意思便是我们各自有一个礼拜的时间去调集人马（ㄊㄨㄚˋ人），但我在接下来的那个礼拜几乎忘了这件事。我多少还沉浸在自己并未"以多欺寡"的想象态江湖道义而沾沾自喜。当约定的那天来临，白日里我还在自己的班上喜孜孜地吹嘘："晚上要去和'中正的'谈判喽。"我故作神秘，在教室走道地板做了十来个伏地挺身（让自己的胸肌看起来大一点）。到了傍晚，我和老朱依约碰面，我们唯一"ㄊㄨㄚˋ"的一个人，是蔡。

说实话，蔡的身高不满一七〇，但他的角色就像电影里的劳勃狄尼洛①——他知道怎么处理状况——他理了个光头，戴一副变色墨镜，一口北港腔台语，他一开口，人家就知道那是从父兄辈一路混下来的。我去过几次他的宿舍，完全不像我们那伙人渣七嘴八舌打屁。他和他的"巴吉"们静默盘坐着，抽烟吃槟榔泡老人茶。我有时的确怀疑其实他是个三四十岁的中年人，穿着制服混进我们学生里。在我们赴约的途中，蔡不知从哪捡来一根木棍，用报纸包起来。

"这样他们就以为我们带的ㄍㄟ②西是一枝长的，扫刀之类的。"

后来证明是那根用报纸包起来的木棍救了我们。当我们三人谈笑自若地站在补习班楼下抽烟时，远远看见江明——妈啊他身后带了至少十个"汉操③"极佳之家伙——他们的阵仗，一瞬间让人忍不住噗哧想笑，他们拿着木剑、双节棍、童军棍，甚至还有国术社的木刀，连江明的手上都戴着老虎指的皮手套，实在太像日本铁血高校慢动作进场的镜头了。

---

① 又译罗伯特·德尼罗，美国著名演员。

② ㄍㄟ，发音近似 gaisei，意指武器。

③ 指体格。

我们转身往巷子里走。那时形成一个有趣的画面，就是我们走在前头、(那时我也弄不清蔡到底是带我们落跑，还是要找一僻静处“好好教训他们”?)不时回头比比他们：“有ㄒㄧㄠˊ来啊。”他们则隔一段距离紧跟在后，也不断呛声：“有ㄒㄧㄠˊ[1]别走啊。”其实他们只要追上来，不就把我们三个围殴一顿了事？但我猜他们真是被蔡手中拖着的那枝报纸包起来的物事给镇住了。

后来我们终于走进一条死巷。我们的劳勃狄尼洛转身，拿着报纸假扫刀，对那票家伙(他真的镇住他们了)说：“现在要怎么样?”这时我发现他们也没什么经验，他们七嘴八舌地说：“怎么样?”“怎么样?”蔡不耐烦地说：“看是要钉孤只还是袜按怎[2]?”他们里面一个不够义气的竟然说：“当事人自己解决。”

那时我又和那个秀气斯文的脸孔面对面地站着了。就像后来我着迷无比的拉美魔幻写实小说中常出现的“变貌”或“双面”的技法，许多年后我总怀疑，是否在那次的“钉孤只”中，在以肉身相互伤害对方为意念的接触时，我变成了江明，(所以我竟然变成一个写小说的文人?)而江明变成了我。(后来那是怎样的人生

---

① ㄒㄧㄠˊ，发音近似 shiao，脏话。

② 台语，指“你要怎么样?”

呢?)但那时我又要帅对着那张老实说十分女性化的脸说:“我打你不公平。”我对地上呸一口口水,指着他身后那群里“厂丶ㄢ操[①]”最壮的一个:“就是你。”

拳头挥舞着,脸颊鼻骨刺痛着,像憋气逆光地在水池的深处奋力泅泳。在那个慢速的时刻里,无比清楚地听见身旁的对话。似乎是蔡要双方把手中的家伙都靠在墙上,任何人都不得介入这场两个人的肉搏。但是,下一个瞬间,该死的,我听见木头结结实实掉落在地“哐、哐、哐”的闷响。(实在太衰了吧?)

我和那个“钉孤只”的对手都气喘吁吁地停下动作。(“原来报纸包的是木棍?”)双方都想起彼此人数上的不对等。于是,下一个画面,是我、老朱、蔡三个人,鼻青脸肿干声连连,在那迷宫般的巷弄里窜逃,不时被包围而上的木刀木剑殴击腹、腰、背或手脚……

---

① 厂丶ㄢ操,发音近似 hangtsao,意指体格。

火灾

小时候，家里曾发生过一场火灾。起火点就在我们后面隔墙而邻的一家小型加工厂。那个年代，大约所谓的社区意识并不发达吧，像那样匿藏在住宅区里的地下工厂，竟然无人闻问，与四周居民相安无事了好几年。除了有时因为他们半夜加工机器运转的巨大声响，父亲去抗议了几回，但最终是不了了之。永和巷弄里的房子，鳞次栉比，铁皮屋顶往往盖到另一家人的砖瓦屋顶上。所以从我们奇怪地闻到一股不真实的怪异烧塑胶臭味，到邻居拉直了嗓门大喊："失火喽！"并"乒乒乓乓"拍打我家大门，那么短的时间，据说隔壁的工厂已陷在一片火海之中。铁皮屋顶塌倒，小型的爆炸声和玻璃破裂声不断。还有一种，如今忆来恍若幻听，像日本禅院庭园作为背景声音的人工瀑布的潺潺水声，如此稳定、如此绵软。又像是用大竹篓在摇筛豆子，哗啦哗啦，哗啦哗啦，小时候我不解其意，但印象深刻。"那就是火的声音。”

我们那个日式老房子，哪像什么今天的公寓房分主卧、客房、小孩房……以客厅为中心辐散之独立房间，就是一间加盖的客厅，以及一间像肚腹般的大房间。父亲一架一架的书隔出我们三个小孩的卧床和小书桌的隔间。那些慌急闯进来帮忙救火的邻人们，等于是穿堂入室地进出我家的客厅、房间，把我们的卧铺像巡视潜舰里的卧舱般，看个一目瞭然。

那个火焰如此迫近在我们洗衣晾衣的后间防火巷（我们家在那条加盖铅皮蓬的狭窄空间放了一台破洗衣机、瓦斯桶，悬了两条长晾衣竿，还堆放了一些破烂什物），隔着一道水泥墙，那些形象清楚的火焰舞动着，墙上缘的绿色纱窗网全焦黑地卷曲起来，悬垂着，像一条条死人的长手指。那个火焰的面貌如此生动，如此贴近，我好像在一个大人皆在遥远他处奔走呼喊的寂静时刻，和灾难的面貌相对默立。似乎只有孩童专注的凝视，才能在那躁郁翻动的火光里，看见一些神怪漫画里画的“火神的道具”：那些火剑、火镰刀、赤鬃贲立的火马、火乌鸦、还有像蜥蜴大小悬飞空中的火龙……

我哥哥拿了家里挂在厨房墙沿的一瓶消防灭火枪，（我不知道在那个物质匮乏的年代，我父亲为何会灵机一动，跑去买了那样一只有点超现实的时髦玩意摆在家里?)“这要怎么用? 这要摇一摇吗?”哥哥正和我讨论时,那只像热带鱼造型的扁椭圆铁瓶口,突然喷出一大片鲜黄色的粉末,它像《西游记》里的魔法宝贝,倏晃出一整面的光幕,那个光幕在短短十秒后就消失了。而那一整瓶的压缩黄粉末全因为我和我哥乱比乱试没将枪口对着火焰,妈的像很多年后我在好莱坞电影看到的纽约地铁墙上的涂鸦画,全喷在我们洗衣机后面的那面墙上。

因为是在那样的窄巷弄里,救火车开不进来。我哥在洗衣机里贮水,舀水泼湿那面隔着火的墙(我记得水一泼上去就“嗤”一声被蒸干)。我不知道我们这对兄弟这样做有何意义? 那些邻居们分成两组,一组将我家的浴缸放水,然后用接力的方式将一塑胶桶一塑胶桶的水泼泼洒洒地提往院子,再由木楼梯递传给屋顶上的人,屋顶上的人再往火场浇水。

另一组人则开始帮忙将我爸的书柜、我姐的钢琴、冰箱、电视……“嘿咻嘿咻”地往外搬,后来他们甚至开始搬起沙发和神龛上的菩萨像。于是我家的家私什物全像旧货市场地摊一样展列在我们那条铺满狗屎的小弄子里。我不知道那火为何一直没烧过来? 因为他们接着搬我和我哥的双层木床(天啊,多可耻,床上还堆着我们那些开膛破肚露出木屑的破玩具熊,或是四个脚皆被剪了破洞的塑胶猪扑满)、我姐的藤面床和我爸妈的大床及五斗柜。

大家热热闹闹地把我家搬个空,将那屋里吐出的一切堆在人来人往的弄子里,然后品头论足。有人甚至掀起钢琴盖,弹着玩我姐的钢琴。住在对面一个我们本来很肚烂(他常向我爸借钱)的罗叔叔,跑来和我搭讪:"你老爸的书还真多咧,这么多书,我一辈子都读不完喔。"

火为何一直没烧过来呢?

一种小孩子的残忍天性,或许是加上隐藏在那些影影绰绰来回奔走的大人之间的一种莫名的亢奋,像是所有人都咒魔般被停顿在那充满张力的等待气氛里。那个火竟然一直在那间工厂的空间里闷烧,没有朝我家和另两间紧贴的房舍扑噬过来。我竟然背着书包和水壶(我娘要我把重要物件带在身上),无比天真地说了一句:"火怎么还一直不烧过来呢?"

那时我父亲刚被人抬来,神情沮丧,气喘吁吁,像拍片现场的暴躁导演坐在一张小板凳上——他之前和那些打赤膊的邻人们在屋顶上向下浇水,却踩破一片砖瓦而摔落下来——他不可思议地转过头来,定定地看着我:"我上辈子是和你结了什么冤仇哇?"我以为他要撑起身子来揍我,但他只是疲惫地叹了口气。

至于那场火，从众人像蜉蚁撼树，从我家屋顶一桶水一盆水地往下泼，到最后消防车终于接好延长水管拉进那条狭仄的弄子里，控制住火势，这之间拖延的漫长时光（我不知道那究竟有多久，也许不过十五分钟，但相对于大家焦灼等待的心情，感觉好像那火自顾自专心地在那框格里慢慢咀嚼着厂房里的一切物体），为何那火如此侥幸地没有蔓烧到我们家，没有越过那堵墙？

我母亲的解释倾向神迹：她说，开玩笑，那火要是越过那墙，后面的洗衣机啦那些杂物当然不保，然后呢？首当其冲就是饭堂神桌上供的菩萨和祖宗牌位，真的把神像烧坏了那还像话吗？菩萨在半空洒个两滴杨柳枝净水，那火就过不来啦。另一个大功臣是我哥，我母亲说她亲眼看见，有一度那像邪恶巨灵一样的火舌几乎已探进我们屋篷里了，哥哥手中的那只天将神兵（那个骚包灭火器）突然喷出一蓬霞光雾气，就那一刻，火焰整个退了回去，从此不敢越墙一步。连我在那幅画面里的形象都被修正了。我母亲说，那个小三，大人们急着救火搬家具，只有他，穿着背心短裤拖鞋，背着书包和水壶，（只差没摇着羽扇？）气定神闲，未卜先知地说："安啦，那个火绝对不会烧过来啦。"

如此地侥幸。那幅画面就停止在那一整弄子堆放的我家的家具，还有我父亲的成堆或散置的书，再就是我们那突然空荡荡、满地积水的难堪老屋。或许是受到那场火——那么近距离仰视火的野性华丽，那么难以言喻的巨大形貌——我和我哥都变成了隐藏性的纵火狂。一直到我们很大了，我们还是保持着每年过年跑去新店溪畔堆芒草报纸废纸箱放火焚烧、静默地凝视那火的习惯。不过这是另一个故事了。

送别会

那时我们所有人正在做一个游戏。我们在那幢豪华得像少女漫画的大房子里,像本雅明在《摆满豪华家具的十间套住宅》一文中素描的:“资产阶级家庭的室内陈设,那巨大的饰满木雕的碗橱,摆放着棕榈树的没有阳光的角落,装有铁护栏的悬楼或凸肚窗,以及煤气灯嘶嘶作响的长走廊……家具的没有灵魂的奢侈,只有对尸体来说,才会称之为真正的舒适。”也许是少年记忆中的照片总是咔嚓咔嚓将眼见的世界无限制地放大;也许是在那短暂的错置后,我们逐渐按着社会隐形的阶级分隔走进属于我们的分等夹舱……总之,那之后我再也没机会走进那样规模的,“真正的豪宅”。

那个女孩叫慧。如今我也弄不清她父亲是做什么的。女孩平时在班上并不特别突出,功课中等,脸廓甚至因为较突出的颧骨和宽额头,还得了一个那些刻薄男生背后取的绰号:“北京猿人”。不过她似乎在女生群里的人缘非常好。那天就是因为她要和父母举家迁移到美国，于是邀请了大约二十个男孩女孩，到她家举行一个“送别party”。

我不知道为何我也在那个名单里？我猜我的中学时期，在那些同学们的眼中，应该也是个平凡无奇的角色吧。我的功课总是垫底，不是班上的风云人物，比起那些身材抽高喉结凸出的早熟家伙，我那时甚至还可耻地处在尖细嗓子的变声期。但你总以为你“记得”，包括那不可思议的后院的湛蓝游泳池（还有像老外电影里的跳板之类的玩意）。客厅里装模作样的壁炉、那个土包子年代从没见过的纯白巨大皮沙发、演奏会舞台上的那种大波浪肚钢琴、巨幅的油彩挂画、走廊转角真的还立着一尊陶瓶裸女的石膏像哪……是否……就像《去年在马伦巴》里，那个不断眨眼但光度总无法饱和填满整幅画面的空阔场景。

那时我们在那幢不可思议的大房子里进行着捉迷藏，大人刻意离开（让那些孩子们玩个痛快！）空荡荡有回音的迷宫甬道，和一间一间你不知道门后是什么样一个世界的房间。有时你闯进一间有着小型舞池、中间孤零零放着一台电视的家庭KTV房；有时是她尚在读小学的弟弟的卧房，那死寂黑暗的空间，一架立体的半椭圆玻璃柜里的小盏投影灯照着让人发狂嫉妒的整个日本太平洋舰队(包括全部的航母、战舰、巡洋舰、驱逐舰)的梦幻模型、床头柜上展列的是像一台吸尘器那么大的银河战舰模型。更别提满地乱扔的大型金属组合金刚,以及绝对上千辆的火柴盒小汽车。有时你会突然离群,沿着一道弧形桧木楼梯跑进那房子的地下层,穿过那干净如电影空镜的撞球台,两旁壁窖塞满像动物标本一般的各种厂牌年份的红酒,以及一座私人吧台,孤自开门躲进一间投影灯打光、陈列着一尊一尊大小铜佛或石雕佛头的大房间……

因为那幢房子是那么大,以至于你时常躲在它的某一处角落,过了许久许久都不见做鬼的人寻来。时间像静止一般,难免会产生“他们会不会忘了有我这个人”的忧疑,也许游戏已经结束,或者已换过几轮不同的游戏,甚至他们这时已在房子的另一处进行着这场“送别会”的最高潮、然后所有的男孩女孩们向慧告别各自回家?很多年后(那时我辗转自昔日同学口中听闻,慧已是伯克莱大学双学位博士),我想起那个置身在“奢侈没有灵魂之家具”的午后,亦纳闷不解,那不是一场送别会吗?为何所有男孩女孩都把大部分的时间,消耗在这幢“仿佛不断仍在长出新房间”,迷宫一样的大房子里,找到一处隐秘的角落,噤声等候着,等着送别的短暂时光大把大把地流失?

不过之后总会有人——通常是那个做鬼的，身旁陪着两个同伴，以证明他不是要诈诱骗藏匿者自投罗网——沿着走廊的一端，一路喊着还藏在各角落的人名：喂，可以出来了，某某某已经被我抓到了，换他做鬼了，要重新去数一二三四了，快点出来啦……

于是我们便匆匆回到客厅集合，重新解散，再把自己藏匿进那个迷宫地图的另一个房间。有时我会在其中某一个房间撞见另一个比我早来躲好的男孩或女孩。一开始他们通常会神经兮兮地叫我走开，“你去找另外一间躲啦，这里是我先来的。”但是当我坚持留下（有时是一间装有滑轮轨道、挂了成千上百件像戏服一样华丽女装的更衣间；有时是一间明显狭小寒碜许多的仆佣卧房），两人一同在那黑暗中静默等候。最后我们总会有一搭没一搭地闲扯起来。于是这个故事，是否无可避免地要变成像柏格曼电影里，那种“古堡小说”的封闭叙事？一个午后，一群青少年在一幢大房子里，他们之间细微地发生着无法避免的“幼稚的暴力”；那些已具女人雏形的早熟女孩间的权力斗争；那些八卦和阴暗的关系在那奇怪的藏匿时光里逐一揭牌。

譬如说，那个皮肤白皙说话尖声细气的玲—— 一年后她考上北么，或因这种成绩或智力上的差距，在学校我从未曾和她说过一句话——在黑暗中问我觉不觉得阿光和李建贞是一对同性恋。那样的说话方式让我觉得奇幻而陌生，那两人是我们班功课垫底的一对铁哥们，他们较一般男孩早熟地抽高了胚子，凸出喉结，我曾有几次在放学时和他们结伙到河堤边的空地，看他们和一些长头发的辺迌仔轧那种捷安特小越野车。我对玲说不会吧？他们俩不过就是像我这样交情的人渣好兄弟。但是到了下一次换房间躲藏时，我暗恋的那个女孩（她叫做真）用冷淡讥诮的语气告诉我：玲一直在暗恋着光，但光用那种大剌剌的公开方式追求着雯，她说其实是李建贞喜欢玲，但玲给他极大的难堪，于是光就出来替他的哥们说话了，他说像玲那样的矮冬瓜，他只要一根手指就可以把上，然后再甩了，他真替他兄弟不值。真带着一种女王的倨傲与负伤语气说，她好心讲了玲几句，没想到玲从此和她陷入冷战。那时我在暗黑里红着脸听她说这些，多想对她说："那么，其实我喜欢的女生就是你啊。"然后，在下一个房间（我记得那是一间有我们教室那么大的浴室），一个叫汪宗平的男孩歇斯底里地告诉我，他刚刚去躲的一个大衣橱里，堆满了各式各样奇形怪状五彩缤纷的奶罩，他说慧的父母一定是那种有钱的变态，他还发誓他看到一根皮鞭和皮革面罩。他说这些话时目光炯炯，他说你不觉得这个房子大得有点变态吗？说不定他们是要把我们关起来凌虐鸡奸。我被他说得头晕目眩，然后他从衬衫口袋掏出一包压扁的长寿烟，我们便那样可怜兮兮地在那间金碧辉煌的大浴室里吞云吐雾。然后他有些忧郁地向我发牢骚，他说他不像我人缘那么好，他和今天这个 party 里的每一个家伙都没有交情。他说：“我不知道自己为什么会被列在邀请名单上？”他说得我心有戚戚焉。

但那时我们不过是一群十四五岁的青少年。我们在那幢随着我不断长大仍无法变得真实的大房子里玩了一整个下午的捉迷藏。我继续在不同的房间里，听不同的男孩和女孩告诉我一些不可思议的阴暗事情。他们有的日后成为大老板、学者、名医（真后来当了空姐，然后变成有钱的少奶奶），有的后来混得不很如意。不过我记得那个游戏（或者说那个送别会）进行到后来，我已经一点都不担心被做鬼的家伙找到了，我只恐惧着那等待的时光。

斗阵俱乐部[1]

有一次，在一间气氛高雅的法式茶店里，一位漂亮的女孩对我说："你知道吗？台北现在也出现了几家 Fight Club。"我愣了一下，第一瞬的反应是看她两边的侧脸、她的鼻梁、眉骨甚至耳朵，可有淤青撕裂或缝线的疤痕？没有。接着她侃侃而谈，先是她男友着迷此道，他们还定期去跟一位专业拳师学拳，没想到后来是她迷上了。她煞有其事地讲了一些拳击攻防和基本脚步的术语。我松了一口气，拳击，又是头盔又是拳套，还有专业拳师和医生在一旁监控全程。所以那并不是所谓的"斗阵俱乐部"嘛，充其量又是那些闲得慌的白领阶层，稍微把身体的蛮荒放纵与想象力在无趣的健身房和龙蛇杂处的摇头吧再越界一点点，流一点汗、有一点点虚荣的罪恶感（据说警察仍是要抓的），比在老外

---

① *Fight Club*，又译《搏击俱乐部》。

pub的手足球或撞球台更多感受一些周围人群的嚣叫，身体的碰撞比那些青少年在夜间公路轧车（实在年纪大了也打不进那个圈子了）或好几万年前在街头电玩店（如今是网吧）切关对打（荧幕里的替身）更具有实感……但那真的只是这个城市习惯性地将所有抄袭来的残虐游戏有毒有害那部分先镊夹掉、布尔乔亚将自我厌腻感挥发掉的速食版罢了。

真正的“斗阵俱乐部”是怎么一回事呢——对不起我是指那本小说里所描述的——“斗阵俱乐部规定第一条，不可谈论斗阵俱乐部”，那个发明这个城市夜间蛮荒暴力游戏的天才，在想出这个一对一对干，把对方的人形轮廓彻底痛击摧毁之前绝不停止的钉孤只游戏之前，是像个游魂一般疲于奔命参加城市里那些千奇百怪的互助团体聚会：脑部寄生虫患者聚会、骨质退化疾病聚会、有机大脑功能衰竭症者聚会、癌症患者聚会（不同的癌症：睪丸癌、肠道上升癌、喉癌……），血液寄生虫、肺结核、生理性脑部精神错乱……各式各样濒死者的聚会。他是个假货、冒充者。在和那些歪斜坏毁、畸零不全的身体拥抱中痛哭流涕，“真实感受”自己的生命，感受那些带着死亡阴影的人的哭泣和颤抖、恐惧和悔恨。然后治愈他的失眠症，“感觉自己活蹦乱跳的生命”。

这样一个既痛恶着那个叠床架屋、结构森严的社会，却又渴望走入人群(虽然是以凌虐的方式)的家伙,很奇怪地,他所设计出来的游戏,皆以反社会的极致暴力美学开始,结局皆走向无法管束自己的集团化组织化(模仿他所憎恶的“社会”),以及散放着魅惑光亮的,少年法西斯。一开始,他在高级餐馆的后间厨房,对那些肚烂的上流人士餐盘里擤鼻涕、撒尿、射精;他在一片黑暗燠热警铃大响的电影放映间里,把一张单格的阴茎勃起画片以六十分之一秒的快闪插入那些人们浑然不觉的纯情影片中;他窃取并熬煮那些像《欲望城市》里的豪华女人们抽脂后从身体上剥离下来的脂肪条,制成一条二十美金的人脂肥皂再卖回给那些贵妇。这样带着(或者是伪扮成)阶级仇恨的暴力化场景其实并不陌生,其中有一场戏,是男主角带着手下的“斗阵俱乐部”成员,突袭打算调查他们的警察局局长(他们要切下他的卵蛋),一段近乎宣言的告白:“好好记住,你成天踩在脚下的这批人,你仰赖的每个人都是我们的一分子。我们就是那些帮你洗衣烧饭端盘子的那些人。我们替你铺床。我们在你睡觉的时候帮你看家。我们帮你开救护车。我们接通你的电话。我们是厨师,我们是计程车司机,我们知道你每一件事。我们受理你的保险理赔,你的信用卡签账。我们控制你每一部分的生活。”在这段陈腔滥调之后,他加上了一段让人真正不寒而栗的话:“我们是历史的第二胎，让电视养大，相信我们有一天会是百万富翁电影明星和摇滚巨星，可是我们不是。我们刚刚才知道这个事实，所以别来他妈的烦我们。”

暴力化的孤独。繁琐的炸弹和烧夷弹制作知识（把做肥皂的甘油混上硝酸，就是硝酸甘油，再混上硝酸钠和木屑，可以轰掉一座大桥），那已不仅仅是近距离运镜的挥拳、身体的痛感，或对方的鼻血喷溅在你的衬衫衣领上。那亦不只是昆德拉所说“一整世代的年轻人对抗自己的青春”，或是托斯妥也夫斯基的《附魔者》。那是整个二十世纪现代意识最残虐最黑暗的核心。那个黑盒子里禁锢着大屠杀之谜、奥兹维兹之谜、广岛原子弹之谜，乃至九一一那样矗立在地平线上方近乎电影画面的慑人的壮丽之谜。

那代表着：感性能力腐蚀坏毁的最终样貌。人彻底将自制力缴械投降。“斗阵俱乐部”一点也不孤独，人多得是，追随者众。因为无感性的憎恨复制起来比用那些人体剥下的油脂制作炸弹要容易许多。那个主角亦憎恶地谑称那些从他的精神核心里翻制出来的成员们为“太空猴”。那些人像单套染色体一样被好莱坞电影的烂剧本、电视的脱口秀节目、血腥但直戮道德正义的新闻给生产出来。那些让电视养大的、“历史的第二胎”，无法分辨高空远景用精灵炸弹轰平巴格达或阿姆的脏话 MTV,何者带来更大的激爽？历史的维度不见了,所以他的独裁者只能是一个失眠的人格解离症患者(而不是《迷宫中的将军》);它的群众像一些在摇头吧里梦游的肌肉身体,他们的台词只会说:“泰勒先生,我好崇拜你。”然后背诵“斗阵俱乐部”的十条守则;故事最后的救赎者,则是一群像《南方四贱客》卡通里跑出来的,怎么用火箭炮手榴弹大铅锤吊车搅拌机弄得尸块横飞烂兮巴拉最后仍能滑稽地爬向镜头,那些互助聚会里的,“所有肠胃癌、大脑寄生虫病变、忧郁症患者、肺结核患者全都走着、拐着、轮椅推着地朝我走来。”像一幅风格上带着根本性残缺的模仿画,《斗阵俱乐部》或正是我这个世代的故事,我们临贴着葛林小说里那些戴墨镜海地秘密警察恐怖又僵直的脸貌;我们临贴着昆德拉小说里那些“没有人会笑”动辄将意识形态手指戳向你的群众;我们临贴着马尔克斯小说里被革命意志与独裁魅惑像雨季掏空了泥屋地基的邦迪亚上校;我们临贴着《恶童日记》里那一对以互相伤害“学习”忍受痛苦的双胞胎;我们临贴着阿城小说里那些让人瞳晕扩散、无比阴郁的、人群在一疯魔时刻,无来由的残虐。

我们临摹着种种种种,然后组成“我们”的故事。路径、逻辑、制作程序皆没有多大出入。但结果不知怎么,就像那些自体繁殖的复制羊复制猴子，总变成一个捏扁歪斜的故事。

《斗阵俱乐部》这部小说折叠收藏着我们这个世代灰色眼瞳所看到的世界景观，那似乎是一路从《麦田守望者》到《发条橙》，终于，任何一丝古典感性都无法逃避资本主义商品网络的复制机制，在“人性”的国度荡然无存的哀叹。连对那个庞大冰冷的大机器所投掷的愤怒与暴力，都被放进了DNA螺旋体基因定序的电脑程序中快速运算。我在那间法式茶店里，想和那位漂亮女孩多聊聊关于“Fight club”的种种：我记得我青少年时，曾和一群同伴在一间灯光晦暗的小撞球店内，持着球杆愤怒地围殴一个老妇(因为她总是偷斤加两在那块粉笔计时的小黑板上，讹诈多算我们的球资)；我记得我们曾带着棒球棍，趁夜摸进那高额收费后又将我们退学的重考补习班，把他们的门窗玻璃、收银机、电脑、奖杯……悉数砸毁。但那是许多年前的事了。之后我们终于仍得穿上衬衫西装裤，人模人样地进入那些未来感十足的办公大楼、捷运车站、名牌商品街、高级饭店的咖啡吧。当我们隔着这一大片昂贵材料与符号迷宫的城市森林，望见一个我们想挥拳将他击倒的肚烂家伙时，我们必须埋头研究比制造肥皂或炸弹复杂一万倍的那些知识：股票交易、控制管理、国际情势、商战守则、办公室人性、广告与传播……偶尔我们想去这城市夜间的、地下“Fight club”打打拳，享受一下肉体直面肉体的爆破锐刺感或速度感（真实的，不是虚拟的），我们且必须从正规拳击的技艺演训开始。

那时你会哀伤地发现：这不是一本残虐血腥不忍卒睹的黑色文学，它是一本太空猴们充满伤逝惆怅的童话故事。充其量——像主角泰勒将那些什么阳具啊尸体啊之类的幻灯片快闪六十分之一秒地插入甜美影片里——像现代版的《水浒传》，你泪涟涟全身鸡皮疙瘩地在自己的带空调的办公室小座位上读着它，知道那是一个迟早被并购的，小小的“不存在的俱乐部”。

玩具鸭的旅程

昨日在报上看到一则怪异新闻:“中国鸭子大军,美加抢滩”。(容我抄录全文):

美国海洋学家艾伯斯梅尔博士表示,加拿大东南部新斯科细亚省与美国东北部新英格兰地区的大西洋沿岸,近日将会有一批来自中国大陆的“鸭子大军”抢滩登陆。不过两地居民不用担心发生了生态灾难,这批鸭子是供儿童洗澡时玩耍的塑料玩具鸭,且已经在茫茫大海漂流了十一年。

一九九二年秋天,一艘由中国大陆驶向美国西岸西雅图的货柜轮,在公海上遭遇狂风暴雨,甲板上三百五十只货柜滑入北太平洋,其中一只货柜破裂,两万九千件塑料玩具在海面载浮载沉,展开漫长流浪历程,其中主力就是这批黄色迷你舰队。

当时艾伯斯梅尔听到消息之后，视为天赐良机，对这批玩具鸭展开长期追踪，但出发点完全是为了海洋科学。他希望藉由玩具鸭的漂流路线，研究全球洋流的动态，并测试各种电脑潮汐模式的精确度。据艾伯斯梅尔估计，玩具鸭迄已漂流了近三万两千公里。玩具鸭舰队从北太平洋向北出发，三年后行经白令海峡进入北极海，曾被无数浮冰围困，但鸭群不屈不挠，费了三四年才突破重围，从格陵兰海转进大西洋，二〇〇〇年行经冰岛，然后再西行向北美洲进发，终于要在今年夏天登陆加拿大与美国东岸。

我有许久不曾为一则新闻如此激动了，两万多只黄色塑料鸭，三万多公里的漂流之旅，确是我的孩儿们每日泡澡漂在浴缸里的那种黄色小鸭嘛。呱呱呱呱呱。想到它们面无表情地随波逐流乘风破浪，这实在太好笑也太感人了。我的脑海里浮现了许多部不同类型电影的画面。《水世界》？《铁达尼号》（那穿着救生衣眼眶嘴唇结冰的上千具漂浮在洋面上的尸体）？《鹏程万里》（或是 Discovery 里那些记录蝴蝶、雁鸭、斑马整群整群迁移，动辄飞行或移动上万哩的感人影片）？

我想那其中或有一种科幻类型里朝向“人类已不在场”的未来空旷之域的空茫或哀伤。譬如说：《天空之城》的废墟浮垒上兀自伶仃的机器人（那毕竟不是一群真的鸭子啊）。或者鸟瞰远景，看见灰色洋面上漂着一块巨大鲜艳的黄色变形物。也许像个岛，也许像螺旋体，也许像一条连缀不断的水蛇，也许它们恰好在洋流冲挤下排列出迷宫或外星人记号的形状……于是你想到艾柯的《昨日之岛》：时间的虚掷、时间的忘念。游过换日线便可取消掉漫漫海平面上计数紊乱的人类时间。或者不只如此。

在早逝的天才小说家的悼亡会上，遇见小说家的哥哥。我们曾是多年前赁租在阳明山相邻极近学生宿舍的人渣朋友。在这样的场面相遇，互相不知该说些什么。那时，突然脱离了悼亡会的哀伤气氛，我脱口而出：“你记得马达吧？我搬离山上那次把它带到深坑去养了。不过后来它也死了。”那时，他露出哭笑不得既滑稽又感慨的表情：“真的ㄏㄡ[1]，连狗

---

① ㄏㄡ，语尾词。

都死了。”

马达是一只杂种花狗，还是幼犬时，便不知跟着哪个学生混进了我们这个山坳里的违章建筑宿舍区。它非常聪明，在各个宿舍间察言观色，一方面混乱地骗吃骗喝不同房门打开递出来的便当剩饭，一方面也赖上了最固定喂食的烂好人，作为它想象中的主人。那便是小说家的哥哥，他替那狗取名为“马达”，意指狗尾巴讨好主人时摇动一如电动马达。

后来因为一个暑假狗主人不在山上，且他们那一层住着一个嫉狗如仇的怪人（因为“马达”爱把各宿舍门口的球鞋拖鞋叼去后山坡挖坑埋起来），不知怎么搞的，那狗便赖上住在较低一段阶梯房子的我。我替它取了个名字（我不知它的本名）叫“小花”。当然那家伙一副找到人家、狗仗人势、对过往行人乱吠的坏毛病给我惹了不少麻烦。

暑假结束，小说家的哥哥回到山上，跑来敲门：“咦？马达变成你在喂？”我迁就着也喊马达。是啊，马达就是他妈的黏功缠功，欸，你们上面那个变态男用晾衣叉追着马达打咧，马达如何如何……云云。待旧主人离去，我要拉上铝窗门前，对着贴肚趴在水泥地上吐舌喘气的家伙喊一声：“小花，进来。”

事实上，养这只狗，是我第一次困惑又无奈地面对狗的某些野性本质。他每日一早，便不见踪影，到了傍晚，才精疲力竭地回来。这不外乎是在附近前山公园、阳明湖或公共浴室那一带鬼混。有一天夜里，我与妻子开车至大学附近吃消夜，在仰德大道公路边竟看见一幕诡异奇景：一群十来只的大型野狗，排成一列，沿着人行道旁的凹沟走着。那里面不乏一些包括挪威娜德国牧羊犬的名种弃犬（虽然浑身亦是惨不忍睹的癞痢烂疮），在黑夜街灯下，我们赫然发现小花排在队伍的最后，它的身形明显比大家小了许多，但也装出一副混帮派趾高气扬的严肃嘴脸。

后来它离家的时间变得不规律而拉长，有时出去三四天才回来，有一次竟失踪一个月才瘦削地、浑身带伤地回来。这样的节奏拉扯着我的神经，我不知道它要消失多久后回来？会不会是被公园那边常出没的捕狗队拴走？或是像我们走阳投公路下山时常见在分隔线上肠开肚绽仰躺的狗尸？我总要反复地在心底告诉自己：算了吧，本来就是条野狗，就当从来没养过它吧。但一段日子后它又会出现在窗前门口，目光灼灼地盯着你。那样的患得患失甚至唤起了我的某些阴性感情，像《小王子》里那些狐狸或玫瑰的故事，像深宫怨妇那样守候着它浑身是伤地回来。有一次我请朋友到七窟一家店吃山鸡(那里距我们住处约半小时车程),一边聊天一边漫不经心地把鸡肉骨头扔下桌喂那些在脚边打转的野狗,突然一个恍神,其中一只尾巴摇得像马达的,不正是我家的狗吗?它像对陌生人一样向我乞食。我惊怒大吼一声:"小花!"它才一愣眼神对了焦。

回到那群黄色塑料鸭。后来小花死于心丝虫。我总和妻开玩笑说,那时在山上,应该学那些野生动物学家,在它的颈圈上装一台迷你摄影机。看看那些"我们不在场"的时光,它究竟是跑去哪些地方冒险?它眼中的世界究竟是什么模样?那个"野性的呼唤"究竟是什么?值得它这样一次又一次弃我们而去着魔地徜徉其中。那样难以言喻的旅程是寂寞荒凉还是独享的幸福?

标本剥制师的邻居

……为了某种不明的建筑原因，这幢楼房的这一翼是双重斜坡屋顶，所以光线是倾斜投入的。我不知道是玻璃窗脏了还是用毛玻璃，抑或沙隆装了百叶窗以防止直接日晒，或是因为四周堆满了物件以声明害怕留下任何空间，总之，在这洞穴里的光线是属于暮色的阴暗。房间由旧药架分隔，成拱形状而留出通路、接口、景观。主要颜色为棕色：物品、架子、工作台、日光和古老台灯混合的光线……

这是 Umberto Eco① 的《傅科摆》里一个章节的片段。那其实是一个无甚重要的章节，大约是男主角卡素朋困陷在虚实不分的圣堂武士伪知识、伪历史与伪考据的庞杂线索和一大群

① 翁布托·艾柯，意大利小说家。

"魔鬼作家"之间,其中一闪即逝的一个段落。大约是和他同租一间公寓却住在地下室的、一个鬼鬼祟祟的、叫沙隆的家伙,这人的职业是标本剥制师。我有许多年没再读这本书了,这几天脑海里突然浮现一幅地下室的标本剥制工作室的画面,那么真实而历历如绘。后来我确定应该是当年在这本书里读到而残留的印象。我把书找了出来,翻了许久,有一度几乎要放弃了(确实那是极不重要的章节),结果还是让我给找到了。

……等我的眼睛逐渐习惯之后,我看见自己置身于一个静止的动物园里。一只有玻璃眼珠的小熊爬在一根假树枝上;一只瞪眼猫头鹰站在我身旁;在我的前方桌上有只鼬鼠。那只鼬鼠后面有一只史前动物,猫科的,只有骨架。……

"一位心肠很软的贵妇的大丹狗。"沙隆带着一丝窃笑说,"她想记住这头狗在他们同居时的模样。你瞧,先将动物剥皮,在皮的内侧涂上砒霜皂,然后再将骨头漂白。……你看看架子上收集了多少脊椎骨和胸腔。一个可爱的藏骨堂,你说是不是?用铁丝将骨头连接起来,重建骨架。我用干草、纸糊和石膏来填塞。最后再把皮肤

铺回。我也修复被死亡和腐烂造成的损害。”

……一只腹部被掏空的大鸟，随着将它刺穿的长矛而摆动。长矛自它的头穿入，而自它敞开的胸更可见到矛经过了曾是心脏和砂囊之处……我闻着那停尸间的气味，说道：“这一定是一份令人着迷的工作吧。”

我总是在真实生活里，一个不慎，便走进某个小说的虚构场景之中。譬如说D君，我记得和他第一次碰面，是约在我那个乡间破旧山庄口的“万应公”庙前。那天是深夜，妻和孩子都睡了，我穿着拖鞋带了包烟走去赴约。D君开了辆ISUZU的越野休旅车（后来我才知道这一台车要一百七十万）停在庙前。我们便像两个流浪汉蹲在那无神像无牌位神龛里只鬼气森森点了两盏小红灯的阴庙前谈判。他告诉我他想找我写个剧本，关于一个拳击手的故事。我问他这个拳击手背后更多的身世，他也说不出个清楚梗概，不过就是四五个城市街景，暴力化而无情节的场景。我发现他本人和我在第四频道①上

① 1990年代，台湾民众除“台视”、“中视”、“华视”之外的另类选择被称“第四台”，即如今台湾有线电视台的雏形。

看到那些重播国片里的、他表演的角色们有一些难以言喻的相似。他和他们，都带着一种动物性的沉默，话很少，讲话低沉而转速慢（所以那些导演总爱找他去演杀手之类的角色？）。我告诉他我这两年生活的一些状况（我父亲中风，我的妻子刚生下第二个小孩，且不幸地得了产后忧郁症），且我之前有过两次替人写剧本的经验，其实我发现我本身有某种（针对写剧本这个工作的）"功能性障碍"。我以为他应该要来说服我的，但他只是面带微笑和我一起蹲在那暗夜黑影里吸烟，弄成像我在说服他什么似的。那时我心底想：妈的ㄔㄨㄚˋ赛[1]这家伙不会像起乩一样，又进入了梦游状态的某一部不存在的电影里的某一场戏了吧？因为他竟然（眯眼微笑着）伸手摸捡起地上散落的，我们刚刚抽完扔了满地的烟屁股。他把那皱弯成短短一截的烟蒂捡起，很专注地把它押直，衔在嘴里点火。

我必须承认我被他这一手给打败了。这让我想起我那些星散的人渣好兄弟们。我想我这回又遇上了个充满才华的穷艺术家了。"交个朋友吧。"我对他说了个让我自己脸红的剧本费价码，并建议他最好还是找别人。他也不说什么。后来

---

① ㄔㄨㄚˋ赛，发音近似chuasei，脏话。

他开始和我聊起他那台车,那真像是听一个摧花浪子有一天终于被一个完美女人驯服那样圣洁崇敬地描述他的爱妻。多少马力输出,扭力和越野性能是国产那些 RV 瘟车的多少倍,天窗间的位置恰好够他们出外景时架上机器那个广角有多专业云云……

第二天他便把剧本费的一半转账进我的户头。(这一部分我的感慨倒不全源于当时经济状况的着实窘迫,而是我这一世代到处游走无正职的"自由写作者"特别感受深刻的,像《忧郁贝蒂》里那个索格,当贝蒂翻出他整箱整箱不曾发表的小说手稿而惊为天才时,他只是心酸地说:"我们在这屋子里。外面的世界,风吹过来,又吹过去。我们只像一张破纸飘来飞去。谁会去理我写的那些鸡巴故事呢?")结果我拖了一年还不曾将那剧本开张。不过那之后,大约每隔两三个月,他会出现在我的电话答录机里,邀我去他赁租的房子聊聊"我们的那个剧本"。(后来我比对他在影剧版露面的八卦新闻,理解到他"想起"我的剧本的周期,总在他疯狂接戏轧戏拍片之间的空档。那令我有一种奇幻的歉疚,似乎他是以自己进入许多个非自己能决定的剧情里的演员身份,去筹钱换来这个他终于可以自己作主、我却始终无能从虚空中召唤出来的"那个故事”。)每次碰面,我总和他提三四个“很棒的点子”,一些彼此无甚关联的黑色喜剧的桥段(我实在太擅长构想那些荒暴无意义的曝光画面了),我们总是聊得非常兴奋,“拍出来绝对是经典。”但之后总是不了了之,下一次碰面我又掰出三四个残虐又滑稽的场景,完全将几个月前那些点子遗忘。

倒是我第一次走进他赁租的那栋房子里时,仿佛走进我在文章前头引述的小说场景。(他住在我家前一个公车站,另一个傍山谷筑盖上去的破败山庄。)妈的他对待那房子的方式,实在令人起疑太像那些混住进无人空屋、在里面用废弃杂志升火煮泡面的流浪汉了。(好歹他也是个常上影剧版的演技派一线小生吧?我每次要去赴约,我老婆总要托我问问报上八卦他和某某的恋情究竟怎么了。)那个客厅空荡荡没有任何家具摆设,原先屋主可能装潢成别墅而垫高的榻榻米木头地板,因为潮湿腐烂,在中央凹陷一片,走过会失足踩空。大概有十来只各种花色的猫,在那吊了一只黄灯泡的昏暗空间里扑跳翻滚。它们用一种专业剧团正在排练时被入侵扰的困惑不悦眼神瞪着我。有一度我出现这个念头:这些妖里妖气的猫,不会是被这家伙用某种魔法拘慑住,困在这荒屋里每夜陪他“养戏”、“对戏”吧?(这就是他那出神入化演技的秘密?)

他告诉我这些猫都“野了”，他常常为了赶戏，一连十几天没回来睡，那时便在屋内放两大桶水，将水泥袋大的一整包猫饲料撒满地板，任它们自由进出拉屎撒尿（确实那屋内强烈弥漫着一股猫臊味）。后来那些猫呼朋引伴，成员急速扩增（似乎把这空屋当作附近猫族的摇头吧），除了那只乖觉地跳上他肩头的肥黄猫，其他的猫他大部分不认识。“它们常在这屋内进行搏杀之类的残虐事。”有一次他回来，在客厅见到一只巨大禽鸟的尸骸，显然是误飞进来遭到一场惨不忍睹的、猫群的集体嬉耍虐杀。满地板都是血迹和那鸟华丽又狼藉的羽毛。

就是那时他对我说：“我的邻居是个标本剥制师，我把那只巨鸟的尸骸送给他。他如获至宝，说这可是台湾濒临绝种的蓝腹鹏。”

我曾在D君的屋子里听他说过几个幻异如梦的故事。那些故事让人听着听着总觉眼瞳里的色素愈来愈淡，而那屋里的黑暗无止境地扩大似的……包括他父亲的故事，包括他祖父的故事（但这些年我已慢慢学会，未经他人允许，不要轻率将他们在交心时刻告诉你的离奇故事放进自己的小说里）。我觉得他是被自己过去故事里的亡灵所困所苦之人，这使得他活在现在时刻里，总给人一种心不在焉、温和不计较却阴鸷孤独的感觉。或许也是他总能在进入表演时刻时,像不带有任何演员自身性格的残存,可以快速穿越恍惚边境的原因。

有一个故事:D君说他高三那年交了个女友,非常甜美(他从书桌抽屉翻找了很久,找出一张两人合拍的发黄照片)。后来那女孩(对不起,以剥制一只华丽毛皮的大型动物的标本来比喻,故事说到这里,会像翻开活体胸肋骨掏摸腴软的心脏、肺泡一样,缓慢而艰难起来)在他入伍当兵时,被她同班一个倾慕的男孩,假借讨论功课,在她家卧室,求欢未遂,愤而强暴杀害,尸体且大卸好几块,分装在几只不同的黑色垃圾袋里。他那天傍晚在金门营区餐厅看电视新闻时,看到SNG镜头拍着警方提着那些黑色垃圾袋的画面,当场崩溃……

我以为那是一个"看守死亡"的故事,像阿莫多瓦的那些华丽又阴惨的故事,旷日费时,没有完美结局的守候。但D君说,那是一个"不在场"的故事:部队长官怕他出事,把他关在暗不见光、没有任何尖锐物件或绳索的碉堡地穴里一个多月,派一个哨兵看守。每天送进三餐和高粱酒。他一年后才回到台湾,那个女孩非常不真实地从人世里完完全全地消失了……

秋日海滨

我至今仍不时被这样的梦境困住：在我儿时永和旧家一带的巷弄里盘桓兜绕，那些灰色的墙面，墙头上时隐时现的枯瘦老猫，人家黑瓦檐上垂下的芒果花穗或小紫花的九重葛，全成为如此迫近、灰色调的迷宫抽象线条。我在那其中绕啊绕，总是感伤地知道自己虽然正置身在童年时刻的场景中，但其中有些杂驳细微譬如水泥墙面沙土化剥落裸出的橘砖上的苔藓绒毛，这一类湿漉而牵动奇异触感的事物，将在那样专注狭窄的迷宫绕走中，不能挽回地蹭掉擦掉……

然后我会走到一扇红漆公寓铁门前，也许我呆站默立了一会，也许立即有人把门打开，似乎等候我许久，一种带着嗔怪和喜悦的气氛弥散着。我一走进那屋里，便理解到倘若我没有穿巷绕弄地来这里，这屋里的人们将一直被冻结在那种无止境等待的状态中。屋内的光线如此晦暗，使得面对的人脸仿佛带着2B铅笔斜刷在素描簿上的那种毛边。我想起这不是我国中时偷偷喜欢的一个女孩的家吗？屋里空荡荡没有任何家具（连张沙发都没有）。女孩的母亲穿了一身上班妇女的套装急着出门，她爽利地对我说："好了，你来了就好了。"（似乎我的到来才让她自那旷日费时的等待中脱身。）到了玄关处她一边支起一只脚换鞋一边对我说："怎么不说一声就跑掉了？"仍是宠络多过责备，然后她便出门了。

怎么回事？女孩躲进房里去换衣服。我被那样自己把某种凝固团块的伤害像咒语般解除后的欢快弄得颇不安。怎么回事？事情怎么乱的像是我在一场婚礼的前夕突然丢下女孩不告而别？剩下女孩的妹妹非常热情地在客厅招呼我。她左一句右一句地找话题和我乱扯。我不记得梦境里这小姑娘有没有叫我"姐夫"这让人背脊发冷的称谓。"外面的繁华世界好不好玩啊？""你去了很远的地方吧？""姐哭死了。"我多想告诉她们：喂，我现在可是别人的丈夫两个孩子的父亲啊。

"我从来没有……"我说。

突然想起，读国中的时候，有几次打电话给女孩，都是这个妹妹接的电话，都要先人小鬼大（那时她大概才小学六年级吧？）哈啦个十分钟才把电话交给她姐姐。（追那女孩者众，妹妹的角色颇像个收贿的门房或刁钻的衙役。)我记得很多年后,女孩曾告诉我,她这个妹妹(那时已上大学了),有一天自己跑去饭店开了个房间,一个人躺在大床上吞了半瓶安眠药自杀。后来在昏迷中自己又爬起挂电话客房服务喊救命,才没真的出事。她和她妈是接到警察局电话之后才赶去医院把烂醉一般的妹妹领回家。

到底在我不知道的某一个封闭世界里,曾发生过什么样的负弃和不义?我记得马尔克有一个短篇,叫《疯狂时期的大海》,小说的最后,是一个丧妻不久的老人,跟着一个美国佬(有点像《桃色交易》里罗伯特·雷德福那样的角色)潜水进大海捕海龟(他们肚子饿了想把海龟抱上沙滩烤了吃)。但他们愈潜愈深,在灿亮睁不开眼的深海底下,看见了一座陆沉的废墟。那简直像个热闹的市镇,有教堂、有邮局、有杂货铺和露天咖啡座……许多穿着蝴蝶袖白丝衫的美丽女人和美丽衣装的年轻男子在其间穿梭回泳。美国佬告诉老人:“他们都是那些死去的人。”他们面如银箔,脸上带着因被人遗忘而遗憾的神情。后来他们看见一个其中最美的女人手腕缠着鲜花从他们面前游过,他们几乎可以在水中闻见那些漂流花瓣的袭人香气。老人惊呼:“那是彼特拉。”她是他新亡的老妻,“那是她年轻时的模样。”

在我这样的年纪，绝对不少一些因为细故而成为陌路的昔日故交。他们像是鱼身上的鳞片，在我年轻时不以为意地从身上刮除。刮除的同时，我也将那交缠编织在一起的，某一段时光的自己，从记忆的光滑肚腹上刮除了。那些鳞片缓缓地下坠，沉进最黑暗无光的海底。在那个梦境里，我既期待着女孩换上一身年轻亮眼的小礼服从房间里笑吟吟地走出来；同时又深深地恐惧，她真的走出来了，我该说什么呢？在那个房子的外面，是我千辛万苦在其中打转的灰色巷弄，在那些巷弄迷宫的外面，是我的妻子和孩子们，如此安心地，横七竖八地熟睡挤在一块。

我记得很多年前，我和女孩的那次约会(那是我第一次和她约会，也是最后一次)。那时我们分别念不同的大学，她已毕业在即，我却因求学过程，包括重考、留级种种波折，还在念大二。有一天女孩打电话给我，说她和母亲(她们是单亲家庭)吵架，想离家出走，问我能不能带她出去遛遛？这使我受宠若惊。我跑去租车行租了一辆车(我记得是一辆天蓝色福特一点三全垒打)，带她到淡水海边。如今我已想不起在那样年纪的“约会”里，我女孩说了些什么幼稚的话？(“其实我国中时一直偷偷喜欢你?")女孩的男友是个世家子弟(父亲好像是老国代或是将军之类的),我则非常不进入情况地把我那些人渣朋友们的故事当作一则则传奇说给她听。

那时,发生了一件事,打断了我们内容愈来愈白痴的对话——有一个妇人,赤足散发远远朝我们跑来,沙着嗓子尖号着:"救人噢——紧来救我吔团仔噢。"——在她身后更远处有两个小小的人影,一个小孩站在沙滩上望着海面上另一个套在救生圈里的小孩。他们的动作全部静止着:岸上的孩子不敢涉入水中,救生圈里的孩子也静蛰不动地漂浮在那灰色看不出波浪的海面。那个母亲哭着说,那孩子漂着泳圈划水,她一转身,小孩就被潮浪愈漂愈远。但是我也不会游泳哪,于是我转身拔足狂奔,踩过那阴天饱吸水分而呈土黄色的沙丘,远远对着水泥建筑废弃冲淋处那里一个喝着罐装咖啡的男子大喊:"快来救人!有小孩溺水了!"奇的是男子似乎就是这片无人海滩的救生员,他抓起一团绳索,赤足跟在我后面,跑向出事的海边。

我走回女孩的身旁,她似乎没有凑近那救人现场的意思,于是我们便那样远远地站着,远远地,像眺望风景那样看着那几个小小人影的动作:男人脱去衣物跳进海里,那个母亲歇斯底里上下挥着手臂对海中的孩子大吼着，很意外地，男人并没有直接游去将救生圈拉回。他游了一段，然后在水深及胸的地方站定，开始向那救生圈男孩抛绳索。那整个抛绳索的过程非常漫长，男人一遍一遍重复地向男孩抛去，但总落在差一点恰好够不到的地方。男孩静静漂着，也没有奋力去接绳头的模样。那样空旷的画面像他们在进行一个极无聊的游戏。

后来男孩终于接到绳索了，男人像捞着一只陷在网中的海豹往回拖。女孩说：我们回去吧。似乎她极害羞，不愿和那样一场生死争搏的几个当事人那样正面相遇。那样在沙丘上走着，她突然诧笑出声："你看。"指着我刚刚慌急跑过陷进沙地里的巨大球鞋印。"像大象一样。"她把脚放进那确实大得像陨石坑一样的脚印里。

但是当我们走回停车场时，发现我的车锁被人撬开了。女孩大意放在车上的皮包也被人拿走。我环顾着四下无人的废弃海水浴场（连公路旁的一排海产店都拉下铁门），那时我觉得所发生的一切都像在一个缓慢而滑稽的梦境里。回程的路上女孩始终不发一言。我记得她着实掉了一大笔钱（她原先要离家出走的）。我很想对她说你掉的那些钱我赔给你吧。但我终究没有开口。毕竟以我那时的经济能力，那是像天文数字一样的一笔钱哪。事实上后来光为了赔给车行换锁及音响(那该死的海水浴场毛贼且把那台车的音响拔走了),就害我向人渣朋友开口借了一屁股债。那时我在心底懊悔着:应该在之前和她并肩眺望那男人救那小孩时,就对她说的("其实我国中时一直偷偷喜欢你噢。")。

女孩从此没再和我联络了。

昔日酒馆

上礼拜摄影师阿山和我约在师大路一间地下室 pub 拍照——这说来话长,这次他的雇主是一份女性杂志,据说要在某一期里做一个“十年回顾”专题,找了五六个我这个年纪的各领域的创作者(装置艺术、玩音乐的、小剧场的,还有写小说的),要他们谈谈十年前自己的“第一个作品”。这很妙,确实对我这样三字头的人来说,十年前恰好就是个人的处女作时期。不多不少(除非是某些极早慧的天才)——不过阿山和那个女性杂志的采访编辑皆搞错了,他们以为的我的第一本书其实是我的第二本(还奸没多大差别,这两本小说早就同赴书店里再也找不到、绝版的悲惨命运)。那是一本以 pub 为城市背景的小说。阿山要和我约拍照地点时提到“借间 pub 当场地”的构想,我讪讪地说:“可是我已经一百年没混 pub 了,这样对吗?”我提议不如以这城市的各处公厕当背景或更符合我的“城市游走动线”之真相:捷运站厕所、麦当劳厕所、小学厕所、教会厕所、百货公司厕所、三清宫厕所、还有建国花市旁的流动厕所车……(当然这牵涉到我个人隐私的“大肠躁郁症”)。不过摄影师阿山坚持要在一间 pub 拍,他说:“如果你那么独钟厕所,我们可以顺便拍两张你在那 pub 的厕所里的,夹带一下。”(毕竟这是他的创作。)

这也难怪,我后来颇有领会:你花了极大力气写一个小说,锵铃哐啷把什么东西都倒进去,人们最后通常只模糊留下一个简单的印象。我曾写过一篇跟电动玩具有关的小说,后来在那一年内,接到的邀稿全是关于电玩的评论文章(电玩中叙事核心的父权意识;传统店家电玩的式微到个人电脑电玩之空间改变对于身体、权力的隐喻关系;电玩里的虚拟实境——虚拟战争、虚拟城市、虚拟恐怖活动与反恐、虚拟纳斯达克——与全球化之意识形态。事实上,我初接到那位女性杂志编辑电话,提到“您在十年前出版了第一本……那个……酒馆……的小说,我们想请您谈谈这十年来……”那时我心里一慌,以为她要我谈谈“这十年来台北 pub 的兴衰、风格的变迁,或 pub 文化的改变……”

我已有十年没再混 pub 了。尤其在娶妻、生子后,偶尔被三两人渣好友(不论是昔时或新识的)拉去pub,总会在近十二点大家酒兴方酣之际,便心不在焉起来,然后像《灰姑娘》的剧本,急着抽身离开(钟敲十二响后,我的捷运就停开,我的蛇皮外套、大麻、龙舌兰酒、满嘴聪明的黄色笑话就要一阵轻烟变成躺在孩子的床边慢速说着《伊索寓言》、《杰克与豌豆》、《西游记》这些枕边故事了)。几次扫兴和大家半认真半玩笑的干谯后,慢慢不再有人夜间招我去混pub。

走进阿山约的那间“地下社会”,一种“我正走进昔日时光的蜡像馆”的复杂情感涌现。那像是一个年轻时被各方看好却因手臂受伤而退出舞台的棒球投手,在许多年后踏上无人的夜间球场,站在四周空荡荡的投手丘那样的心情。我确实从不曾在白日里走进一间地下室pub。刻意漆黑的墙壁上油漆彩绘着那些神兽鬼脸或太空人飘浮变形的脸,黑色的吧台,黑色的几张桌子,因为入夜后穿透烟雾的魔鬼灯、激光灯和大探照灯都关着,除了几盏小投影灯从天花板那些挑空垂架着银锡箔通风管、铁架、木梁和各式管线间打了几束光源,基本上的光照是极微弱从楼梯上方(外面是白日曝照的正午),薄薄地,像粉霜那样吝惜地敷在入口附近。

怎么回事?那样无人在场的白日pub显得如此苍白。我像是所有的成年人满怀回忆地带着自己的孩子回到昔时的小学校园，才羞愧惊觉自己描述的那个“沙尘漫漫不见尽头”的旷原，不过是个两百公尺跑道的小操场。那些记忆中可俯瞰远方的司令台，原来如此丑陋蹩脚……

没错，所有的物件都像“记忆里的房间”那样摆放着：吧台上方炫技式地倒吊着各式各样的玻璃杯，吧台后墙暗柜放着四五台昂贵得不得了的音响主机，隔层塞满了各种基础酒和店主收藏的数以千计的CD片。打着呵欠的年轻工读生善意地开了瓶嘉士柏啤酒给我。吧台上叠着十几只塞满滤嘴的烟灰缸，（所以他们在前一夜打烊后是留待次日下午才清理打扫？）角落的一组爵士鼓像梦中沼泽里的兽骨，微光中泛着磷光。

我不知道自己在激动什么。“这确实是我们当年那些人渣老狗们进出的pub啊。”和后来跟比较称头些的朋友像混进名流party那样、城市展览橱窗般的——不论是传说会碰见徐若瑄或小S的Mode，或是六福皇宫地下室那间标榜花生壳可以倒在地上“喀喇喀喇”踩的爱尔兰酒馆，或是谣传可以吃到最上等的松露和红酒的dimmer，或是店里吧台女孩养的大狗被写进舒国治散文里的“86巷”——如此不同。当年我们像启蒙的少年满眼惊异地闯进那些“穷老外的pub”，我们以为那便是这座城市要引渡到成人世界、最原始丛林、最对抗性、最像巫毒教仪式集体癫狂的秘密处所。我们模仿着那里面人们的一切动作：对嘴灌着玻璃瓶海尼根、打台球时先把酒瓶放在台桌边再优雅地用巧克磨杆头、我们和老外大呼小叱比手足球，然后跑进那个烂木板门四周墙壁上写满脏话的厕所里掏喉咙吐酒……我不止一次看到尊敬的前辈或可爱的女孩们在那里狂喝啤酒把压抑的什么像坏掉洗衣机硬压脱水按钮那样旋转甩脱到极致后，整个人散溃变形的悲惨画面……

那样的时光终于是不再了。

后来再遇见一起喝酒的朋友们，总觉得谈话的内容繁复且支架的材质皆高级起来（不那么容易几瓶啤酒下肚就泪眼汪汪把一生的身世全倾倒出来），听故事不再那么容易了（从前我们在pub游荡的时光，和不同的人相遇就像醉茫茫移动的几只“故事狗许子”，“这家伙的身世很怪”，“我的故事说出来会吓死你们”，一捏、一吐，肚子里的一坨故事就像摊血那样挤出来）。现在呢，“一个人不等于一个故事”，城市的教养不知不觉在我们身上留下细致婉转的冲积层。几乎每个喝酒的停顿时刻，你皆可以听见一两道淮扬菜密传的做工或料理的讲究处，或是每个同龄之人皆可讲出台北几处不为人知的“好吃得要死”的秘密菜馆；或是皆去过几处陌生国度、遥远的城市……一些片段的画面，饶富深意的某一场经历，某一次影展的某几部电影的概括评语……

我当年的那些 pub 伙伴们，或许在更早之前便已失散了（比十年前更早，比我不再驻足 pub 的辰光更早）。很多年前，我模仿当年带着年轻无知的我们混进 pub 的小说老师，带了六七个小说课上聪慧又精怪的学生，（那时换我生涩又混乱地站上讲台对着学生怒吼：不准再写你们那些学生宿舍里的三角恋情了！不准再写什么网络情人 7-11 邂逅这种题材了！）跑去天母一间有舞池有 band 有最低消费额的 pub。但令我挫折的是，他们似乎比我熟门熟路，他们拉我到舞池中间一起跳那年流行的“玛格蕊塔”，他们舞摆的身体如此青春烂漫而无有身世。我在中间就活脱像个中年痴汉。那时我心里一边有些忧心待会儿的账单；一边清楚地知道：即使把 pub 作为单一个人在城市里的“故事离心器”，再怎么加速旋转，再怎么歪斜颠狂，我都无法在那里听到任何我想象中的故事了。

战俘

因为连日来密集地看了许多错繁紊乱的战争新闻(那些兵棋;那些穿着野战军服的军事专家;那些美丽主播拿着指挥棒比画着巨幅伊拉克地图上的城镇名字和周边邻国;那些跑马灯和切割画面上各式新型战机、精准轰炸、炸弹之母、M1A1坦克……的功能分析,那些电脑动画模拟的卫星导弹如何在沙漠丘陵的地表起伏飞行,最后特写炸中一幢由远而近、无比精密写真的总统行宫建筑;那些前后矛盾且差距甚大的死伤数字……),使我终于作了个恐怖的噩梦。我梦见最后一刻,我后座的美国佬大喊一声:“Fuck! 怎么可能? 我们居然中弹了!”下一个瞬刻我按下弹射装置,巨大的气流像一双冰冷的巨掌,从喉结到颊腮处用力要将我的头颅扭断。我心里悲伤而自暴自弃地想着:“沙漠,我来了。”

我醒来的时候,发现自己趴伏在一条河流的浅滩草丛里。

我想我的大腿骨应该是折断了，因为除了一种冰冷感，我的下半身完全失去知觉。我摸着自己身上各处口袋，我想他们应该有给我随身配带那种“卫星定位信号发射器”之类的小型机器，让搜救人员可以找到我，但是妈的什么都没有！我突然想起这条河该不会就是“底格里斯河”吧？（就是国中地理课本读过的什么“肥沃月湾”、“两河流域”、“人类最古老文明发源地之一”的幼发拉底河和底格里斯河？）在我上方的沿岸河堤，远远近近有一些人群奔跑着对着河面吼叫。我想他们该不会是为了赶早来河边洗澡抢位子而起了冲突吧？我记得曾听J.W大哥说过，他到印度旅行时，曾在恒河畔盘桓静坐，看那些老人、妇女和孩童们，无比崇敬且享受地褪下衣物，跳进河里掬水沐浴。虽然在他们沐浴地点不远处的上游，就是一焚烧难产、疠疫、车祸种种横死者尸体的火葬场，而那些骨灰就倾倒进他们洗头洗脸的混浊河水中……但我旋即想起，啊，这是底格里斯河不是恒河，他们不是来洗澡而是来搜索击落坠毁敌机上的驾驶员（那不就是我吗？）。

他们之中一些狂热的家伙居然拿起冲锋枪朝河面扫射，使得水面像煮沸的油条煎锅那样劈哩啪啦溅起一道道水柱。那些妇女和孩童们兴奋地鼓噪着。我想他们一定恨透了这些在看不见的夜空上方飞来飞去、对他们的古城建筑进行“外科手术”的华丽飞行器吧？但是我只是拿着一包洋芋片和选台器，对着那些跳跃切换的画面，拼组着遥远的、看不到人形躯体血肉横飞的冷冰冰建筑上方，感受到“精准”、“空中轰炸与地面进攻的同时进行”、“卫星画面”、“夜视”、“可钻入地下三十英尺，将水泥和钢筋加固的掩体炸毁”……这些数学精算或科幻意象带来的理性欢愉。现在我却陷在一群逐渐缩小包围的人们之中，且第一次切肤地感受到“所有的人都想啮骨食肉的巨大憎恨”的孤单害怕。

终于他们逮到了我。（严格说是他们快要扫射到我藏身处的草丛时，我挣扎地挥手向他们大叫。）那些妇女们朝我的脸上吐口水。有一个拿AK-47步枪的家伙掏出一柄小刀来要割我的鼻子（我在扭脸闪避时竟然不争气地哭了），后来是另一个拿冲锋枪的家伙大声咆哮地制止了他。然后我就被所有人抬举起来，不断地有人伸手拍打我的脸颊（那出乎意外地轻柔，像是拍打确定一只捕获将要被宰杀的牛只的肉质弹性），老实说我整个身子都像筛米糠那样哗啦哗啦地颤抖，并且尿湿了一裤子。

后来我被押上了一辆军卡车，我发现美国佬也被缚绑押在车上。他满脸是血，看起来比我还狼狈，他的眼神空洞且茫然。我靠坐在他身旁，他小声地对我说："他们不会把我们的睾丸割掉吧？是吧？"我发现原来他就是布鲁斯·威利，我曾在无数部好莱坞电影上看过这家伙身着军装在最恶劣艰难的处境表现得像个男子汉，但此刻他的脸和我如此凑近，我发觉他的双眼皮、蓝眼珠和棱线性格的嘴，那么地像一只无辜地咀嚼着草料的骆驼。我们被押车游街，街道两旁挤满了欢呼的男女老幼，连那些破旧楼房的窗口也挤满了探出头来挥舞小国旗的人们。说实话，在那电影镜头般快速转片的街道梭巡中，那些流着泪欢悦咒骂着我们的脸孔，不论男女，他们的轮廓如此深邃而美丽。那个之前想要割我鼻子的家伙激动地把机枪朝着天空打了一弹匣的子弹。我身旁的布鲁斯·威利，仍不断低喘哀叹地问我："他们会遵守日内瓦国际公约的战俘对待准则吧？他们会遵守吧？"

我心底绝望透顶，为自己曾花费大把时光看HBO那些好莱坞战争片后悔不迭。我记得去年曾有位长辈送了我上下两本波奈尔的《在信徒的国度》，我不记得里面有没有写到一九六〇年代左右的伊拉克？但我当时读到一半就把书丢开了。我记得我也读过不少萨义德的著作，但为何此时，在梦境之中，我无能为那迷雾中的伊斯兰古国创造并延展出更细腻的街景和市集？因为没有任何感性理解的记忆残块，使我的梦境无法停顿（我不理解他们），我脑海里浮现的巴格达市区，全是灰白色远距的高空摄影（摄影机就装在投弹的机舱上），然后是一颗圆圆胖胖的精灵炸弹离镜头远去，最后在那不规则棋盘上某一块被荧光括弧圈画的地方冒出灿亮的火光……

所以我无法把那个梦境暂停（本来我也许可以向身边持枪的伊拉克民兵提议让我去巴格达市区的清真寺作一场祷告，那样或许可以暂时抛下布鲁斯·威利老兄，和那些好莱坞镜头中仇恨而狂乱的阿拉伯脸孔），随着那辆战俘军车一路颠簸被送到一座军营的一栋水泥建筑里。我们被拖拽押解进那房间的时候，那些电台记者和扛着摄影机的家伙们正对另外四个美军战俘进行采访（其中一个是女兵）。那个拿着大麦克风的记者，用很烂的英语问他们叫什么名字？从哪一州来的？然后他问他们“对伊拉克人民的看法”？

这确实是这个梦境里最恐怖的时刻。你看得出他们都茫然而惊惧，他们失魂落魄地回答那些问题，而摄影机正对着你。有一个戴眼镜的瘦子竟然歇斯底里地说谎：“我一点都不想来打仗……我想掉头走……但是他们说我如果不拿枪往前冲，就要对我开枪……”其他的战俘没有一个人笑他，在那个昏暗密室而镁灯强光对着你照的时刻，四周影影幢幢全是你在几万呎高空轻松投弹时看不见的少胳膊缺腿的“伊拉克人”，如果这时有人担保呼口号可以活命，我想所有人都会起立高呼“海珊[1]万岁！伊拉克人民万岁！”

终于那台摄影机对着我的脸了，那个记者居然换了个题目问我：“你对这场战争的看法？”

一开始我回答得口吃且破碎。我说我不应该在战前因为贪婪而跑去买那笔美国成长基金，那使我将这场战争抽象成美国经济的复苏，我只希望战争赶快在两周内结束纳斯达克可以翻红。我说他妈的都怪我们的电视新闻把这场战争描述得像一场世界杯足球赛。然后我突然侃侃而谈起来，我说关于战争（这次战争），就如同贵国的名著《一千零一夜》，（我套用了博尔赫斯的话）：“这个怪异故事的集子从一个中心故事衍生出许多偶然的小故事，枝叶纷披，使人眼花缭乱，但不是逐渐深入，层次分明，原应深刻的效果像波斯地毯一样成为浮光掠影。”我说这原是个残暴国王每夜娶一个童女翌晨砍掉她

---

① 台湾人对伊拉克前统萨达姆·侯赛因的音译。

脑袋的故事，这是一个美丽王妃靠着说一千零一夜的故事来拖延大家被砍脑袋的故事。我说每个晚上我皆目不转睛盯着电视上许多张人脸，他们翕张着嘴唇一脸凝肃地对我说那些“偏离主故事的次要故事”：布什的脸、海珊的脸、联军统帅的脸、伊拉克外长的脸、CNN主播的脸、半岛电台主播的脸、台湾女主播的脸……慢慢所有的脸全变成披着透明薄纱的美丽王妃。那些原本要拖延死亡的故事却愈说愈凶险，每一个匿藏在故事后面的故事慢慢都指向一个“砍掉国王脑袋”的故事。奇怪的是，为了要让听故事的国王别打瞌睡，他们不借动用残虐且怪诞的死亡场景——两架直升机相撞的金属芭蕾舞剧、市集里被炸得血肉横飞的野兽派演出、弃置在沙漠公路上的敢死队士兵尸骸装置艺术，还有科幻片一般将在城市空气中弥漫而卧躺千万具平民死尸的化武预言——这是一个飘忽迷离的故事：这个要被砍头的国王在地底迷宫串接的十几幢行宫间跑来跑去，行踪成谜，有好几个和他长得一模一样的替身轮流露面。另一个国王则和他的石油大亨朋友们跑去近郊别墅度假，讨论战后分封疆土和战利品事宜……

我醒来的时候，发现妻一脸忧色地俯视着我。她说：“你怎么搞的？又是哭喊又是捶床的，是被什么给压到了？”

卡通世界

在我家的客厅常出现这样的画面：有时是妻一夜失眠要补个回笼觉，有时她灵感涌现突然想大张旗鼓煮一顿晚餐；有时是她必须讲一通旷日费时的失恋友人的诉苦电话；有时则是她固执地非把一个DIY说明书模糊不清的书柜、电热器、打印机等等物件组装起来……那时我便得带着两个精力过剩的小男生打发那“母亲突然离场或心不在焉的时光”。我的方式通常十分惫懒：打开电视，转到几个儿童频道聚集区，完全不理会那些幼儿学习专家的警告（虽然每次带小孩参加有别的小孩的聚会，听见我的孩子和其他孩子，像交换俱乐部通关谜语那样会心又兴奋地唱着“天线宝宝”、“建筑师巴布”、“一根手指头……两根手指头……三根……四根……五根……变成小蜗牛”，我的内心都会黯然忧心），如果你家有两个以布朗运动的移位方式在各角落以拆掉屋子为职志的一岁半及三岁半小男生，且你从未以“成为一个儿童心理学家”为专职，后来你会发现，你和记忆中怨怼童年、自己惫懒又不负责任的父母其实并无二致。天可怜见！你只想把时间打发过去。

不过通常在我家的客厅最后会出现这个画面：当那个母亲回到现场，发现两个恐怖分子已经把锅铲、锅子、锅盖散满客厅，蜡笔、拼图小块、杯子、商品目录、叠好的衣服、戳破的水果……洒落地板，像一场爆炸案劫后余生的景观。小孩爬上餐桌险象环生或正在拆鞋架，只有那个监管的父亲，正专心地盯着电视里的卡通看。

那是怎么一回事呢？我发现有些儿童频道里的卡通，真是完美而纯粹的叙事。姑且不论像《迷迷羊》或是《动物园街64号》这种画风优美且故事的陈说就发生在带着“孩童忧伤”的隐匿角落。有一个女孩，每晚临睡前，便由动物园里的长颈鹿，把脖子像藤蔓那样变长，伸进卧室里将她驮负下来，然后由动物园里（下班收工？）的大象、狮子、猴子、野猪、梅花鹿……大家轮流像木偶剧团那样说一段从前在森林原野时（被抓进动物园之前？）的故事。它们说故事的气氛，简直像一个纽约街角酒吧里的即兴小剧团成员，宽容、亲爱、世故、多才多艺，且对成员彼此的过去或性格小缺陷深深了解。它们每晚轮班对小女孩说一个故事(一个快乐的故事、一个想象的故事、一个负欠遗憾的故事、一个差点失去纯真的故事),然后再由长颈鹿将通常已睡去的小女孩驮负送进她的床上。

有一阵子我简直疯魔迷上一只叫"噜噜米"的蓝眼睛河马。一开始我以为那是一部日系卡通(因为片尾那不可思议充满诗意的流动版画搭配的是一首凄清的日语女声歌谣),后来我才听友人说起这只"河马 Moomin"可是大名鼎鼎的瑞典国宝。据说瑞典人还特意为它和它的家人朋友们在一个小岛上搭建了一个仿真卡通里的"欢乐谷"。

这个河马 Moomin 的故事,总让我想起学生时代初次看安哲罗普洛斯[①]的电影《流浪艺人》或是塔科夫斯基[②]的《乡愁》。遥远的、疲惫的、在无数的大城市流浪而无从定着的旅人,终于来到世界的尽头。他们在空旷的地表上搭建孤零零的房子,与森林为邻(森林里住着魔女克莉婆婆)。他们像是核爆废墟后将文明(或都市)推平重新聚落成的简单社群,但大人们仍带着高度文明社会的残存身份(譬如 Moomin 的爸

---

① 安哲罗普洛斯,希腊著名导演。
② 塔科夫斯基,俄罗斯著名导演。

爸是个小说家，他女朋友的哥哥是个像达·芬奇一样的发明家，他的朋友稻草人阿金则像个旅行哲人，有个哈爷爷是个发现了奇异植物品种会函寄给世界植物学会鉴定的植物学者，他们有一次随着载满不幸亡灵的幽灵船到一个小岛，还遇到一位因为忍不了孤寂——他可能是世界最后一位——而不愿再穿上制服的灯塔管理员），他们收留各种奇怪的自远方流浪来此的旅人。招待他们晚餐，第二天让他们温暖地上路。

有一集的故事是这样：有一天 Moomin 家来了一个客人，所有的人都看不见她，因为她是一个“害羞的女孩”。关于她害羞的原因是，从她母亲过世之后，她投宿在一位阿姨家，这位阿姨是个苛吝之人，无论小女孩做什么她皆百般指责，于是“害羞的女孩”愈自惭形秽愈内缩，最后慢慢让自己变成一个别人看不见的人。Moomin 一家人温暖地招待她，且对她的在场做出最自然不过的态度。慢慢地，女孩的鞋子露出来，再来是她的衣服扣子、她的领巾、帽子……故事最后，她的脸还是没有浮现，但是Moomin一家也不急着让她完全现身。

那是一个无比自由且慢速的世界。有点像村上春树的《末日之街》，那些像曝光不足冲洗出来的梦境幻灯片。但村上的空旷街景基本上就是一幅文明的核爆废墟，“割除”意象的冰冷刃触笼罩(用鱼刀把影子割离、割开瞳仁、将兽的颅骨中吸吮的人类世界里那些无意义、断碎的情绪、记忆释放于空无,事实上那个内向街景的存在,也就因一个在高度资讯化世界里洗资料的专业人士脑额叶里的某一部分被焊接短路或切去一小块那样而形成的幻觉投影);河马 Moomin 的“欢乐谷”,其实也存在在一个不确定的、“惘惘的威胁”、哀伤童话的浮土上。那些失去城市地图、失去街道、橱窗、戏院、酒店、学校、法院的小说家、植物学者、发明家、警察局长、烟火制造工人……如何像断线的珍珠,带着现代文明分工专业技艺的身份,在一个空旷的地表上发生故事?在那些哀伤童话后面的早衰世故,如何能避开村上式的“冷酷异境”,走向绝对、纯净的内向时刻付出之代价即是将所有琐碎的(无意义或伤害性)细节逐一遗忘?

蓝眼睛河马 Moomin 一家人有一个很奇妙的设定:每到冬天冰雪来袭,这一家人会像死尸或睡美人,躺在他们的木床上进入深湛的睡眠。这一段时间,Moomin 的好友稻草人阿金便会离开欢乐谷,到世界其他的地方去旅行。每一次的离开,他都带着可能不再回来的悬念(因为他是如此热爱旅行及理解世界,但因他实在太爱 Moomin 而总离不开他)。有时

Moomin会乱了时序，在伪死的冬眠中醒来，那时他会晕眩地推开封死的窗，无比惊异地（用他色素沉淀不足的蓝眼）看着那“原来他不在场时，世界是这样在运转”的冬景。有一次他们亲眼目睹美丽绝伦的冰雪公主（传说被她看上一眼，即会结冻成冰人）真的下凡来，骑上族人为她准备的冰雕巨马，冰焰垂洒中腾空而去。有一次则是Moomin一家被魔女施了咒法，春天来临时他们却仍无法醒转，一直到他的朋友阿金自远方旅行归来，才设法替他们解除了魔咒。

那样饱满、美丽的奇幻异想，像夜里的藤蔓窸窣成长，那些像恋人絮语一样细微的迷惑和不安，总让我不自觉地联想弗雷泽①在《金枝》里天方夜谭般细数的“杀神王”、“植物神崇拜”、“篝火节”之类的巫术或北欧神话里的陌生神祇。《金枝》里有一章写到，“乌拉立特的猎人，如果参与捕杀鲸鱼，甚至帮助从渔网上卸下过一条，在随后的四天内都不得做任何工作，因为据信那几天内鲸鱼的鬼魂还一直依附在他身上。在此期间，村里任何人都不得使用锋利或尖刃的工具，恐怕误伤了鲸鱼的魂魄。他们认为鲸鱼的魂魄还在村里到处飘泊。”

---

① 弗雷泽，英国人类学家，宗教史学家。

《金枝》里亦提到一位古埃及神祇，“每年悲哀和欢乐相交替地纪念其死亡与复活”的奥锡利斯。关于他的死亡故事凄厉又华丽。他的弟弟和另外七十二个人想要谋杀他，他们按他身体尺寸做了一个银柜，当大家在饮酒作乐时，他们拿出银柜，开玩笑说银柜将送给身材最适合之人。他们一个一个地试，但谁也不适合。最后奥锡利斯走进去躺在里面，这时阴谋者赶紧盖上盖子，用钉子钉紧，用熔化的铅把它焊住，并将银柜扔进尼罗河。这时太阳正在天蝎宫，他的妻子同时是他的妹妹伊希思听说后，剪掉一绺头发，穿上丧服，忧伤地到处乱跑，找他的尸首。

盛着奥锡利斯躯体的银柜顺流而下漂到海上，终于漂到叙利亚海岸的一个国家，被一棵树包在树干里。国王觉得这棵树长得不错，将它砍下做了宫廷的一根梁木。伊希思知道了，便假扮奶妈混进宫里。但她不把奶给孩子吃，让婴儿吃她手指头，到了晚上，她开始把孩子身上一切凡人的东西都烧掉，自己变成一只燕子，绕着盛有她亡兄的那根梁柱飞翔，喃喃地哀鸣。但这一切被王后偷偷看到，大喊起来，因此她孩子无法变成永生不朽。于是女神露出原形，他们把那根柱子给了她。伊希思剖出银柜，装上船，随身带着国王最大的孩子，驾船而去。他们一到海上，她就打开柜子，把脸贴在她哥哥脸上，吻着他，流着眼泪。但那孩子悄悄走到她身后，看见她做的事，她转头生气地看着他，孩子禁不起她一看，死去了……

那样为亲爱之人的死去发狂、变形、奔走，那样的哀恸逾恒……我在心里哀叹着：我无论如何也编造不出如此恐怖、美丽而幅员如此自由宽广的故事了。我试着用简易可爱的方式说给孩子听，听得我大儿子阿白眼歪嘴斜，小儿子呀呀叫地到处乱爬。妻子趁乱将遥控器转台，恰正转到刘侠被疑有解离症的印尼看护抓狂重殴而遽逝的新闻。电视上那个印尼女孩一脸恐惧歇斯底里地痛哭，她用印尼话大喊："小姐，对不起……"没有人知道她发生了什么事？没有人知道当时她心里出现了什么黑暗的幻影？那时我姐姐恰打电话给我，因上个月家里照顾父亲的印尼看护莉雅，和附近水电行工人"乱搞"，弄大了肚子。她气愤极了，且莉雅得知自己将被遣返，态度变得极粗暴恶劣。我姐或是被那新闻深深触动："所以还是不要找印尼人好，下回请中介找越南的……"

也许从前我在课堂上学的那些小说理论都是对的：故事总是去头去尾，总是将意义稀释筛漏，想去探究故事后面的纠葛细节，终属徒然……

印尼女孩

周日的维多利亚公园，挤得满满的印尼女孩（或也有菲律宾女孩，但我无法分辨她们之间的差异），她们有的头蒙伊斯兰妇女的丝巾，或十来个铺开一张布巾或塑料纸，欢欢喜喜地打牌、野餐、七嘴八舌。

那样的情景令我想起从前上成功岭受大专集训时，假日台中车站的场面：所有的穿着草绿军服的学生兵全和他们的家人"约在台中车站大门见面"。我总十分困惑，那样全部的人约在同一地点（约了等于没约），要如何从庞大的人群中辨识出你欲寻觅之人？

有的女孩眼神兀傲而敌意，有的眼波潋滟兜转着她们置身的这座繁华异族之城，有的一眼看去就是乡下地方来的傻乎乎胖女孩。……不过她们此时以这样庞大的数量聚集在一起，整体给人的印象是：她们像是（肤色较深的）侵入者。平日里她们是城市四周遮断天际线那一幢幢高楼里，那一格一格单位住房，安静地寄附于一个华人家庭的仆佣。一到假日，她们倾巢而出，说不出原因（像那些 Discovery 频道上以奇幻的导航系统举群迁移的雁群、蝴蝶或斑马），她们出于对孤独的恐惧而凑聚在一个更庞大的群体里。

但是一旦她们汇聚于此，她们等于自动自城市的系统脱离出来。她们并没有和家乡的故交（一起来打工）约在星巴克咖啡聊天，或是一同去看个电影什么的……她们盘坐地上，或剥着果皮传递，分食或有一人弹奏吉他……最怪异的是，这数以万计的人群里，清一色全是女性。没有半个（他们同族的）男孩。

女孩们孤寂地凑聚一起，予人一种乱哄哄肮脏的印象。但其实作为伊斯兰教的女信徒们，她们有早晚各沐浴盥洗一次的清洁习惯。她们眼中的黄种华人，才是在饮食、清洗、劳动各方面皆污秽不洁的粗蠢劣物呢。

人在香港，不知怎地，对“以城市的现代性时差”形成的人与人间微妙的歧视特别敏感。我因为英语太烂，饱受这城市诸如荷里活高级刺绣清宫古装店美丽的英印混血女店员、酒店大堂咖啡厅的经理、银行柜台行员（我去兑换一张支票）、甚至计程车司机……种种歧视。因为不会说英文，无论我如何谦卑有礼，仍被视同粗豪土气的大陆观光客。我忘情且痛苦地注视着那些整族整群被城市的停顿时刻排除到边缘空地的异乡女人。

她们对这座城市的复杂面，远比我世故，却比我无从伪装隐遁人群里。也或许因此，她们比我漫不经心，无视城市空调大楼现代性景观或那些西装笔挺中产阶级的拘谨和秩序……

上一期的《中外文学》，有一篇廖朝阳先生译的霍米巴巴(Homi K. Bhabha)的文章，里头引了伯格对德国境内的土耳其工人之描述：

> ……他移居异乡，就像在别人的梦境里负责演出。……他们观察别人的动作，努力模仿……一个又一个动作不断累积，亦步亦趋却毫无弹性。……动作造成身体与思想分离……他不懂别人的语言，只好把陌生的声音当成没有声音。为了冲破静默的包围。他学会二十个生字。可是这些字还挂在他嘴边，意思就变了……他学会有关“女孩子”的讲法，由他说出来的意思却变成他是色狗……

我的父亲在神智尚未混乱之前，曾对我回忆：半世纪前他初来台北时，火车站的前面是一整排老陕开的吃食搭篷，卖的是啥呢？他们极狡猾地用一口大锅，熬着噗噗沸腾的牛肉牛杂汤，那香味像勾魂使者的铁钩，硬生生把过路客的舌头勾出来，失魂落魄地钻进店里。锅子旁，一层层叠高的，比砖块硬的生面泡馍。我父亲说当年西北军来台的那些回子，馋就是馋这玩意儿。

我老婆是澎湖人。国三那年全家迁来台北。据说初来时，有一天我岳父还曾骑送货脚踏车骑上“总统府”前管制的那一段马路（他正疑惑大家为何都绕远路），而被驻戍宪兵拦下。我妻子说她初来台北第一次钻入地底走人行地下道（马公市没有地下道），是在信义路金山南路十字路口，那时内心恐怖极了。恰好就在那黯黑日光灯照的城市地底只有一人的时刻，迎面走来一痴汉模样的男子，那时那个未曾经历如此诡怪孤单的城市空间的异乡少女心生一计：她将自己的脸装成麻疯者那样朝一边扭曲歪斜，想如此丑怪或可躲过倘若是变态男之侵害。

移民、打工仔、外佣……这些不作为观光客的外来者，和持续变貌的城市对望着，他们或无法以一代的时间伪扮潜入那座城市。甚至如那些印尼女孩，以一种更抽象空旷的形式被集体结扎，她们无法以繁衍后代拖长时间的战术，成为城市梦境里的一分子（如我的父亲和岳父，如今他们的后代已对这座城市繁错如迷宫的小巷弄小细节，如掌纹般熟悉了）。她们在别人的梦境里。或者说，她们只是城市假日午后，一个讶异而鼻酸的呵欠。

我曾想过写一篇以一位印佣女孩为名的小说。那篇小说叫做“希娣”（Sity，亦模糊为 City），有点向张爱玲的《桂花蒸阿小悲秋》致敬的意思——我总怀疑王安忆《富萍》里，那个深谙上海弄堂人家老派人情世故规矩的“奶奶”，是持续在时光中累积城市记忆的，年纪老大的阿小——那个小说开头的场景我都想好了，这个印尼女孩第一眼的台北城市，就像蛮荒大洪水的末日景象：她从机场被送去南京东路中介公司的那天，恰遇上纳莉台风。希娣的公司楼下，整个淹大水，汽车都泡在水里，停水、停电，整幢楼又闷又黑，电梯也停了。老板叫希娣和其他印佣，上上下下地提水，再爬楼梯走回十楼。

本来想好好正襟危坐写篇像马尔克斯《异乡客》里的那些短篇（我还特地为此，带我的孩子晃悠到新生南路的清真寺，着实观察了一番那些一脸静肃进出朝拜的印尼女佣们），不想才起了个头，便惊骇莫名地发现了一个笔误。我将“第一次，先生和大着肚子的太太去希娣的公司。先生非常神经质地向印尼老师重复：他们没什么条件，就是要爱干净……”写成了“第一次，先生和大着肚子的希娣去公司。先生非常神经质地……”。

如此一来，又变成我那些变态猥亵的作品风格之宿命了。

错误联想

我的朋友卢君曾告诉过我一个笑话——或许那并不算笑话，而是他从第四台那些重播港片里看到的一段烂情节——他说：任达华小时候家里很穷，住在贫民区的陋巷里。有一天他出门时经过那些破烂屋子其中一间忘了掩上的门，从门缝偷看里面，一个光着身子的女人孤自躺在床上抚摸自己的胸部："我要男人！我要男人！"一个礼拜之后，他（电影里的小时候的任达华）又经过那个忘了掩上的门口，再度偷窥，这次发现真的有个男人压在那女人的身上。任达华大受震动，赶紧跑回家，脱光上衣躺在床板上，拼命搓揉自己的胸部："我要脚踏车！我要脚踏车！"

这个烂笑话曾给我什么启示呢？第一个当然是"错误联想"，正确地说是弗洛伊德在他的《图腾与禁忌》中所说的，原始部落民族在他们的魔法原则中，"对真实事物的错误联想"：

……第一种联想方式是在仪式的行动中，和揣拟的对象或结果有着相似性。……在爪哇的某些地方，当稻米即将开花的时候，农夫们带着妻子在夜晚到达他们的田园，藉着发生性关系来企图勾起稻米的效法以增加生产。另外，当一位基雅克猎人在丛林里追逐猎物时，孩子被禁止在家里画树木或沙土，害怕会使森林的通路变得像图画般复杂以致迷失途径而一去不返……

……第二种样式中的联想法则是以“传染性”替代“模仿性”。当获得敌人的头发、指甲、废物或一小片衣服，以某种残暴方式对待它们，其伤害将如数发生在敌人身上。……一位美拉尼西亚人（澳洲东北方，西南太平洋诸群岛的土著）拿到了使他受伤的弓箭后，他将小心地把它放在凉快的地方，以防止伤口发炎。要是被敌人获致时，它将被拿到火旁以促使伤口炽热或发炎……

弗洛伊德说：“人们将自己理想的次序误认为即是自然界的次序，于是幻想着经由他们思想的作用能够或者似乎能够对外在事物做有效的控制。”

我尊敬的一位女小说家曾告诉我一个故事：她年轻时写

的一篇小说，里头的女主角完全是虚构（她要描写的或许是一个抽象面的，某一世代的艺术家们在这座城市里虚无漂流的姿态）。结果另一位年长的女作家读了这篇小说，投入（她越界了）地认为这篇小说是以一种迂回神秘的形式在预言她的命运，甚且透过人传话给小说家：“我绝对不会乖乖走上你小说写的那个结局。”很不幸地几年后，她却像催眠般让自己真的吻合那篇小说的戏剧性收尾。后来有一位深谙子平之术①的奇人，也读了那篇小说，疑惑地问她故事中人可有所本？在小说家坚决表明纯属虚构后，算命人感慨地说：我几乎可以将那女主角的生辰八字及命盘精准地叫唤出来。你小说中历历如绘她生的哪种病（疾厄宫②），大约几岁几岁时会遭遇的感情波折……最后，他说了一句让人起鸡皮疙瘩的话：“也许有些小说写出了神，会像这些巫卜之术碰触到某种神秘的领域。”

这一阵子的运气背到谷底，我的左脸又因颜面神经受损歪斜（这是我第三次歪脸了，还好我知道它会像压扁的QQ果

① 又称八卦算命术。
② 紫薇十二宫之一。

汁软糖，慢慢地再弹回去）。前两天，啃一只岳母相赠的加州甜桃，啃到一半，竟把右门牙给崩断——由此我发现人的心灵意志再再受到肉体状况之影响，当你张嘴门牙缺个洞讲话会漏风时，连对计程车司机说要去的地点这么简洁的指令，都讲得呼呼嗤嗤非常没自信——我不禁在心底升起一丝阴暗的狐疑：妈的不会是哪个结了梁子的仇家，此际正把我写进他的小说里吧？我的牙医替我在那缺口黏了一枚快干塑脂的临时假牙，但那像乒乓球颜色的荧光白突兀地显出四周齿列黑色烟垢的不协调。我甚至担心那颗牙会不会在夜里全黑的卧室发光，吓着了身畔的妻小。

错误的连结与想象。

意大利小说家迪诺·布扎第的一个短篇《鲨》，说的是这样一个故事：少年史蒂凡诺十二岁生日那天，跟着他的船长父亲出海，却发现海面上有个东西，紧随着船后两三百公尺的波浪里。他的父亲用望远镜也看见了那东西，忧心忡忡地告诉儿子，那是“全世界水手闻之丧胆的鲨鱼。神秘、凶猛，比人类还狡猾，一旦锁定了目标，可以紧追不舍长达数年，甚至一辈子，直到猎物到口为止”。他悲伤地劝说儿子放弃对海的欲望：“史蒂凡诺，恐怕那只鲨鱼已经选中了你，只要你在海上一天，他就不会放过你。”于是那父亲将少年送到数百公里外的内陆城市念书。但那只鲨成了他挥之不去的魅影。他认真念书，出社会后在商场找到不错的工作。父亲过世后，继承了可观的遗产。朋友、玩乐、恋爱、自己的生活，但那鲨像致命又神秘的幻影，像地狱的诱惑。他终于决定继承父业，展开海上生涯。每一次出航，不分昼夜，不管风浪平静或狂暴，那鲨永远跟在船尾，奋力划水。

有一天，史蒂凡诺发觉自己老了。他拥有成功和财富，但他不快乐，“因为他的一生都耗在大海中疯狂地追逐，躲避他的死神。”于是他决定划一艘小船，“现在换我去找它。”他终于在海上遇见那只也衰老了的鲨。那鲨哀声说：“我游了多远才找到你。我也快累死了。你一直跑一直跑，你根本没搞懂。”

原来鲨跟着史蒂凡诺游遍世界，只因为海神托它把一枚海珍珠交给他，谁拥有它，便拥有财富、权力、爱情与心灵的平静。

但是太迟了，一切在初始便弄错了理解的方式。他们两个都这样白费了一生。

一位我极在意的朋友，有一次这样问我：“不知从何时开始，你好像开始固定了，只用一种衰脚的腔调在说故事，这是不是另一种向读者撒娇的方式呢?”

“是吗?”但我心里哀鸣着:就像是我脑海里梦想着一部脚踏车,却总被人抓住逗留在女人胸部上的双手。“我并没有……”“啊我不是那个意思……”“请相信我原初的想法……”对动机的解释,以及对那个解释的漏洞的再解释。时日久远,我也开始迷惑耽溺于解释本身的迂回、繁复与深奥。像一个精神病院的病人迷上了就自己的病历诊断书和他的医生抬杠。到他老去的时候,他们或会相信他所说的而发给他一套医生制服。但他再也快乐不起来了。

伪魔术师

有一则新闻:高雄地区出现一名男子,他是个魔术师,专门在一些公园里以变魔术的方式哄骗一些小女孩,然后将这些女孩带回住处(“伯伯带你回去变更奇幻的魔术噢?”),遂行猥亵或性侵害。日前警方将这名男子逮捕,但他只承认自己会变魔术,否认有性侵害行为,且因其非现行犯,在搜证不足情况下,警方将其饬回。不料这名男子连夜搬家,乃至下落不明。警方担心该男子窜逃至其他县市,以相同手法对无辜少女犯案……

像从那些“观落阴①”的内视屏幕上照见自己的前世今生:很久很久以前……也许我也曾是个拥有一身华丽技艺的魔术师,我卖弄那些让人眼花缭乱的奇技淫巧只为了掳获那

① 民间道教信仰里的一项法术。

些无知少女的心，让她们忘记我身上发出流浪汉的臊臭味。有一天，不幸的事发生了，这位魔术师真的爱上了一个女孩，他害那位女孩大了肚子，并且生了不少孩子，于是妈的他只好被推上街头（那女孩生了许多孩子后，脾气变得不很好），靠着那一手魔术骗点铜子儿，给孩子们买奶粉尿片读蒙台梭利①幼稚园。

我年轻的时候，总喜欢对那些无知的女孩们吹嘘："从前我可是混过的哟。""我可是在街上把人打得满脸是血哩。"……诸如此类。但到很后来我才发现自己竟然拥有一种所有男子汉羞耻畏惧的怪病征——后来我查资料说那完全是基因遗传使然——即我见到鲜血会昏倒。

此病征第一次发生是我收养的一只叫"古嘎"的狗（它名字的由来出自李立群金士杰相声段子里的一位老伯的乡音："古嘎，古嘎，没有古，哪有嘎？"古嘎者，国家是也）。它的后腿被公路上的车轮辗碎，而且我直到它被车撞近一周后才找到它，据兽医说，那些碎折的腿骨叉出皮肤，竟然在皮毛外面，像外接枝桠那样不规则地愈合。我记得那天是一个叫狗妹的女

① 意大利著名幼儿教育学家。

生带我去兽医院，那位兽医是位受日本教育、沉默严肃的老先生（他的法令纹极深）；助手则是他的夫人，一位长得像狸猫的老太太，我垂手拱立在手术台旁，恭敬看着老兽医一边用镊子和锯刀切截下“古嘎”痿瘪后腿上歪斜而出的细小白骨；一边看老太太用责备的眼神瞄我，并不断垫上纱布止血。

那么多的鲜血从那堆脏污破碎的孔洞汩汩冒出。

（那时我正想讲个笑话缓和一下那紧绷的气氛……）但我可能一下子就瘫倒下去了。我醒来的时候，发现自己躺在兽医院的磨石地板。兽医的鞋跟就在我的脸边，手术仍在进行。（那屋里的三人可能没有一个扶得住颓然晕倒的我。）我多想闭上眼继续装死，那实在太丢脸了。我竟然“真的昏倒了”。后来当我红着脸撑坐起来时，那位先生娘只淡淡地说：“真没效，那么大个，还会怕血。”

另外一次则是陪当时仍是女友的妻，去万华一间小诊所。后来我才知道那个诊所的老医生是妻子家族上下三代的家庭友人，那次妻两脚拇趾的趾甲逆插（台语叫“·ㄉㄥ·ㄍㄚ”）嵌入趾肉，两个拇趾肿得像我们儿时一种零食羊羹球。老医生一看就说要拔趾甲，而且几乎就是当下要她躺上看诊担架床，涂涂酒精，（我不记得有没有打麻醉剂？）便拿着老虎钳拔将起来，那时只有我一个陪在年轻的妻的身边，她的手恐惧地抓紧我的手。我一直安慰她不要怕一下就过去了，然后，像慢动作特写一样，我看见那个老虎钳像开罐器扭开一罐果酱或蘸料的瓶盖，把趾甲掀起，鲜血啵地一声涌漫而出……

等我醒来的时候，发现自己躺在妻的担架床旁的另一张担架床上。妻的两个脚趾皆已包扎好了，并且她的大姊和小妹已赶来诊所。她们忧心忡忡地看着我，或许是缺乏幽默感的关系，我发现那位老医师不知如何向她们描述：这位年轻人只是……只是单纯地见到血就会昏倒……

于是你可能会想到一些无聊的问题：我曾不曾在电影院（那些鲜血淋漓的格斗片或血液从门板渗出的恐怖片，或像《拯救雷恩大兵》[①]之类大屠杀的战争史诗）的黑暗中，像小叮当被拔掉尾巴电源那样昏死在座椅上？或是经过市场的杀鸡贩或铁钩挂满血淋淋动物内脏肢体的肉摊前，会不会咕咚一声就倒下……

大约是三年多前吧，那时我的大儿子大概才几个月大，还只在爬的阶段。有一个晚上，我们一家三口，像版画童书或某

---

① 斯皮尔伯格执导影片，大陆通译《拯救大兵瑞恩》。

些纸尿裤广告那样，亲爱、宁谧、和平地在客厅里共享天伦。然后是妻走进厕所，但等到下一个画面她惨白着脸冲出时，我印象里似乎从此我们这个屋子的光度便被永远调暗了似的。

她抖着声说："有一条蛇在里面。"

那是一尾龟壳花，一开始我妄想用畚箕扫把将它拨赶盛起丢出去，但那蛇在壁间瓷砖游梭的速度超出我的想象，它快速地在马桶、洗手槽、一旁堆放的水桶、脸盆、清洁剂和鞋架间窜爬。那样的移动阴恻恻地，却又带着生物肉体的质感。我说："乖乖，我不杀你，我们好商量。"但那样的信念似乎无法传递给它。某一个瞬间，它暴冲的力道激起我最内里的恐惧，原先诱导着拿畚箕的手腕突然狠狠地使力，像捏破什么一样，蛇头部位溅开一小丛血花在白色的瓷砖上。

那蛇狂怒翻挣，那时我心里阴惨地想：现在我是个父亲了，我不会让你来伤害我的妻小。于是像着魔一样，拿起一旁的水勺，发狂地往那蛇头蛇身上猛砸猛打，整间浴室喷满了不可思议的鲜血（怎么可能从那么小的躯体中弄出那么多液体），直到那一团稀烂的什么不再搐跳。

我摇晃地走出浴室，对妻说："我打死它了。"说罢便晕倒在地。

垃圾时光

每个礼拜天晚上通常是我的“垃圾时间”——就像一场比分悬殊过大，无论怎样神奇美技都无法扭转胜负的篮球赛最后那意兴阑珊却不得不消磨掉的最后几十秒——那时妻总是带着两个孩子住回娘家，我却总无法如自己宣告的“利用这段珍贵空档好好赶一篇积欠稿子或读点书”；而是，却像影集里的那些美国胖子，一摊烂泥地赖在电视机前的沙发上，任意乱转频道，让自己的双眼，像无聊装在城市下水道的监视摄影机，既空茫孤寂，却又时时诧异漂流过眼前那些似乎带有某些城市隐喻的垃圾残骸。

有时我会逗留在诸如《料理东西军》、《火焰大挑战》之类的日系综艺节目。但不知从何时起，那种小学生五十人五十一脚五十公尺冲刺，或是徐若瑄和小内小南苦练参加国际标准舞大赛的动人桥段，突然就像漏了缝走了味的食材，怎么翻弄怎么料理都只觉松泡没劲。有时我会恰好看到半场皇马队险被泰国队踢平的昂贵球赛（作为献给皇太后祝寿之礼）；或是剪过的乔丹“经典赛事”的某一次神迹；有一次我不可思议地恰好转台看到关颖珊①在美国公开赛，在那些像新型复制人一般弹跳，协调性、柔软度、艺术美感皆完美配备的十七岁少女后辈环伺压迫下，竟如水银泻地梦幻境界地完成一次无懈可击的演出（有一位裁判真的给了 6.0 满分）；另一次我是看到铃木一朗②在水手队与红袜队陷入鏖战胶着时分，在满球数后黏着球棒几个界外球之后，童话一般地捞出一支大满贯全垒打……

这是我的垃圾时光。但神迹、童话、梦幻如此频繁而不经意地在眼前上演，让人热泪盈眶却又眼花缭乱地难免迷惑起来……在那独处而将自己放松、整补的时刻，世界却透过其窗口，向你展演着华丽、秀异，以及天才那毋需辩证、不容怀疑的最纯质的动人面貌。那当然是从一整大片浸染着乱七八糟脏污颜色的“世界图景”布料上（那恰是小说家像拾荒老人宝爱

① 美国华裔选手，著名的女子花样滑冰运动员。

② 日本著名棒球手，效力于美国职业棒球大联盟西雅图水手队。

收藏的）剪下的极小极小的一根絮线，但对我这种少年时即一路看《好小子》、《拳王争霸战》、《橄榄球之鹰》、《足球旋风儿》等运动励志漫画，乃至像《千面女郎》（讲一个平凡少女如何以意志在阶级森严剧院中力争上游，最后得以挑纲演出《魔幻之境》的传奇剧目之女主角的故事）、《邻家女孩》（讲一对双胞胎兄弟，那个人渣哥哥在天才投手弟弟车祸身亡后，为了兄弟共同暗恋邻家女孩的梦想，如何梦游般地顶替弟弟的角色，把一支烂棒球队带进全日本高校生的最高殿堂——甲子园冠军战）……这样的少女漫画……长大的一代，实在太容易（即使是像鲁宾逊困坐孤岛对着一台冰冷的电视）在这些唾手可得的神迹蒙太奇之前，像脑中被植入的晶片收到指令便哔哔作响，把"完美演出"当最美味的蛋糕囫囵吞下……

大部分时候我则是随机切入地看 HBO、AXN、好莱坞台、东森洋片台……这些频道上重播的一些好莱坞电影。这些片子，类型杂沓，品质不一。大部分是我平日无空上戏院买票或租 DVD 回家观赏的所谓"商业片"。大部分片子我叫不出片名，有些可能是我认识那些搞电影的朋友心目中的经典，有些剧本真是超出我想象的天才之作……当然大部分是一些我不知道自己为何舍不得转台但终于看到结局内心却晦暗不已的烂片。但是我说过了，那是我的垃圾时光，是我的整补时刻。我躺在沙发中，一脸愕然地看着那些电影漂浮的片段，或者就像我那九十多岁的阿嬷，每日中午总有办法在某些频道，找到那群千年如一日的歌仔戏演员或男扮女装的黄西田①，以及穿插其中的感冒糖浆、治肝丸广告。

有时我恰好看到《黑鹰计划》的结尾，一个小队的美军士兵（他们大约八九个人）因为搭不上救援撤退的装甲运兵车（车上塞满伤患和死者），只好全身穿着厚重装备戴着钢盔跟在车队后跑步。但那些该死的车队竟然自顾自绝尘而去，于是跑着跑着，只剩他们这九个原先躲在建筑物掩体中，以优势武器射杀成千上百拥上或开火的索马里民兵或群众的美国大兵，赤裸裸地暴露在光天化日下，他们跑得浑身湿透口吐白沫，像一群输了球的足球员在整个客场观众的嘘声下狼狈退场（虽然电影里嘘他们的是之前黑夜中杀红了眼看不见彼此的那些脸歪腿瘸的索马里妇孺），我完全不理解为什么有这一段极长的，这一群重装士兵在祭祀圣歌背景音乐中，疲惫、恐惧、孤单，又抓住“我要跑离开这里”之微弱意念的跑步段落。

---

① 台湾知名歌手。

一如我可能完全不解导演原意或电影完整全貌地，片段看到《阿甘正传》里那个白痴阿甘，如何以故障的理解、无能感性或全然的天真（因为缺乏嘲弄的智商所以单纯？）闯进，并且童话救赎了"美国梦"的伤痕暗影（那个越战类型片中，少了下半身的上尉；或那个 Woodstock[①] 后无法从药物和滥交中脱身的花的女儿）……我莫名地，以误解的方式在孤自的客厅里泪流满面。一如那些我不知片名的，罗伯特·德尼罗如何在一场被年轻后辈算计、出卖、背叛的黑帮合作劫案中，完美无懈地，优雅有教养地躲过轻蔑他"老了、孬了"的躁郁后生的黑吃黑，成为最后赢家（关颖珊的童话？）；或是让·雷诺以探员身分闯入一座诡异、封闭，将最优秀学者与最强健运动员配种繁衍出"完美人种"的古老大学里的连续凶杀案（乔丹、伍兹、铃木一朗的反神话？）……

有时我的心里难免慌慌悠悠地想着：我的朋友们或正在书房和咖啡屋里读着海德格尔或者君特·格拉斯，或新译出的布勒东的《娜嘉》，结果我却在这客厅的沙发里，脸孔被萤幕蓝紫光色晕染地，破碎而不连续地瞪着这些东西。像村上春

① 伍德斯托克，世界著名的系列性摇滚音乐节。

树里那个被割开了瞳仁的“梦读”，当他被叫去，无感情、看似缓慢笨拙其实在处理极大量无意义的资讯“洗资料”时，阴茎总会无意识地勃起……我总会这样安慰自己：这是我的垃圾时光嘛，我只是在休息、整补，像我阿嬷一样，“觉得自己更靠近世界的温度一点”……

上礼拜天晚上，我和妻去看了一场小剧场演出。我大概有一百年没进小剧场看戏了，那是一个昔日朋友的邀约。演出地点在民生西路延平北路一间老旧按摩院的楼顶。我们迟到了半小时，穿过宁夏夜市那些摊贩一盏一盏黄灯泡的辉煌、肮脏、大火快炒的油烟街景（那些炒羊肉、鳝鱼炒面、炒海产、印度羊肉串、猪肚汤和百年青草茶），走进那间打光、空调、布景皆恍如一场少女梦境的表演场子（一个包括表演区和观众席不到三十坪的封闭公寓里）。几个不同的场景始终是两个穿着白色睡衣的女孩，她们或是脸蹭脸亲密嬉戏，或是戏偶般互相伤害、控制对方、背叛或说谎。不时梦呓般地问（或自问）：“你是纯洁的吗？”她们也许在焦灼地等待一件将要发生但迟迟未至的重大伤害；也许两人互相推诿、无能救赎对方地试图回忆一个“失去天真”的过去……

有一度我坐在后排塑胶椅上焦躁起来。我看着黑暗中妻的侧脸，她是如此专注地看着她们的演出，而我却像坏掉的太空船，所有零件、食物、扳手、咖啡杯皆失重飘浮。我无法串连那些看似即兴的、无情节的走位和表演（表演两个少女间的伤害和不洁感）。后来我突然想起现在不是礼拜天晚上吗？不正该是我的“垃圾时光”吗？此刻我的生理时钟不是正赖在只有我一人的沙发上看着那些断肢残骸的好莱坞烂片吗……

一个都不会少

那时我看见有四个人围着我的车子，其中一人像在研究什么般，反复摔着那右侧车前门。我走上前去，面露微笑（我不知道我的车出了什么事），问他们："对不起？这是我的车耶。"像讨好或商量一样，那个摔我车门的家伙抬起头，露出一脸灿烂的笑："是啊，这个车门坏了，你看。"他又将那车门砰砰摔了两次，表示那车门确实无法关上。另外那几个，这时已全跳上贴停在一旁的另一辆车上，驾驶的那个从车窗探出头来，叫和我说话的那个快上车，"唛搁在那啰唆！"然后他们的车便像电影演的那样，嘎叽震跳一下，然后扬尘而去。

他们的车离开停车场前的一瞬，我用力地记下车屁股的车号。像那些被迷奸的少女醒来后本能地想从对方身上抠下一点证物。"我被偷了。"事后回想我可能在和他们照面的当下就知道了。"我正在被偷。""我撞见他们偷窃的当下时刻。"

为何我会像青蛙被蛇催眠或小叮当看见老鼠昏倒那样，自动化地跳转进一种迟钝缓慢，甚至友好善意的状态？（因为我怕落单一人在这空旷之地被他们四个用刀子捅？）许多年后我读了村上春树的《地下铁杀人事件》时恍有所悟：那许多在城市自动化运作系统中节制并感受自己和他人身体关系的上班族，在目睹地狱景观般的人们在面前口吐白沫跪下扭曲面孔最后抽搐死去，还无法反应过来，“是吃坏肚子了吗？嗯？还是痴汉喝醉酒了？”那样的惯性冷漠使沙林[1]毒气中毒的人们像街头剧场一样滑稽且夸张。

这是六年前的事了。那天距我与妻的婚礼不到一个月，我的人渣朋友老兴恰也在那一阵前后娶亲。我那时还住在阳明山，那天是老兴和未来的嫂子拍外景婚纱照，他们和摄影师、助手开一辆车，我和妻则另开一部车向导“私房景点”，当然私下亦有些替自己将要拍的婚纱照勘景的意思。

我们一路从各各他[2]教会、林语堂纪念馆、蒋公行馆、水源区水闸门、冷水坑，拍到海芋田，妻的兴头仍非常大（你就知

---

① 常用的军用毒剂，可麻痹人的中枢神经。

② 耶酥被钉在十字架上，这个十字架就在各各他山上。

道那些准新娘们对那一本婚纱照有多热中了），我则疲惫不已（我已预见自己将要像老兴那样，穿上白色燕尾服西装，像被耍猴那样任着那些娘娘腔的摄影师一路摆弄）。后来我们说好到大屯山做最后的收尾。也是合该有事！他们在取景时天空开始飘雨，我就是回车上拿伞时撞见了那群将我的车开膛破肚的窃贼。

拉什迪在他的小说《羞耻》中，描述了一个因脑炎而变成白痴的女孩，她一出生就脸红，“脑炎使苏菲亚·齐诺比亚异乎寻常地接受飘浮在空气中的各种事，并使她像海绵一样吸纳大量未被感受到的感情。”拉什迪这样写道：“你想象它们哪里去了——我指的是那些应该感受到却没有被感受到的感情——例如对一句尖刻话的遗憾，对一次犯罪的内疚、尴尬、失礼、羞耻？——想象羞耻是一种液体，譬如说一种可使牙齿朽坏的起泡的甜饮料，放在一个自动售货机里。按下正确的按钮，原有一只杯扑通一声掉下来，盛住一注嘶嘶叫的液体。……但是，那只不知羞耻的手却伸进来，急忙把那只杯拎走！按按钮的人没有喝到买下的饮料，那羞耻的液体溢出，在地板上扩散成一个冒泡的湖。”

这写得多好。我记得六年前的那个下午，我一个人站在那辆有一边门已被粗暴撬坏关不起来的车前，竟有一种近乎发烧的羞愧。我要怎么去告诉他们？“我遇见一群人正在撬我们的车，我以为他们在帮我们修理车门。临走前我还对他们谢谢，挥手说慢走？”事实上那个人咧齿对我笑着的时候我亦微笑以对啊。羞耻与机械性的伤害一起注入被伤害者的体内。我查了车内，不幸的是妻的皮包扔在车上(我上了锁)。

结果损失比想象中严重。我去湖边唤回大家——那整个过程我像梦游般喃喃诵着那个车号的几个字母和阿拉伯数字。仿佛一闪神，那组数字就消失在一片曝光之中——妻的皮包内除了岳母那天早上刚给她打理婚礼琐碎事项来不及存入的八万块，还有一堆我母亲塞给她的一些当年出嫁时我阿嬷给的金链子金手链金戒指(虽然已脏污褪色)，还有四五张金融卡。在我们那么贫困的年代，我正幸灾乐祸说那几个笨贼，到时每一张卡试半天密码，嘿嘿，结果吐钞机单据全是余额不足，妻却惨白着脸说之中有一张我准岳父的卡，里头存了四十几万。

于是老兴伉俪和摄影师回婚纱公司继续拍棚内，我和妻则开着那辆门得用手拉住的、无法抹去一种残花败柳意象的车子，从巴拉卡公路下山到辖区派出所报案。

那是我第一次走巴拉卡公路(我在阳明山住了近十年)。那时夕晖将遍山的芒花染成一种梦幻似的金箔颜色。妻陷入巨大的自责(后来她养成了一种无论多不方便,绝不把稍稍值钱的东西留在车上的神经质习惯),我则暗自为着婚礼前这场暗喻式的灾难场景里,自己演出了一个没有男子气概的丈夫角色而窝囊不已。

但那只是那天接下来漫长的卡夫卡情节的开端。

我们在一间濒临着一处山坳众多山鸡城的小派出所作第一次笔录。(我记得那位警员不断写错别字,还时不时问我该用哪个公文体连接词。)我很快便发现这件案子的规模不是这间小派出所能承接的。他们的主管用电话向上级单位报告案情,然后他们用巡逻车送我们下山,把我们移交到淡水分局。

那之后我亦曾因一些奇幻遭遇,几度进入不同分局的刑事组作笔录,但没有一次像那回在淡水分局那般温馨荣宠(我曾在北投分局作笔录时,因为挡住一位刑警看股市盘的电视,被大声斥骂;另一次是去松山分局领被窃车牌,他们竟要我和那个被铐在钢管上的小偷并肩而坐,那时我真怕他把我掐死)。一位刑事组长(他要我们叫他刘大哥)非常热情地要我们在大理石沙发上坐,然后他在一组非常讲究的茶盘上表演了他泡老人茶的修为功夫。那儿原来就坐着一些人在摆龙门阵，他们也都笑眯眯地让茶、打烟、请槟榔、还剥柚子要我们别客气。那许多年过去，我已不很记得那些来来去去的人们说了些什么惊世骇俗的内幕。但我很确定我恰好闯进一群老江湖正在“故事大斗阵”。这个说什么刘焕荣①被包围那晚，他就是面对面开第一枪的；那个说什么当初哪个军阀用炸弹炸开慈禧的墓，一共得三颗夜明珠（一含口中，两手各握一），两颗在蒋夫人那儿，还有一颗就是在下手中盘的这粒；另一个又说什么上次深夜在大度路开车遭女鬼附身……那些江湖故事听在我这“小说疯”的耳中，真是如痴如醉，宛若漫天烟花。

后来我开始有点浮躁。我们这不是来报案的吗？（我竟也开始嘴痒想跳下去和他们飙故事。）但是那位刘大哥稳住了我们。他要我别急，他替大家订了便当。他说这几个小偷他妈狡猾得很，已经十几起这种撬车锁窃案的报案了，全是在阳明山的风景区，他们也曾放便衣在那一带蹲点，但就是抓不到。这次竟然给你堵到，还记下车牌。他告诉我，我记下那组号码，开头FF一看就是租的。他们已查出是土城一家车行，

---

① 台湾黑道杀手。

CIRCUS

还押着其中一个家伙的证件，我们已经从电脑里调口卡，晚一点就会传真过来。然后他向我们介绍，这位是我们以前的长官，现在就是帮我们进口一些运动器材（那位有夜明珠的中年人说：“就是混口饭吃。”）；这位是《联合报》的大记者……。

一个小警员拿了一张传真过来递给刘大哥，“来了来了，”刘大哥拿到我眼前，“你看是不是他？”

那时候，那一屋子的人突然像被用钢笔线条刻进版画里一样不真实。他们嗡嗡轰轰说着故事。我的面前是一张黑糊糊碳粉粒太粗的传真纸脸孔。就是这张脸吗？是对我微笑的那个还是驾驶座催人的那个，还是另外两个？原先那么自信烙刻在脑海里的那几张脸，突然以鼻梁为中心向五官角落晃荡。那时我只想赶快抓到那几个混蛋，“把那个纸杯放回接住那滴落的羞耻液体。”我说：“我不确定是不是这个人。”

刘大哥露出快昏倒的样子，“你不要开玩笑。”他已穿上防弹背心挂上枪带。他说车行说他们今晚该还车，现在人还没出现。我们只剩一两个钟头赶去土城（而且算越区办案哩）。你现在只是一个程序（当然我们不能诱导证人判断方向）。不过你先确定了，然后跟我一起去把他们逮到侦防车上，你再认，好不好？保证一个都不会少。

我说:“我不知道,我认人的能力很差。”

那是许多年前的事了。我记得那时我和所有的人对峙着(包括妻,还有那些警察),那个房子的光度变得极暗。只有我真正见过那几个家伙。但我原本极清晰印在脑中的轮廓那时却怎样也想不起来。

想我人渣兄弟们

看完萧雅全的电影《命带追逐》，令我生出许多感触。萧与我是同世代之人，我与萧君曾有一两面之缘，但皆在乱哄哄人员众多的状态，总不及深谈。我记得有一次是在万芳社区的一个工作室（关于我曾在那间魔术盒子般的工作室里听来的许多奇幻故事，我总想把它们拖延至我的故事里拧干了，才当压箱宝祭出），那时便是众人七嘴八舌给萧君的初稿剧本出意见。那时候的故事里有一个洗尸体的女孩，这位洗尸妹有一个怪癖，就是她老在只有她一人与尸体独处的洗尸间里，替每一具尸体看掌纹算命。"……那等于是句号的人了，就是不是说你明天会怎么样，而是你现在就'怎么样'……"（这是导演的话）。后来不知怎么，电影里把这个女孩的角色整个删去，变成了一个"替中风父亲看顾当铺"的男孩的故事。

不论是洗尸体或是当铺，那里面都纷杂迷乱抑藏着一种我这个世代之人，吊儿郎当面对着四面八方擦撞贴身而来的无表情之人；面对着被玻璃、金属、水泥、花岗石各式材质建筑，以方形积木线条切割着我们的视觉景框；面对着王安忆所说“城市无传奇”那样破碎不成身世，满街尽是那种“广告face”——酷得不得了的造型、ㄍㄧㄥ[①]得要死的腔调和表情、讲究得近乎知识考古学般繁琐的食物品味和名牌知识——一开口，五分钟内就把这一生乏善可陈的故事干巴巴地讲完了……面对着那样的世界，一种“不知道怎么靠近过去”，却又发狂地想在那橡皮擦擦掉了所有细节的平板白纸上，找到一种故事纵深的素描方式。

所以洗尸间或当铺是多么让人着迷的处所。它们同样是封闭而孤独的空间。一批批来去的人们都处于一种温顺、被动、任你宰割的位置。洗尸人的手掌抚摸着一具一具冰冷的尸体：他（她）们的脸廓、眉骨、耳朵、嘴唇、颈脖、肩胛、乳房或阴部。你任意翻看他们的掌纹，猜臆他们的性格、职业、一生经历的爱恨情仇、荣耀与屈辱。

在后来的电影版本里，导演将那个封闭剧场改在了当铺。

① ㄍㄧㄥ，发音近似 gin，意指放不开。

我不知道这是否是较不惊悚但确较聪明的设计。人与人的关系变复杂了——不再只是一个女人和尸体们的独幕剧——作为身世(或身分)调阅的线索也繁复起来:每一个走进当铺的客人总有他们阴郁而挫折的故事。他们总是表情暧昧(像碰触到社会最底层的羞耻),嗫嚅地反抗着当铺对他们那些华贵不舍的典当物的贬抑和糟蹋(当铺这个行业,原就是建立在“糟蹋别人最珍贵物事”)。所以这个行业唯一的职业道德,就是一,不能有任何窥探客人隐私的好奇心;二,在那样面对来者皆处于一种自暴自弃灰暗情绪的张力边缘,不能有任何制造出一丝滑稽嘲弄涟漪的可能(不能笑)。这有点类似那些暗巷里替不幸少女堕胎的地下流产士,或是“马伕”(接送妓女者),你总会困惑为何他们全是一张隐没在暗影中,没有表情的脸。

《命带追逐》的男主角只是因为父亲中风住院而暂代看管当铺——他且因一次机车摔车而永远失去了自己的掌纹——那样具备“身世匮缺”强烈暗喻的一个家伙,进驻了当铺这种“来去之人暂时将自己某一部分身世卸下交出”的空间;再加上他的小女朋友(她是个半吊子的手相算命迷)。他们总是强忍着噗哧笑出的冲动。但是那么年轻却被困顿搁浅在一间当铺的暗室里，守着一些陈年破旧的流当品（小女生总是说："好无聊噢。"），使他们忍不住想出一些捉弄那些可怜兮兮典当客的游戏，以消磨那停顿的时光。

然后这部电影像一只玻璃瓶轻轻放倒，里头盛的一些水无声地流出。男孩走出那间闭室的方法，竟是背着小女友和一位典当名表的女客人调情。他们偷情幽会的剧场演出却是在城市地底来回穿梭的捷运车厢上，以流动摊贩的形式（没有比这更流动的方式了），向那些一脸木然的城市乘客吆喝叫卖那些流当品。

换一个女人。换一个职业。走出房间外那个不理解的世界。我总是在很多年后，在不同的场所不经意地遇见那些沿途遗落在不同时期记忆的人渣朋友。我们相遇时总是那么地陌生且羞赧。似乎我们各自的身体里皆收藏了那么短短一段相对于一生显得无用如阑尾的时光。而我们在那样坐困愁城拨光晃影的停顿时刻，除了穷打屁，对于彼此是怎样的一个人竟一无所知。重点是这些家伙们没有一个在日后变成真正的人渣。他们现在的职业也像"洗尸人"或"当铺"，充满了面对并栽入那个真实世界的可怜盼想。他们的职业恰与年轻时那间"搁浅的房间"完全相反，是那么具备网络的隐喻。譬如有一回在诚品的安和路对街遇见邱君，当年他是我们高中的篮球校队。我记得有几个午后，我在他的书房听他放一张叫“克里斯迪博夫”的歌手的唱片，我记得有一首歌叫《十字军东征》，那些歌词如今想来仍优美如诗。但这家伙一边放唱片，一边告诉我他去游泳池观察到的心得，那就是不晓得为什么“所有胖子的老二都非常之小”。我记得那时我听了，力持镇定，内心却骇异惊慌。现在他在永和自己家楼下开了一间洗衣店。

另一次是在一家邮局的提款机前遇见老朱。他告诉我他的工作是“影印机的推销员兼维修人员”。我曾有好长一段时光跟这个老朱在冰宫鬼混。有一次我们打赌谁敢打赤膊在跌跌绊绊挤满高中男女的冰池上滑行一圈，后来我们又打赌谁敢打赤脚在那些冰刀刷刷划过的冰面上小跑步……我猜没人会想到，一位穿着制服到府上维修影印机的工人曾身怀冰上菲利浦跳转一圈半的花式溜冰绝技？还有。还有许多。他们后来的职业与我们年轻时屌不拉叽诅咒全世界的叛逆模样相比，真是平凡无奇得令人黯然。有一个大学四年全泡在电玩店赌麻将的人渣（我后来完全没有看任何 A 片的欲望，就是当年在他的宿舍被成千上百的 AV 录影带看倒了胃口），现在竟然在竹北的一家养鸡场上班。还有一个混工运的聪明家伙，喝醉以后就跑到我的宿舍用射箭社的箭矢戳刺自己大腿，搞得我房间鲜血淋漓。我最后一次遇见他时，他刚应征到信义房屋①做 sales。

他们没出现时，你偶尔会想念：这些家伙后来都到哪去了呢？但是当你在大街上遇见他们时（原来都还在），他们变成了素菜食料的进口商、小学代课老师、儿童剧团的导演、大爱电视台八点档“真人真事”连续剧的编剧、户政事务所的土地丈量员……

那似乎是我那个世代的人，用一种化整为零的方式，和那个“不理会你撒娇”的世界，和解，并且没入其中。

在那许多个停泊在年轻时光的房间里，其中有一个房间……

那时我们里面有个家伙（我竟完全忘了他的名字），他的父母是在复兴美工的校园里开合作社。我记得那时我们一票人无处可去总窝在他们家楼上堆满作业簿图画纸各色广告颜料小玻璃瓶的阁楼。我们把那儿弄得烟雾弥漫，连马桶里都

① 台湾房地产中介公司。

塞满烟蒂。我们满口三字经(像是为了要填埔那空洞乏味的对话),无聊之极。有一次,有一只蟑螂,在那昏黄的灯光里,斜斜飞翔恰好撞进其中一人的嘴里,大家就为这样的小事乐得要命。

我记得那个下午。那个房间里五六个男生,就只有一个女孩。她是个可人儿。她是我们里一个叫徐一民的青梅竹马。他们是一道从高雄上来的。这个徐一民是我们那伙最够义气性子最烈的。我记得在那柔焦的景框里,所有的哥们都在躁急地向徐一民咕哝劝进什么。似乎是那天不在场的一个不够意思的家伙,对这马子有意思,已经展开了一些追求动作。我们义愤填膺地要徐一民不要掉以轻心,为什么不就把女孩把起来呢?

我记得那整个过程,女孩不愠不恼跪坐在房间一角翻杂志,似乎她也默许着我们的起哄劝进。倒是那徐一民面无表情一脸鸡巴相一根烟接着一根烟吞吐。

后来女孩去上厕所(那个塞满烟蒂的马桶),徐一民突然爆开:“操你妈的你们那么喜欢她,你们不会自己去上啊?”

这句话深深伤了哥们的心。后来女孩回到房间,全部的人陷入一种忧郁的沉默里。我记得那天最后是我送那女孩去搭公车，她穿着一身那年代流行的水兵领洋装，她的腿肚与那白色裙褶相比显得又黑又瘦。她从头到尾都没露出一点被羞辱的沮丧。我那时确信她的心智比我们那一整屋子的人渣们要成熟一大截，我深深为着徐一民错失了极珍贵的什么而痛惜……

我后来倒是不知道徐在从事什么行业。

空城计

从除夕开始，一直到年初一、初二、初三甚至初四，台北成了一座空城，据说有两百万人返乡过年(我初听这数字时充满疑惑，想不起才不久前的市长大选时评算选票，这座城究竟有多少人口哪?)那样的街巷俱空让留城之人仿佛置身一座假日后空荡荡的大型主题乐园:那些辉煌灯光下五彩斑斓的回旋木马仍在玩具兵进行曲的音乐盒伴奏下兀自上下旋转;那些恐怖古堡里的电击闪电效果、海盗船的大炮、喷火怪龙和蝙蝠、恶灵的桀桀怪笑、砍头的酷刑场面……各种机关和效果仍千篇一律地重复，只是由履带牵引送进再快速回旋俯冲进去的玩具列车，上面的座椅空无一人。

那样的空城之感在于许多繁琐而紧凑的小机能、局部关系互动的小场景一夕之间被抽拔而去:你再看不见巷口等着垃圾车收不落地垃圾的阿婆主妇或菲佣们在交谈;也不见那像红色金属屎壳螂般的拖吊车，三五辆成群，闪光灯亮，着猴急地在巷弄里穿梭把车子拖走；你熟悉的 Starbucks 橱窗里不再是拿着时髦手机吊着脚坐在高脚椅上的漂亮妹妹，或那些西装笔挺桌上堆满企划案报告书的年轻业务员，那里面一片漆黑，椅子竟像打烊的古早客栈那般倒叠在桌上；街道两旁的商家们全部熄灯且拉下铁卷门。（即使在不景气的这两年，台北的商家在关掉门面招牌灯的平常夜晚，仍会骄傲地不拉下铁门，让橱窗里那些夺目的翡翠手镯、珍珠项链，或是穿戴在造型模特儿假人身上的名牌服饰，仍在小盏夜灯下撑住城市的华丽梦境。）所有的街角小吃摊、卖仿冒 LV、香奈儿、Burberry、爱马仕皮包随时逃警察的地摊全不见了，警察也不见了，围聚着杀价的女顾客也全不见了。更让人怅然若失的是，那些入夜后从麻辣火锅城两颊酡红拥出的豪华美妇，那些在鼎泰丰骑楼大排长龙的日本人和老外省[1]，那些在意式料理餐厅里像梦游者般的俊美侍者，或回转寿司吧台下盯着一小碟一小碟泛着橙色或冷光的球形食物经过的馋嘴美少女……

---

① 外省人，是指第二次世界大战前便已定居台湾的客家人和福建移民对于二战后去台的中国大陆人民的广义俗称。

所有的人全像被收回魔法的豆子们那样消失了。

当所有人都离去了，那种近距离用身体干拐子抢位置或按捺性子以换取一种较大便利或流动的惯性，突然被一整片空荡荡的黑暗之城取代（只剩下无人提款机、街角的麦当劳、便利超市里一脸孤儿表情的大年夜工读生，以及地底冷寂空荡的无人捷运站），你突然像一只不断吵着“这杯茶好浓，颜色好深”的茶包，被提起来放进一个冷水玻璃杯里，那些嘈杂、厌烦甚至憎恨的城市记忆，从你的身体里头、壳里，一小股一小股地晕散出来。

你觉得前所未有的孤单，仿佛自己距离世界如此之远。当然在这座城市里，你从来也没有距离“世界”近过。但你从前至少像是生活在一具巨大且构造复杂的卫星接收喇叭里的蚂蚁。你回家打开电视，贺岁节目仍是那些天才谐星在表演一首歌里快速变腔模仿刘文正、高凌风、伍佰、李登辉、阿扁、李炳辉、阿吉仔……的繁复技艺；或是星座专家预测羊年S. H. E. 或张惠妹或孙燕姿星运将如何如何；你且看了一场湖人与国王①不可思议宛如梦幻高水准高比分的比赛；你换了

---

① 洛杉矶湖人队和阿克拉门托国王对分别是美国职业篮球赛（NBA）的著名球队。

几个台，发现诸如《前进大上海》、《台湾人在大陆》、《美食大三通》的美食节目让你眼花缭乱，从前《料理东西军》的年度经典对决怀石[1] vs. 满汉或秋刀鱼料理 vs. 松茸料理的人气场面，开始被（以相同的戏剧性，摄影机进厨房特写食材、料理程序及手法；传奇般的古老技艺或秘传调味；以及最后主持人在品尝之瞬恍如性爱高潮的迷醉表情……）大陆各地美食（西安的羊肉泡馍、葫芦头泡馍、西湖醋鱼、浙江凉拌马兰头、安徽毛豆腐……）给侵夺篡位……于是你又觉得似乎离世界不那么远了。“世界”仍在那儿，并未离你而去。但当你关掉电视，走下楼，仍是一片漆黑空城，只剩下大马路上像傻瓜般兀自闪亮的红绿灯和测速照相机。

那样的年节里，因为你的城市像熄灯的游乐场突然空寂无人，于是你变成鲁宾逊，无比眷恋地盯着那只平日憎恨其嘈杂塞满垃圾讯息的电视机箱子，只为了向那些想象中的人群靠近取暖。像那支无比清冷孤寂的液晶平面电视广告：一个一脸萧索的年轻男孩，在他房子的各角落，刷牙洗脸刮胡子煮

---

① 怀石料理，最早从日本京都的寺庙中传来，从器皿到摆盘都富有禅意。

水喝咖啡，一旁总有一对男女在进行着恋人的私密行径：缠绵、争执、哭泣、慰抚。但那年轻男孩总对一旁发生的这一切一脸漠然，没有被侵犯的焦虑，没有互动。后来那恋人中的男子大约是离去了，男孩的大床旁躺着那个啜泣的女人。他突然坐起，一脸失眠者想起什么的表情，拿起遥控器一揿，把那个女人给揿掉，消失了。这时旁白出现："二十一世纪，让你决定电视的位置，不要让电视决定你的位置。"那时，在那些年节前预录的，其实和平日里口水滑稽打屁逗趣并无二致（你置身的那座城市其实已停止运转，但他们仍努力把那只小箱子里的世界弄得热闹滚滚，仿佛有一个抽象的"年"如此真实饱满在那儿进行）、创造力早已枯竭耗尽的贺岁特别节目之间，突然出现一幅远距而空旷的画面：在蓝紫色的晴空上，拖曳着一条白色云雾的凝结尾，随着摄影机的特写，这条凝结尾分解成数条凝结尾，那个画面如此明亮、如此宽阔而无忧。接着，新闻快报的跑马灯打上这样的字幕：

哥伦比亚号太空梭空中解体，机上七名机员，包括以色列第一位太空人拉蒙，可能悉数罹难。

（所以这个世界并未停止，仍在运转？）

当天稍晚的新闻相关资料和画面丰富起来。有一个镜头甚至特写着草地上一只焦黑的太空人头盔。白宫已排除太空梭高空爆炸系遭恐怖分子攻击之可能。美国各政府机关宣布降半旗。太空梭碎片撒落在德州达拉斯市南约一百六十公里处。NASA① 对当地居民发出警告，呼吁民众勿碰触太空梭掉落之碎片，指其可能含有毒成分。事实上已有若干名疑似机上太空人之尸块被寻获。而当哥伦比亚号甫坠毁时，已传出残骸现身 eBay② 网站上被拍卖……

因为太遥远，且与这个灾难有关之修辞皆极科幻、科技，并且拔高在人类智力最顶端的想象密室里（当然有一些诸如“伊拉克人欣喜若狂，认为这是真主对美国的惩罚”的装饰音，让整个事件像《世界末日》、《1D4 星际终结者》或《第五元素》之类的好莱坞科幻类型电影，带有一种运动竞赛式对抗的戏剧情感），让人仿佛听闻“遥远欧洲某座古老歌剧院被大火付之一炬”，不太能与那些动辄上百条人命消失且尸块横飞的飞

---

① 美国国家航空航天局。
② 创立于 1995 年的电子商城。

机空难场景连结。

我记得我高四那年(也就是“挑战者”号太空梭当着全球电视观众的眼前,像一枚巨大的冲天炮甫升空便在大家的头顶爆炸的那年),糊里糊涂跟群人渣朋友进到二轮电影院看了一部北欧怪片《狗脸的岁月》(那间该死的戏院让我们以为那是部北欧R片①),我记得那部片子的片头即是一个小男孩对着漫天繁星呓语,像对外星人发射一遍遍的疑问讯息。

——一条狗被大人们做实验送上了太空,他们只准备了五天的食物,那只狗后来是饿死的,我想它死的时候一定很不舒服。

——一位修女在东非传教时被暴民用乱棒打死。

——一位特技骑士排了三十一辆巴士要飞越。如果,他只排了三十辆,他就不会死。

诸如此类。更多的细节我已不复记得了,我记得男孩生活在一个以烧制玻璃为产业的贫穷小镇。他的母亲因肺病死去,心爱的小狗被迫送走,还有一个垂死的老头要男孩念女性

① 美国影片分级制度的一级,属限制级,17岁以下需由父母或监护陪伴才能观看。

内衣的广告给他听。我还记得一些破碎的片段：足球队里敏捷剽悍的漂亮小女生把他拉去密室，向他诉说自己胸部“失控”发育的苦恼，还有在金黄光辉下的玻璃工厂里让艺术家（?）作裸体模特儿的大乳房美女……（不知为何，我竟在这个有七个外国太空人于遥远高空爆炸猝死的年节，如此清楚地回忆起一部许多年前的电影?）

我想上网多浏览一些关于太空梭空中解体的新闻，却发现我的网路租金欠缴三个月已被断线。大年初五，人们陆续回到这座城市，我收到一整摞报纸，包括了除夕以来空缺了五天的国内外所发生的大事。美国总统布什在追悼会上发表了一段动人的演说：“对太空探索与发现不是一项选择，而是刻画于人类心中的渴望。”他说：“脱离地面与重力的束缚是人类古老的梦想。美国寻找到最佳人选，将他们送上未曾标记的黑暗无垠的太空，如今七名太空人为所有人类而安息，所有人类都亏欠他们。”

我怕我怎么说都显得轻薄。但我当时心里确实哀叹一声：事情大条了。世界已被拉高到“人类”的层次。那已无法仅因你枯寂无聊揿下按键便让它消失，或仅因一座城市短暂的空城阴谋便让你以为可以按键自动消失。

隧道

有一些听来的故事总罕异怪奇地叫我抓耳挠腮，无从辨其真伪，不知如何是好。虽然说故事之人信誓旦旦他所言句句属实。“真的。是真的！”譬如前辈唐诺曾告诉我一个怪故事。他说他家隔壁住了一对老夫妇，“非常可怜。”他们本来有一个独子，后来替这儿子娶了一个媳妇儿。老夫妇俩用老本花了笔钱，在自家楼上加盖了一层，且照着年轻人的时髦风格好好装潢了一番。没想到没几年那儿子便死了。守寡的年轻媳妇仍和这对老夫妇住在一起。他们不知从哪又去替这媳妇找来一个年轻男人四个住一块儿。这已经有点怪怪的是不？更怪的还在后面！没多久那媳妇儿也挂了，这个房子剩下那个和这一家毫无关系的男子和大受打击而变得有些痴傻的老夫妇住在一起。后来男子又从外面找来一个女人，俨然形成一个全新的小家庭。好在这经过某种奇怪的洗牌（或日移形换位）而变得完全无关的两对夫妇，虽然是同一扇大门进出，但毕竟是分住不同楼层哪。

我记得初听这故事时骇异极了。“真的假的？这一定是您编出来骗人的！”但唐诺先生显然对我的激动态度感到侮辱：“我骗你干嘛？他们真的就住在我们家隔壁。”

有一些故事如白鲸潜航于深海下面，我们像被海风盐蚀得满面枯槁的老渔夫，成日价被那些虾蟹螺贝海藻小鱼般的新闻八卦塞得满耳满眼。偶然地，那么无从预期地，那个故事像一具完好壮丽的身躯，从时间的无意识洋流里破浪而出：哗！我们只能崇敬且感激地注视那纯洁而元气淋漓的故事本身。

譬如说，在异国的火车车祸中重伤而脑死的美丽女主播，三个月后在北京宣武医院里张口说话，会算术、会移动手脚，甚至会认人。这么简单的情节，不知为何使我们眼角濡湿，我们想不起那过去的三个月间啃食了多少馊鸡爪般的垃圾新闻。本来我们其实也想不起哪个名字对上哪张脸。我们满脸愚痴地盯着电视，心想这个女人大概完蛋了吧？然后三个月过去：华航空中解体、世界杯足球赛、章小蕙害两个男人破产、郑余镇与王筱婵①、陈水扁的“一边一国论”风暴、股市狂跌……

---

① 台湾话题女星。

然后那个美丽的女主播醒了过来。

譬如说陈宝莲弃留下她刚出生的女婴，从上海的十四层高公寓跳楼自杀。所有盯着电视的人们似乎都在心底听见那“砰”的一声落地巨响。有一则报纸评论用了“预知死亡记事”这部马尔克斯小说作为标题。似乎在那坠地之前的时间，被分割成无比缓慢的展列照片：恍神女王。她大闹机场被警卫驾离时那令人难以置信的浮肿五官，她那向着镜头张开几乎将腿根处亵裤露出的粗壮大腿，她挨着脸被歪着鼻唇的干爹黄任中亲吻的经典照片，或是“香消玉殒”后（又回到最初的，败坏垮掉之前的那张性感美丽之脸），一帧一帧初出道时的年轻艳照（但那真的是遗照哇）被众八卦杂志争作封面……

“这就是我们哪……”

或者像是那对少年。八年前他们分别十一岁与十五岁。他们在一个国小的地下室合力勒杀了一位正在洗车的年轻女老师（一个大人）。较大的那个且猥亵那具尸身（或许当时并未气绝）。他们因害怕被害人醒过来指认，用水混合消防砂覆盖被害人口鼻。作案后那个小学生“看到大人为命案在学校进进出出，只觉得好玩”；主嫌的中学生“八年来一直在胸前挂着符咒”。

那样地残虐。剪影般的杀戮画面。犯罪后气喘吁吁只有共谋两人在场的亢奋与恐惧(所以他们相互赌誓谁若将此事说出去就"变成小狗")。那似曾相识的少年时代曾模糊经历过的气味、光影、眼神……如许凉飕飕地泛鸡皮疙瘩地在心底摇晃了一下。多侥幸哪,自己是怎么走过那满脑子超现实的犯罪念头,而并未真正地犯下罪行,那么平静地活在正常的世界里……

那两个少年,在终于案发被逮(报上像犯罪百科般地解释指纹档比对,少年犯罪防治法)前的这八年,心里一定这么想:也许这一生,就这样像什么事也不曾发生地待在这个"正常"的世界里了吧?也许那随着时间慢慢淡去的地下室的场景,不过是两人避开比对而愈想愈像当初吹牛唬烂编出来的梦境?

因为再没有其他人在场了。所以事情像从未发生过一样。女人像气体一样在人间蒸发,而男孩们持续地长大。

我记得我高四重考那年,很长一段时间,我会在每个礼拜天搭破旧的台北客运,坐到平溪,然后转搭昔时矿区运煤铁道上的小火车,在十分站①下车,沿着铁轨、徒步走三四公里路

---

① 平溪线上的车站,由瑞芳站管理,可办理列车交会,景点有臂木式进站号志机、十分老街。

到那段铁路的终点侯峒站，再转搭东部干线的对号快车回到台北。

那段路，前面会经过一段游客络绎的风景游乐区，但过了大华站之后，即是遇不见半个人的空旷山野。中间会穿过三四个以步行来说不算短的隧道。我不知道为何那时自己从未想过倘若正走在隧道中心时，可能遇上火车进去，那铁轨和隧道山壁之间根本容塞不下一个人。我也想不起来为何那时像着魔一样每个礼拜要去走一趟那废弃矿区的铁道钻进那幽深潮湿整个人被黑暗吞没的山洞里。如今回想，那整个重考的一年，我和补习班前后左右座位的人，总共讲了不超过二十句话……

我记得，那一次，我同样沿着那段铁轨走进其中一个隧道里，大约在隧道中段时，藉着对面洞口处的光源，描出一个女孩的剪影，她正自那端沿着铁道向我走来。突然之间，洞壁里我们两人的鞋跟踩在铁轨或枕木上的回声变得如此巨大。那时我心底一定曾有片刻那样的念头："如果我……在这样荒山的隧道里，一定没有人知道吧？"那个念头一定同样在女孩的内心恐惧地形成。我如今亦完全想不起那女孩约莫是附近的女中学生或是像我一样爱冒险的大学生？封闭的黑暗把体热般的暴力念头或恐惧的敌意无止境地扩大。

但我们终究是愈走愈近，且和对方错身而过什么事都没发生。我连她的脸长得如何都不敢去看。

那样的时刻一晃即逝，也许我便自那时平安地走进“正常人”的生活。女孩也是。但也因此，二十年后的今天，我在pub烂醉后，能向友人吹嘘的，亦不过是当年考试作弊或偷看同学姐姐洗澡这类年轻时的蠢事，而非“我曾在一个妖幻如梦的午后，在一个无人的地下室勒杀了一个女老师。”

命运交织的火车

有一次在pub里，听两位出身背景完全不同的前辈，几杯酒下肚，遂感伤又激情地交换着各自的铁道经验。那股热络劲，不下于我和我的同辈像比对身世密码那样大谈无敌铁金刚周星驰或是易百拉[①]。“那时我们会把铁钉放在铁轨上，让火车的铁轮子辗过，压得扁扁的，左右比例对称，漂亮得不得了，变成一柄小扁钻……”“对啊，我记得那时他们还传说，放铁钉在铁轨压扁，会变成吸铁……”

堆石头在钢轨接缝处。偷卸下栓钉卖给收购旧五金的阿伯。猜火车。耳朵贴俯在铁道上听音辨位推断下一班会经过的火车刚自几公里外的上一站出发……

那样残存在记忆里的什么——一条平行于天际线的无限

---

① 台湾综艺节目“综艺100”中的一个单元。

延展的边界，背景常是西部平原低矮的小山峦，或是支立在空旷田野中的巨幅广告看板。火车轰隆驶过，短暂地将那悠缓静止的长镜头截断，强迫那些青白头皮卡其制服的少年贴近地感受那机械巨兽的快速移动，而非后来在好莱坞电影里，NBA片头剪接的灌篮蒙太奇或是动辄将电缆线路穿透眼睛视网膜的网络广告那样“按快转键”所造成的视觉快速——那变成了他们说故事的起点。

以铁道为抒情剧场的说故事人，他们那种故事还没开讲，光只听见月台扩音器播出火车将要驶动、启动时车体连接的晃摇或是拿着打洞式剪票钳查票的老列车长……便潸然泪下的调性，实在很难令小辈的听故事人感同身受。一如我困惑不解地听小我一辈的年轻人，感动得要命地说起夜间无人的便利超市，那洁净冷光照明下的一列列购物架，架上那些串连着城市孤寂男女生命全部行头的鲜奶三明治热狗保险套晚报狗罐头刮胡刀卫生棉泡面或捐钱箱……

当然后来7-11也卖起了奋起湖[①]或福隆的火车饭包。

我猜想由铁道所开展的小说，是我们这个贫乏无故事的

① 又称畚箕湖，位于阿里山森林铁路中点。

封锁岛区、唯一一个可以动员“一千零一夜”那样故事接着故事穿越漫漫长夜的大叙事的机会。我们的“流浪汉传奇”只可能匿藏在某一个年代的火车迢迢之旅。台湾的公路(现在他们打算在乡级公路收过路费了)很难让人想象会生出像文德斯[①]《巴黎·德州》那样的公路伤痕文学。台北的pub曾让我幻想成故事的救赎但后来确定那只是故事的流刑地。台北版的“命运交织的酒馆”,里头交换的只是名牌拜金女、药剂师、股市套牢户或call in名嘴们干燥花般用押韵方式说话的性妄想吹嘘。

有一次我在pub(对不起,我究竟还是在酒馆里窃听拼凑别人身世的一代)和我的朋友大象聊起“铁路的衰蔽造成口传文学灭亡”的理论时——我举证了台铁的赤字曲线恰与国内文学出版社或传统书店的获利下滑曲线像两条平行的铁轨,我并指出像火车饭包、“永保安康”纪念车票这些怀旧噱头的推出,恰与书店平台上图文书大行其道约属同一时期。(人们不想再花那么漫长的时间去搭火车/或是读一本可能是烂故事的长篇。但又希望自己哪天不幸被车撞死时,外套

① 德国导演。

口袋撒出的什物，除了好乐迪 KTV 的塑胶打火机，扛龟[1]的彩券红包袋或里面满满的通知你中了电讯特奖奥迪汽车一部之类简讯的手机……最好还滑出一张薄薄小小长方硬卡纸，以证实自己是“火车人”）——大象君语重心长地问我：“你知道为什么后来的台湾铁道之旅再也没有好故事可听了吗？”

我想了想，迷惑地回答：“难道是因为没有卧铺吗？”

我记得多年前，我陪着妻与她的一票学姐去大陆东北旅游，我如今已错紊弄乱了兴之所至从海拉尔往满州里或是满州里往阿里河那些地图上拗口古艳的地名，留存下来的印象，只剩动辄十四五小时的火车移动。那像梦境般摇晃的硬卧车厢睡铺，床上铺着绿色的军毯，覆盖白色薄被单，像是第三世界某一场战役正在移动中的空幻医院。我们在漫长得似乎没有终点的旅次中途睡了又醒，醒了又睡。偶尔尿急翻下撑夹在半空的中铺，一节车厢一节车厢拍打着总是有人霸着的厕所铝门，梦游般穿过那廊道边就着按下压钮推起的玻璃窗格吸烟的老汉；走廊的钢柱扶手；穿着解放军装的女列车服务

[1] 意为落败，起初多用于彩票业，后渗入多领域。

员；推着推车卖冰糕、杂志、瓜子、腊肠的苍白脸的男子，还有随处自卧铺角落露出的碎花布包裹……

醒着的时候大家便开始打屁，那是我这一生在单元时间里被强迫在一个全是女人的封闭空间里，听过最多最饱满掺杂了黄色笑话、鬼故事、家族史、黏答答被遗弃的伤心往事的一段奇遇。其中一学妹说了一个画面，令我至今难忘：她说她的宿舍室友一日醒来，房间原先位置的一切书桌床铺柜架摆设皆空撤而去，只见一面空荡荡之墙。靠着一张红木古琴桌，类似一张供桌，一旁站着一位古代士兵男子，戴着满清兵勇之笠帽。面容银灰，双目死直无光……

大象君说你说得非常动人。但我仍以为流浪汉传奇的消失，乃肇因于铁道上的列车，取消了餐车的挂载。

他说，坐在两两并置的座椅上，吃着火车饭包，你只能沉默地窥看邻座美妇手中七翻八折的报纸："少年队警员强迫阴阳人流莺在警局厕所为之口交"，"德州某镇公民投票一只会喝啤酒的山羊为镇长"，或是"赵四因怀疑唐德刚替少帅与贝太太拉皮条，愤拒唐为张学良作口述历史"……这就是我们这个世代的长途旅行中的故事来源。

餐车。他说，你记得近三十年前吧，台铁有一种列车叫观光号？大约和光华号[1]同时期，但出现极短暂一段时光即消失了。我记得是银色白铁皮包壳车厢，非常漂亮。那种火车便有挂载餐车。我小时候曾有一次被我父亲带去那餐车上用餐。那个餐车哪，就像是把那个年代台北人对“西餐厅”的想象放进一节快速移动的火车厢里：木头餐桌椅（而不是和车体一起铸成的固定桌椅），铺着红白棋格桌巾，车窗还有蝴蝶裙裾的蕾丝窗帘，播放着圆舞曲之类的音乐。穿着西装打啾啾领结的侍者（台铁员工打扮的?）很勉强地在摇晃中只手托着圆盘上高脚杯里的红酒……

我不知是否该如实记下大象关于“三十年前在火车餐车上的一段奇遇”？因为那个描述里的时间是不合逻辑的，但大象以台铁的信誉赌咒他所言句句属实。他说，他记得他父亲打开 Menu，吐了吐舌头：“真贵。”于是点了一杯咖啡，并替他点了一瓶可乐。他们父子便故作优雅，一边听音乐一边欣赏窗外农村美景一边不时扶住颠荡中险要滑下餐桌的盐罐胡椒罐……

他说，恍如昨日，印象如此鲜明，他记得他们的邻桌坐着

---

① 光华号，1966 年开通，刷新台铁速度纪录。

一个中年妇人，旁若无人——像现在台北街头一抬头常见二楼玻璃橱窗一些穿着韵律服的太太踩着跑步机那样的神气——地吃着。记忆里她只点排骨饭（也许是火车饭包的西餐厅版），每吃完一碗她便客气但口齿不清地说："请再来一份。"这时他们父子才发现这一节车厢的服务员都沉浸在一种克制的骚动和惊惧之中：那个妇人那时已吃了十九碗的排骨饭，且速度丝毫没有放慢。

"你知道我和我爸遇到了谁？""谁？""赤阪。""她是谁？""赤阪尊子，别说你不知道她是谁。《电视冠军》里永恒的大胃女王。"我当时就应指出大象这回忆在时间上的不合理，怎么可能在三十年前台湾的火车餐车上遇见赤阪？但是他描述的那一幕实在太动人了……

他说，那个妇人，吃到第二十一碗时，突然没有预兆地停了下来。一开始他注意她拿出手帕在拭眼角的泪，后来她便索性任眼泪哗啦哗啦落下。"吃不下了，"那个赤阪还不知自己已被邻桌少年认出，自顾自发泄着情绪，"真的年纪大了。速度、体力都跟不上那些年轻人了。"长期暴食，肝功能衰竭，近乎坏弃，使她的脸看上去比实际年龄糙老松弛。

一个女作家死之后

从前曾在一场演讲或文学课程上，听某位前辈这样说过：历来最伟大之小说家（或剧作家），终其一生，能创造出六七种人物原型，即属极艰难罕异，不算白走一遭（我记得他不令人意外地中西各举曹雪芹与莎翁作为例外，是以为天才中的天才）。这样的黄金律限制（或诅咒）在当时以昆德拉或马尔克斯《百年孤寂》[①]作为入门书的二十郎当文学青年听来，因为边界稀微遥远而显得事不关己，“几个”或是“原型”似乎不是我们挽袖摩掌为其颠倒迷离的小说价值：布恩迪亚家族的两组相反遗传性格的男人与两组相反性格的女人像晶电线路板衔接窜走家族谱系四五十个不同名字子孙凄惨的、光怪陆离的、豪奢的、或便秘或淫荡之遭遇……那最终总会积淀成一种

① 大陆通译《百年孤独》。

故事炫技后面的某种时间感知的哀伤——每掐破一粒色泽艳丽的故事胞囊(一个人名),那不止是掐破之瞬的轻微讶异或刺激触感,成为残骸的荚壳和流淌而出的脏兮兮的什么必然摇晃了并修改了、顺势抚摸了这些故事的心灵。当一百粒胞囊被顺次捏破,那些被吸去了身世的人名们,自然形成了一片饱胀与荒芜并置的故事废墟之海,昆德拉的托马斯不是有他的"色情记忆集邮册吗"?卡尔维诺不是用十二张大阿尔卡发牌和五十六张小阿尔卡发牌在酒馆里搓洗牌形、形成人物们命运交织的排列组合吗?

近来我慢慢地,不愿接受却在心底如蛛网灰尘逐渐累积出一个想法:原来我,作为一个以减法作为时间计数的什么,即使像一艘将舱压封闭在深海下面安静航行的潜艇;即使我这剩下的航程再等长于我这一路来不知珍惜的岁月,我侥幸不被内心恐惧的肺癌、心脏病猝死、车祸或某一趟旅次的飞行空难这些悠缓不见光廓的深水炸弹击中……;即使一路平安活到七八十岁之交安享天年,作为一个想象中小说家(一个说故事的人)一生该从脑袋中像油锅捞炸面团甜甜圈捞出的人物,我的这一生可说是太贫乏有限了。

我的小说前辈有次提醒我:小心哦,不知从什么时候开始，你不会用“我”以外的人称去说故事了。我自以为乱虚构超魔幻的故事们被赶进了“私小说”的玻璃展箱里（有点像动物园的“夜行性动物馆”黑漆漆的走廊沿壁，一个玻璃橱窗接连一个玻璃橱窗的猫头鹰、浣熊、刺猬、獭猴、石虎……）事实上也是如此。有点像小时候读《西游记》，孙悟空遇上了金角大王银角大王极厉害的宝贝紫金葫芦。妖精拔掉了栓子拿葫芦对你招一招，念你的名，你只要应了一声，便被吸进那葫芦里。孙悟空两度被吸进，想尽办法脱逃出来后，将名字颠倒改了两次：行者孙和者行孙。

但是没有用。大葫芦当空罩顶，即使它唤错了你的名，即使你再如何奸巧机诈换装变形涂名改姓。你应了它，马上仍被吸进去。

年轻时我以为自己将有着无限可能的一生。我以为我会认识许多女人，并且一一和她们上床。她们每一个都有一串琳琅耀眼的身世。并且她们会像一只收集破烂的玩具盒，从里面倒出一堆变态的父亲、人格分裂的母亲、自杀的姐姐、白色恐怖时被抓去马场町枪毙的小舅，或是高中的同性恋女友、身为医生而暗中谋杀她的前夫……这许多历历如真的人物。

我小时候甚至相信自己在某个神秘领域“颇有来头”(这当然是中了像《西游记》、《封神演义》或《小叮当》这一类儿童读物的毒),上学等公车苦候不至,我会站在同样焦躁愤怒的人群中,内心孤自对着虚空中的伽蓝韦陀六丁六甲①(我认为他们应是奉命躲在上方偷偷保护我)施咒下命令,快在三分钟内让公车出现,否则……

一九九一年(还是九〇年?)三毛自杀。那时我赁租在阳明山上一处濒临溪谷的学生宿舍。那些违建水泥宿舍沿着整片溪谷旁陡降的坡地而建,每间不到两坪大,密密麻麻,活像卡通电影里的蚂蚁巢穴。我估算过,那一整片廉价的学生宿舍区,至少塞挤住了五、六十个像我这样的穷单身男生,或是可怜兮兮的同居男女。我们每天攀爬那时而沿着山壁、时而穿过别人宿舍的屋檐走廊的梯阶,然后从一条小径像鬼魂般出现在阳明山的公路上,和那些泡温泉的老人一起等公车。

我记得那一片蚁巢的主人是一个长着鹰钩鼻活像宫崎骏《神隐少女》里那婆婆(再削瘦一圈)的悭吝老妇。那样像贫民窟一样挤住了如此多的人口,竟然总共只有两间卫浴(所以我

---

① 伽蓝、韦陀为佛的护法神,六丁六甲为道教传说中的护法神将。

那时房间里床底下还藏了只尿壶，以备清晨起来内急时有不自爱的学姐占着浴室泡上一小时的晨浴）。且只有一支电话。

那支电话装在“阿婆总部”——即沿着阶梯较上方，以房东老太太的日式老屋再区隔出来的十来间宿舍，那里有肮脏油垢的小厨房，还有老太太放着藤椅、茶几、电视的阴暗客厅。能够占住那儿的，通常是在这幽闭溪谷已赁居六七年以上的，研究所的学长学姐——非常诡异地，他们在那儿装了一只扩音喇叭，如果来电是找下方溪谷边住户的，有时是阿婆，有时是那些住电话旁边的学长学姐，会用扩音器，像旧时火车站的火车进站广播，扁扁的鼻音向着整片溪谷广播：“某——某——某——电——话。”

那个某某某便得套上长裤，摔开房门，上气不接下气跑上近百级的石阶，冲进阿婆总部，在那些木板隔间（人人皆贴墙偷听？）的阴暗走廊里，向电话那端等了许久而发火的小马子或长途电话的家人，细声道歉、解释。在那个手机尚未泛滥、甚至公用电话卡方兴未艾、一元铜板仍是生活中极频繁使用之工具的年代，我却通常不让家人朋友打那支电话。

我记得三毛自杀的那个晚上，我正在宿舍里做什么，突然模模糊糊，不可置信地听见屋外山谷回荡着我的名字。是悭吝阿婆的声音，“ㄌㄡˋ——ㄧˇ——ㄐㄧㄣ——ㄉㄧㄢ——ㄨㄟ①，ㄌㄡˋ——ㄧˇ——ㄐㄧㄣ——ㄉㄧㄢ——ㄨㄟ。”是我的电话？羞耻与莫名的虚荣糅合涌塞。

我冲了上去，谢了阿婆，电话是W从台中打来的，他说：“骆，你看新闻了没？三毛死了，是用丝袜上吊自杀的。”那时我的脑袋一片空白，阿婆仍在一旁晃来晃去，我压低声音：“噢。”W说：“你不要太难过。”

待我气喘吁吁坐定在书桌前点根烟想好好理理这件事（关我什么事？），屋外又像幻听一样回荡着阿婆的播音，“ㄌㄡˋ——ㄧˇ——ㄐㄧㄣ——ㄉㄧㄢ——ㄨㄟ——”，这次她还加了句“紧来”。我跑上去的时候，发现自己穿错不同双球鞋，且对方挂了电话，于是我尴尬至极地耗在那儿等电话再响，有一句没一句地应着阿婆的搭话。后来电话响了，是我妈，她也是告诉我三毛自杀的消息。虽然我知道她从没看过一本三毛的书，但她却对“三毛可能从荷西淹死在海底那时就只是勉强活着”这一类琐碎八卦有非常精辟的见解。她说她非常难过。而且她很担心我（关我什么事？），要我别再写那些乱七八糟的

---

① “骆以军电话”台语发音。

东西了……

那一个晚上，我发誓我至少上上下下跑那高陡石阶十来趟，只为了接不同的人渣朋友或惊叹或感伤地打电话来通知“三毛死了”。阿婆的广播在溪谷山坳间反复喊唤我的名字：“ㄌㄡˋ——ㄧˇ——ㄐㄧㄣ——ㄌㄡˋ——ㄧˇ——ㄐㄧㄣ，搁系汝耶ㄉㄧㄢㄨㄟ。”后来她的声音明显不耐并愤怒，没有人知道，是因为一位我不认识（她更不可能认识我）的女作家的自杀，造成我在那山溪荫谷的学生宿舍区，一夜之间声名大噪。

同学会

国中时淡淡地，自己不知其感情形貌偷偷喜欢了三年的一个女孩，许多年后在电话里告诉我：后来她嫁给了三重一个家族证券公司的小开，生了一个孩子(妈的，我竟然如此欢快地在电话中和她大聊换尿布半夜冲牛奶的育儿经)。最恐怖的是，她说："你知道吗？我分娩的时候，痛得要死被送进台大，躺在产台上，一个戴口罩的医生过来，要我把两胯张开，伸手进去研究了一会，告诉我：'某某，你破水了。'我想，这接生的怎么喊我的名字？一抬头，竟然是詹伟弘。"

詹伟弘是那时我们班的第一名天才，也是我们那一年高中联考永和国中的榜首。记忆中他似乎因为颏骨咬合不全而总是合不拢嘴，像我这种班上最后一名的学生似乎刻意将他的形象记成一个流着口水的傻帽。天知道他是那种除了作文，成绩单各科近乎满分的外星人。我记得有一次学校模拟考我英文考了三十分，我们那个小个头的残暴导师，要我蹲跪在他的座位旁“请教人家是怎么读书的”。那时我蹲在他的身旁，觉得自己像一只温驯无辜的拉布拉多犬，我问了一句："喂，你是怎么读书的哈？"那个天才似乎为这样贴近仰望的怪异身体关系弄得窘倜不已（如今回想，他那时也不过是个十四五岁的少年），他像赌气似的不理我，张着嘴烦躁地翻着参考书的书页。我便在那怪异的静默中在他身旁蹲了一整堂课。

想当然耳这个人一定是一路建中再升上台大医科。只是没想到后来他的生涯竟是在产台间游走，替那些哼哼乱叫张开腿胯的大肚子孕妇们拉出她们那湿答答小蝾螈般的婴孩……

周日近午，无来由一阵暴雨，雨歇后雷声仍在天际闷响不绝，我和妻带着两个幼子，一家人坐困愁城，电视荧幕上一个节目一个节目轮着卡通频道那熟若故人的超现实人物（面包超人、建筑师巴布、澎澎与丁满、丁丁迪西拉拉和小波、绿猴子和紫猴子）。我呵欠连连，所有这个阶段父亲所会的把戏皆已玩遍。窄小的客厅最后只剩下疲惫的父母干巴巴机械反应的斥喝：叫大的不要乱撕童书不要把小板凳搬上餐桌再爬上去危险不要拿原子笔乱画墙壁，不要拿马克杯 K 我的头很痛耶；一边阻止小的像蟑螂满地爬行最后总爬到鞋架边抓起鞋子往嘴里塞，或是爬到厨房垃圾桶边一个恍神便见他笑眯眯满嘴泡沫塞着柳丁皮或把屎纸尿布……

“这就是我之后的人生了。”内心不禁这样哀叹着。

突然之间，像博尔赫斯那篇小说《不为人知的奇迹》，上帝允诺了某个神秘的祈求，时间突然在一片银光披洒下静止，或是线性历史变成孤弯、螺旋甚至倒插树枝的形状……

我们的电铃响了，狗发狂地吠叫，我起身应门。门外站着两个颀长的少年，短裤球鞋，全身被雨淋得湿透。

原来是我的国中同学徐君和陈君。

他们两人尴尬笑着进门，有一瞬间，我似乎站在少年的同伴和身后这一言难尽如此辛醉如此脆弱呵护的妻与幼子的边界，两边的光线温度如此不同，他们互相陌生地微笑对峙……

“想不到骆这家伙最后娶到这样漂亮的老婆，还生了两个孩子……”徐君喟叹着。这时我才确定自己刚刚是恍了神，他们早不是当年那两个在门外喊我名字出去打弹子或到国中校园篮球场三对三抱队斗牛的少年玩伴了。陈君的平头上已掺了白色发茎，徐君亦摘下他那一千度厚镜片脑勺绑着镜带的眼镜（戴隐形眼镜？还是去作镭射手术？）。徐君向我解释：他和陈君亦是多年未见，原先开车无目的往石碇这一带走，经过我们这山庄，突然想起当年骆的母亲不是有幢小屋买在这荒郊野外吗？当初几个男生不是坐老远公车来此过夜，吸烟喝啤酒看水渍《Playboy》用手提收录音机放空中补给①和奥莉维亚纽顿强②，第二天一早溯溪溪钓并练泳……

我向妻介绍着徐君和陈君。像平庸的丈夫炫耀着他璀璨辉煌的昔时旧识。“是我所认识的最聪明的人哪。不像后来你见到的我那堆人渣朋友。”像黑铁时期的退化人种欷歔又激动地描述着他曾目睹的黄金时代。徐君，简直就像《金阁寺》里那个口吃少年的启蒙朋友八字脚柏木的化身。我总是懵懂又畏敬地看着他在进行一些隐秘的“自我锻练”的仪式，被他拉着漫游一些如今想来对十五岁少年来说确如梦幻的场所：我们曾在星期天的午后，跑去教会礼拜，我并羞耻得要命顶着前面一排一排大人诧异回望的目光，坐在一旁听他用晦涩繁复的词语，和穿着袍服的牧师寻衅辩论，最后那词穷的牧师（如今回想那只是一弱势老实的虔信者，而非站在强势地位的

---

① 1970至80年代享誉全球的摇滚组合。

② 1980年代美国著名女歌手。

权力者)为我们祷告:“主啊,宽恕这两位小弟兄的骄傲,感谢你的荣耀,给了他们过人的智慧。”在永和那宛如指肠迷宫的巷弄里游晃,总会遇见年龄长我们两三岁的“长瓢子”(留长发的迌迌少年)从角落闪出勒索,徐君不止一次地(练习)以双目盯着对方的眼睛,在这样动物本能的意志对决后,令对方讪然离开。(如今回想那巷弄里作为练习镖靶的不良少年,不过也是这个社会的弱势?)他且故意带我走过华西街宝斗里窄巷两侧吆喝着“少年仔,来坐喔!”的卖肉少女的调笑,两人兴奋又脸红地像祛魅了什么青春迷雾最难解的一道数学题目(但是想到自己曾穿着中学生的制服短裤和白色长筒袜,撑出气势地走在那条阴郁红灯的不幸街巷,我就难过不已)。徐君还曾带我殴打一个总爱在计时黑板上用粉笔作手脚多算我们球资的小撞球店胖老板娘(许多年后我读了陀斯妥耶夫斯基的《罪与罚》,总不寒而栗地想起我们在那阴暗无人的店铺里追打那拿着撞球回丢我们的阿巴桑的剪影……)。徐君在那年龄,便强迫自己听贝多芬和柴可夫斯基,并介绍我听较甜的《梁祝》和《黄河大合唱》。他每天剪报副刊(那个年代的……),并像所有想测试自己智商极限的天才少年,跑去光华商场买了一本大学《微积分》课本……

至于陈君，在国中时和我并无甚交集，事实上，就我印象所及，在当时我们那个按模拟考名次排换座位的教室里，陈君似乎总坐在外星人詹伟弘后一个位置（徐君则有时第四、五，有时掉到第十来个座位。我则是永远的教室最后一排靠后门的位置）。也就是说，我们当年那个小个子导师如果作为纳粹集中营的审察官，陈君是紧排在詹伟弘后面永远不会被送进毒气室的第二号人物（我则是第一个该被送进去焚化的）。徐君和陈君的友谊形式是建立在下围棋，精准安静地打斯诺克，还有桥牌，这些优雅、高智力且像老头那样控制情感盱衡全局的复杂游戏……

我记得那年联考放榜，徐君和陈君理所当然进了建中。我则恰恰好差公立高中最低录取总分一百分。事实上我是那个全校第一升学班中唯一一个落榜的（我记得去学校领成绩单时，我们那位严峻的导师用一种像对私生子难得慈祥温柔的语气说：这下子，真的要改叫"落榜君"了。）那个下午，我和徐君、陈君，还有同伙一个叫张裕冠的家伙一起去学校后面巷子一家小撞球店打斯诺克。那个张裕冠好像仅差 0.5 分，只进了附中。整个过程他都哭丧着脸。大伙便有一句没一句地劝他看开些。我记得那天下午不知怎么搞的，我瞄球的视线变得无比清晰，本来球技最差的我突然神准起来，怎么打怎么进。我记得当我打到后来开始一球一球认真作球时，连徐君和陈君都静默下来。那年夏天我便理了光头进了国四重考班。

我问徐君现在在哪高就？他说在台积电①，我说妈的上次凑热闹学人家买了一支台积电，也搞不清楚怎么回事没两下就只剩一半的股价？我说不错哦听说光配股就可以买一幢房子是不？徐君谦虚地笑，但旋即忧郁地说倒是感情一直没着落，到现在还王老五玩自己……

一旁的陈君则不改闲淡笑眯眯地说，他现在是小学老师。在新店极偏僻山里的一个小学任教。这次我已不那么惊讶了，我记得十年前我们最后一次见面是在徐君台大博士班的研究室。那时我们三人站在那幢建筑前面的草坪上丢棒球。徐君说他正跟着指导教授接中科院一个关于 IDF② 的计划。我则说我已决定以写小说为一生之志业。陈君则说他应征了一个工作，是到日本去替那些木造房舍榻榻米下的基脚喷洒杀白蚁的农药。那时我非常震动，以为他在开玩笑。但他把

---

① 位于台湾新竹的专业集成电路制造服务公司。

② 英特尔信息技术峰会，每年分秋冬举办两次。

他当兵时的心境转变娓娓说给我们听。像那些极度自律的天才少年，有一天突然像幻听一样听见了内心某个“神秘的声音”，他一头栽进了神秘主义的世界。我记得他提了很多个纯净崇高的人名，但请恕我对那领域的无知，仅记得有一个叫奥修[①]的大胡子老外。他说他正自修印度文，待准备充分要前往印度参加他们的灵修团体。后来他拉我和徐君去公馆附近一家MTV，租了一支片子叫《O娘的故事》，我以为那是一部集性杂交SM[②]大成的不折不扣的A片[③]，但陈君非常激动地告诉我们他在那片子中领会了人最大极限的自由……

也许回忆常将一些珍贵美好的东西放大了。后来我亦曾遇见一些极天才聪明的家伙，但总告诉自己，他们那像独角兽喷散出来的璀璨白光定然不及我国中时认识的那两个家伙。如今他们站在我的面前，却令人难过地穿着仍像两个国中生。我把那个女生几年前在电话中关于詹伟弘替她接生的笑话说给他们听，他们皆诧异得近乎纯真地愣笑起来。

---

① 曾名为阿恰里亚·拉杰尼希，印度灵修大师，也有争议指其为邪教教主，1985年被美国政府驱逐，遭欧洲众多国家拒绝入境，1989年改名奥修。

② 指性虐待症。

③ 色情电影。

错过

老C告诉我一则关于D君的逸闻：她说D君在那部奠定了他在岛内新世代首席演技派小生地位的电影里，有一场戏后来成为传奇。D君在那部电影中只是男配角，但后来他那溢出平板角色的魔性演技彻底掩盖原先电影公司计划捧红的偶像小生之光华。D君扮演的那个雄霸恶少，以民初那种尚未分化细腻的龙阳风①同性爱模式，苦恋着戏园里长相俊俏的武生(那位偶像小生所饰)，不想那武生爱的是另一个已有婚约的脂粉味男人。那场戏是这样的：恶少气急败坏地赶赴一间三温暖(说实话我没看过那部电影，但之后一直没机会向老C证实这个疑问：民初剧里怎么有三温暖啊？也许是澡

---

① 古人把同性恋称为断袖之癖或龙阳之癖，后者语出《战国策·魏策》中魏王与龙阳君的故事。

堂?),但俊俏武生已和脂粉味男人连袂离去。恶少的手下和澡堂老板都非常害怕:老大要砸场子了。但刚强的恶少只是颓然跌坐在一张官帽椅上,原先该摔得一地粉碎的盖碗茶被他扣放几桌上。

老C说,就在这时,D君"进入角色"的魔术时刻出现了,完全不在导演和剧本的设计中,一滴男人泪,不做作夸张地从他左眼角淌出,沿着恶少怒容狰狞的雄性轮廓流下。

这对拍片现场的导演可是如获至宝。演员无比澄明神秘主义般地进入他扮演角色的内心。"那像嗑药后竟写出旷世奇作的超现实诗一样可贵哪。"谁想到当时的摄影师,在D君坐下放下盖碗茶的那一瞬,无从预料D君之后的神来之泪,就照本宣科地把机器卡掉了。

包括导演、D君自己、以及现场所有的工作人员皆扼腕不已。他们后来又重来了许多次加上D君流泪的那一场戏,但再也没有第一次那纯然意外的复杂饱满、让人迷惑的味道了。

最好的,最迷人的那一部分,总无法如愿被特写的镜头框格住。

我认识的一位害羞家伙,他总是在暗中喜欢的女孩家的信箱里偷偷摸摸塞进一卷录影带。那些录影带电影里的某一个段落像基因序列一样密藏着他的爱情图景，虽然那样表情达意的方式隐晦又荒唐，某些部分近乎自渎。譬如说他曾把宫崎骏的《魔女宅急便》投进高中同班一位苍白美丽女孩家的信箱，因为那女孩那年没考上大学。他想把那段魔女失去法力再也驾驭不了扫帚飞行的黯淡片段，作为乘虚而入的诗意隐喻。他把王家卫的《花样年华》塞进同幢公寓一个已是别人妻子的瘦削美妇家的信箱。他还把一卷盗拷的《我的野蛮女友》丢进一位疑似有虐人狂倾向最后且将他一脚踢开的华丽恶女家的鸟巢信箱，“我知道她一定长期被一位恋人的死亡笼罩，无法自那哀愁泥沼自拔。”

老实说，在这个诗意衰竭殆尽、调情时刻已将说故事的辉煌光焰捻熄的不幸年代，我对这位朋友带有某种审美品位的鬼祟行径深表同情。我几乎不需见到那些女孩，只要知道他投寄了哪些片子，就可以猜出她们让他眼瞎目盲的绝美风华是属于哪种情调，哪位大师的风格，该置放在怎样的戏剧性饱满的刹那时光里才有意义……问题是妈的那些女人从头到尾都不知道那些经典名片是哪个混账乱塞进她们家信箱，也许是那些“金奖经典名片一套四九九九台币还送大陆寻奇”的盗版业者的赠阅带？且还有一些没良心的小鬼会把人家信箱里牛皮纸大包邮件挖走;另一个可能是现在人们家里大部分配备了DVD光碟机,鲜少有人再看那种容易起白毛的VHS录影带了。

这样的诡计是那些喜欢把灵魂弄弄搞搞,像拿着小银镊在一只玻璃瓶腹中拼装一艘西班牙帆船模型者流,对抗时间风暴的方式。他们总是这样想:那些不知自己如许美丽的女孩们,也许侥幸其中或有一个,在许多年后的一个空白时光,无所事事地拿起这卷记不起是为何搁置在自家物堆的奇怪录影带,她把它放进机器里播放。那时那些女孩已变得平凡。事实上她们已不足以匹拟那电影中的附会片段。除了女孩自己,没有人会将她们和那剧中的任何情节作一丝联想。那时她或会心中轻轻一荡:很久以前,我曾以那么豪奢的方式,和那个由片场、搭景、摄影机、灯光冻结住的梦境如此靠近……

那样地错过。总被粗心的卡麦拉①喊"卡"而截去了最值得珍藏的部分。

小学时在我身上发生过一件不可思议之怪事。这件事我曾试着跟几个可以信任的朋友说过,但他们皆哈哈大笑认为

① 指摄影师。

我胡说。后来我就不再对任何人提起了。事情是这样的:我在一次痛苦趴在课桌上睡不着觉的午休时间,莫名其妙地让时间停止了。让我省略那些废话吧(多年前我将此事告诉一个叫蔡头的人渣,不料他激动异常地回应:他也曾在从小学、初中到高中漫漫不眠的午休时光里,趴在课桌对地上吐口水,构思那愈见精良的春梦。他幻想是外星人动的手,把地球上所有的男人都歼灭了,所有的女人却毫发无伤,而他却因某个环节的疏忽幸存下来,他成了这个地球上唯一的男人。于是全球的女人召开了一个延续人类种族的大会,刚开始他可以像阿拉伯国王选嫔妃那样任意临幸那些梦寐以求的美人儿:包括当时尚未车祸殒逝的黛安娜王妃、茱莉亚·罗伯茨,当时球技还不那么烂的库妮科娃和当时初出第一本写真集的宫泽理惠……但是后来她们为了效率,把他当作一只雄蜂那样地压榨,他每天排满班和来自世界各国的权贵女性们无止无休地上床……)容我准确地再解释一次:我将时间暂停之事,是真真实实曾发生在小学时的一个午休时间,而不是一个"午休时曾做过的春梦"。

时间暂停时,世界是什么样一个光景?让我这样说好了:那就像突然置身在一个电影片场。不,它绝不是如那些电影或广告导演想的如此简单,那并不是一个骤然变成蜡像馆或一二三木头人的世界,所有人的动作仍在进行,但全部失去了时间的感知。简单地说,那不是一个被冻结最后姿势、硬邦邦的明亮场景。那反而像陷入洋菜胶冻里,一些立体切割面的光度皆变黯淡。所有的人都浸泡在爬虫类般没有时间的蒙混梦境里。

当我从那间教室排列整齐的课桌椅、那些趴伏熟睡的小朋友之间抬起头来,意识到我是唯一无视时间冻结可以任意漫游之人时,禁不住哀鸣出声,毕竟那仿佛神宠的静止之瞬降临时,我还只是个小学生哪!我那时倾一生的知识和对欲望的理解,实在不足以支配那横陈在我面前闪耀着光辉的无边自由。(说实话,如果此事发生在今天,我想我迫不及待在那撬开的时间缝隙里所要完成的,可能不下于蔡头那些龌龊的梦想。)我不会开车,所以最远也只能跑出校园,在寂静无声的街道上乱逛。我无法替三十年后的穷困自己跑去银行,进入电脑系统把那干巴巴的存折数字后加几个零。我那时最大胆的念头不过就是"也许可以把老师抽屉里的考卷分数改一改"。也许我曾用力抬起班上那个最美丽女孩的脸,脸红气喘地亲了亲她精致到不可思议的五官,但我能做的全部也只是那样了。(这真让人想哭!)后来我总算想出了一个稍稍对得起这暂停时光的邪恶点子,我冲进那间小学的地下室福利社,翻箱倒柜,找出一整铁盘那种平日舍不得买一个、那种两块餐包夹着厚厚一层草莓果酱并洒上白色糖霜屑的面包(那时我们的面包店橱窗,尚未出现如今那些精雕细琢的起司蛋糕水果慕思黑森林之类的玩意)。我便在那个奇幻的静止时刻里,怕错过那难得的机会,孤零零地在阴暗地下室里狼吞虎咽吞下了近二十个那种黑呼呼、甜腻腻的果酱面包。

偷考卷

在我青春期的年岁里，有几回曾突发奇想，做出一些至今亦百思不解"那样做到底有何意义？"之怪事。那些事情如此无厘头且近乎愚蠢，但我却常将之悬念于心，成日价颠倒构想。形成一种坐在课室里却与身旁同龄少年疏离孤立的白日梦状态。

譬如说我第一次在化学课上（周期表的第一列元素）学到：锂和钠这两种轻金属一遇水便会发生剧烈燃烧，那时，"谋杀我们那位残暴的小个子导师"便成为我心中挥之不去的念头。我幻想着：也许我可以去什么化学器材行买一整包像花肥那样多的钠，趁个无人空当，把它们一截截全填塞进我们导师休息室洗手槽的排水孔里。等到他下课后将那一整保温杯的茶水倒进水槽，再打开水龙头，那时轰然一下，乖乖，铁定把我那老师的头给炸飞。

当然我亦曾在那灰澹隧道般的神游时光里，幻想过当时还是国中生的自己，跑去妓院，在密闭潮湿的榻榻米小间，听一位可怜的妓女诉说自己悲惨的身世（我幻想着她正打算轻解罗衫时，我阻止了她，告诉她我愿意付钱但不必做“那档子事”。只要她跟我聊聊自己的故事。这样的烂情节多年后我在《麦田捕手》里看到那老赫顿竟真的这样做了，真是诧笑不已）。我且幻想那年龄大上我十岁的妓女后来决心随我逃出火窟，于是我在脑中殚精竭虑地构想：如何将她安置在我家阁楼上那个违建房间且不被我父母发现（我父亲每天早晨会上去阳台晾衣服）。以当时少得可怜的零用钱去供应她的饮食。我甚至想到如何处理她的大小便问题……

这样的“与真实世界”完全脱节、无关的，却又在每一处细节绞尽脑汁的痴梦妄想，让我像小时玩的卷轴藏宝图：我一路向着那眼前慢慢展开的“真实世界”显露好奇，打捞那足以支撑与之更肖似的细节拼图，却总不断误入歧途，深陷错误知识的泥沼。

即使如今年近人曰之“哀乐中年”，那隐藏在睫毛眼睑眨闪阴影处的妄幻时刻，仍会在自己无意识中潜进“真实活着的这一个生活”里。这一年来，父亲中风瘫卧于床，母亲在遭遇心理打击和不堪照料病人的负荷下变得恍惚衰老。好几度我那九十八岁的阿嬷在节气递换时刻,被我那流浪汉哥哥送进医院急诊插管,每一次我们都以为要替她办后事了。我的两个孩子,一个三岁、一个一岁,像接力赛似地感染各型流感、玫瑰疹,或怪异发烧进出小儿科。近来妻又得了轻微忧郁症。有一段时日我整日在城市里仓皇窜走,竟只是在不同间医院、不同科别赶场探望或替不同亲人挂号。像是对我那些欢快残虐小说之惩罚,世界变成了一则"不断连接的医院场景"?即使是这样,有几次和妻无言对卧而眠,昏困欲睡之际,妻会噗哧笑出,将我摇醒,说:

"你在想什么?为什么自顾自闭着眼睛嘻嘻傻笑呢?简直像一张吸毒者的脸。"

有时我亦会这样忧心忡忡,在我正值盛年、创作力如金黄花蕊迫不及待轻轻颤晃的时刻,这样一次又一次"真实世界"的重击,会不会让我变得多疑而硬心肠?会不会将我的想象力摧毁殆尽,像那些传说中的天才前辈,从此倒栽进一个内向自闭、不再开放感性触须的坏毁世界?

我记得我国三那年,有一次兴起了"偷考卷"的念头。(那时我置身于全校第一升学班,我的课桌椅四周,尽是那些戴着深度近视眼镜、心无旁骛的读书怪物。而我便在那程度差距过大而时时被导师斥喝上台作为牲祭的残虐场景里，进入长达一年的恍神状态。)之所以动念想偷考卷，在当时有一迫切降临之危机：即在那之前所有的大小考试，我们都是待在本班教室的固定座位。我虽然是班上永恒的最后一名，但连那样的试卷成绩都是灌水——总是坐我前面的倒数第二名男生和坐我身旁的倒数第一名女生把他们的试卷垂下或凑近借我抄。那次学校突然宣布要举行一次，无论出题、试卷格式及考场氛围俱与联考相仿的"模拟考"。即各班拆散，移换至不同教室，同班同学间采前后间隔的"梅花座"。那样的规则宣布对一个十五岁的恍神少年来说，简直比被扔到鲁宾逊孤岛还恐怖。

于是，"偷考卷"的计划，开始在我两眼茫然瞪着讲课老师的恍神时光里，逐点逐滴地成形。如今回想：那是一个与现实世界剥离，完全无意义的构想。但我完全被那念头着迷了：细节卡榫着细节，拐了个弯偏离了正常光影里的人群，却可以在完美的机械性犯罪设计下绕回那原来的世界。我甚至深思熟虑地想到：偷到了标准答案后，要故意把哪几科答错多少题，让最后的分数，维持平常的水平——落差不那么突兀的最后一名。

我想象（这整个计划完全建立在我自得其乐的想象之中）着试卷一定被锁在学校行政大楼二楼的教务处里。我只要在月黑风高的晚上，从学校后门的空旷处翻进围墙，暗黑中越过篮球场、跑道和司令台，再像忍者那样避开巡逻校园的老荣民①工友（那些画面也全是我的想象），在一幢一幢的教室大楼间躲闪穿梭，摸上教务处，想办法弄破窗玻璃，撬开窗锁，那张在夜色中发着微光的模拟考试卷答案就可以塞进口袋了。

我去五金行买了一柄玻璃刀（我忘了我是用什么藉口向我娘骗了一笔钱），那完全不像电影里演的那样：一个吸盘吸住窗玻璃，用条线系着一粒锋利的钻石，像圆规那样俐落地画一个圈，用力一提吸盘，“啪”就是一个匀整的圆洞。事实上那是一柄像修车扳手一样的铁器，前头是鸟喙般的锥锋。一支大约三五百元。虽不像原先模糊想象“一粒钻石”那样地昂贵，但对于一个那年代的国中生来说，已算是一大笔数目的投资。

我选在一个距模拟考前约一礼拜的晚上（估量考卷应已印好），对我娘说我要去一位功课极好的同学家开夜车准备考

① 台湾人对服务多年的退伍老军人的称呼。

试(我娘自然是喜出望外),且特地穿上一件黑色夹克和球鞋,戴了一顶灰毛线帽,书包里装着那柄玻璃刀,一支手电筒,还有一条毛巾(我另想出"用湿毛巾贴着玻璃击碎"不会发出巨响的方法),就那样鬼鬼祟祟地出发了。

那时距夜深尚早,我照着原定计划,先跑去学校后门不远处一间叫"美丽华"的小戏院——那是一间标榜六十元看两片、播放一些至少七八轮烂片的脏污戏院——我记得那晚放映的是许冠杰的《泡妞》,外加一部迪斯尼的卡通《白雪公主》,事实上那电影院根本没有清场。我进去的时候空荡荡的座位只有前排一撮邋遢少年聚坐着抽烟。我甚至怀疑他们在吸强力胶。一开始我戒备着他们会过来勒索,后来不知怎么沉沉睡去。迷糊中那巨大的光幕开演了,许冠杰和光头麦嘉叽叽歪歪在胡闹,接着是卡通,后来又换回许冠杰。我醒来的时候整间戏院只剩我一人。

走出戏院,我发现我自幼生长的小镇在夜里是如此破败萧条(那已不是我的想象,而是一幅真实世界的场景)。冷风吹着垃圾报纸满地飞。原先卖盐酥鸡和水果切盘的摊车只剩下用铁链锁住歪倒的空架。两三只野狗呜呜低吼着跑到对街的车底。那时我不禁悲从中来,所有的人都在温暖的被窝里,只有我这一身滑稽的打扮为的是冒死来偷考卷。为什么我总没有办法循一个正常管道进入我置身的那个世界呢?

后来我踩着一辆停放在学校后面的小发财车[1]的后座棚架翻过那道围墙。在我眼前横展着比白日记忆里要大上许多的夜间操场。我躲在围墙边的草丛里,彻底被那空旷深魅的黑暗给慑吓住了。我根本不敢穿过那片稠质的黑暗,更别提走近那一幢幢黑里微光描出棱切线的教室建筑。那时我想我总该试试那柄玻璃刀管不管用呢?于是我猴着身潜行至操场侧翼的家政教室。我在那窗上划了一道,我发誓那发出的叽呱尖锐声响简直比警铃还大声。且除了在玻璃面上划下刮痕,根本无法如想象切一个圆洞。(事后我跑去质疑那五金行老板卖我假货,他理直气壮在我面前露了一手:原来那刀是在一面平板玻璃上,从头到尾直直划条线,再用力一掰,玻璃真的齐整分成两半。)

且操场通往教室穿廊的门洞拉下了一道铁门。我根本无法靠近教务处。只好撤退。我便在那辆小发财车的棚货架里一边挨着蚊子咬一边缩睡着,直到天亮,才歪歪跌跌地回家。

---

① 赌场巴士。

直升机

乐透开办之初，在报上亦读过一些有良知的批判文章，大抵不脱责难彩券的集资模式，彩金额所形成的“梦幻家庭”，以及社会集体赌博的可能族群皆分布于底层弱势的区块，所以无异“穷人税”……云云。说来惭愧，我倒是从第一期至今，除了有几期莫名爆量、签注站小店面外大排长龙而黯然放弃，几乎每一期都鬼鬼祟祟夹在那些埋头（像填联考电脑志愿卡）勾选号码的人群里，看着我挑选的号码们，像星空上那些无名星云的编号，熨平散布在一张薄薄微热的洁白小纸上，然后心满意足地离开。

每个礼拜有两个晚上，我在妻总算押着两个虐人狂小孩上床就寝后，耳际还残留着空袭炸弹般儿童频道《晚安歌》之幻听，一个人坐在核爆废墟般的客厅里。有时我会给自己倒杯两指幅高的廉价威士忌，点根烟，静静地品尝那难得的独处时光。然后，按捺住激动，再点根烟，那时我会故意把烟雾含在舌端半吞不吐。我把小白纸拿出来，享受那段“也许下一刻整个世界就翻转过来了”的、朦胧未明、微微酸楚的快乐时光。然后才把电视打开。

至今无有例外。真正的对奖时间从不超过十秒。“狗屎!”把彩券揉成团往地上一扔。又再跌回那个没有奇迹的现实世界里。

有一次和一个人渣老友惺惺相惜聊起买彩券这件事。他激动万分地说了一句:“如今要改变现状，只有买彩券一途了。”那样的语境，错恍让我像回到百年前藏匿在灯影摇晃地窖里的共党分子:“如今要让土地和社会财富重新分配，只有走上流血革命一途了。”

我总在心里对那些不知名的，每一次开奖之后便像海底火山爆发浮出新岛屿的那些亿万富翁说，你们的天降财富里，有两百五十块是我的血汗钱哪! 虽然每期签五支跑来说这些也太那个了，但一个月重复八次也可抵一个烟枪该月份的香烟资了。

重点不在那里。重点在于，一个从天而降的华丽梦幻，在与那个残破凋敝的写实处境衔接时，它原该具有的巨大场景不见了。

D君曾告诉我一个故事：他小时候读的小学，就在台东的一个轻航空队基地的旁边。每天，不论朝会、降旗、下课、午休、体育课……不论何时一抬头，校园的上方都会穿梭不停地飞过一架一架的直升机。那些金属巨禽以极低空的高度起降掠过他们的头顶，乃至于所有的小学生皆可以清楚看见驾驶员脸上的墨镜，或他们橘色飞行夹克上的臂章。直升机螺旋翼掀起的焚风与黄沙，变成他记忆里和上课钟声、单杠、司令台一样，以为是每一个小学都应该具备的校园景致。

有一天，D君和另外的几个小朋友，突然奇想，一时胆起，像不同水域的蜉蝣生物突然向原先互不侵犯的大鱼挑衅，他们站在顶楼阳台，对着一架如此贴近飞过的直升机招手（像拦计程车一样），说（D君学着那群孩子的童稚模样）："来，来，来。"

D君说，不晓得自己有没有修改记忆，他似乎清楚记得有一瞬他如此清晰和驾驶员的脸愣愣对望。他听见引擎换挡的声音，然后那架银色的金属大鸟，那个原应该在天空上固定路线来去的直升机，竟然直直地降落下来啦。

小朋友当然一哄而散。那架直升机降落在操场正中央，

(我忘了问D君:那原先在操场上打躲避球、足垒球或是跳橡皮筋的小朋友们,他们到哪儿去了?)下来了两个戴头盔墨镜穿橘色夹克的叔叔。(D君这时躲在教室大楼一根水泥柱后作为掩体,观察着那只从天而降的像神物一样的飞行器)其中一个追着逮着一个落单逃跑的小朋友,然后他们比手画脚地往训导处或教务处那一带走去。

D君说印象里后来听他父亲说(他父亲是台东另一所国中的老师),当年有一架直升机,在回基地的途中,或因机械故障,或油箱漏油,确曾发生过紧急迫降在他们那所小学里这样一件事。但他父亲记得的版本(听小学老师描述),那架飞机是半栽半跌地摔下来,机身摔撞地面时驾驶员尝试再度提升飞起,但因尾翼平衡舵在撞击中受损,使得那架直升机像耳朵的半规管①被切除的鸽子,歪歪斜斜原地打转地摔落。是那样的惊险画面,而非D君记忆中,他和一群孩子童话般地将它从飞行的天空中,好整以暇地挥手召唤下来。

奇迹应该是像舞台机关让白胡子穿长袍的神祇在诗歌队的大合唱下,从云端缓缓地降下来。

---

① 半规管,维持姿势和平衡有关的内耳感受装置。

不过一两年前，我搭计程车时，还遇过某些司机，他们会感伤又神往地告诉你，他们在沦落到街头开计程车之前的光荣行业。我遇过一个文气的中年人，他告诉我他之前在台北、高雄各拥有一间占地百坪的水族店。他从日本引进大型海水缸和海底水族环境仿造技术：他先从如何取得干净海水讲起；如何养水；如何用水银灯、卤素灯或钠灯，创造海底不同的光带；PH值、KH值、比重确定；滴流式过滤器、蛋白质分离器、藻类过滤……在我听得昏困欲睡时，他又无比旖旎爱宠地讲起曾在他手中伺候过的鱼族：他说最受玩家欢迎的是刺蝶鱼科，有些小型的可以养在小缸（就是礁岩生态缸），他说你总听过神仙鱼吧？（老实说我没听过）蓝面神仙、蓝闪电、喷火神仙、阿拉伯神仙、还有会咕咕叫的皇后神仙。他说几年前景气好，一尾红海骑士至少要五六千元。他说刺蝶鱼科或是会躲进海葵睡觉的雀鲷科小丑鱼他全养过，蝶鱼中较勇的黑白关刀就别提了，连传说中难养活的霞蝶、黄斜纹蝶他都成功顾养过……

我实在无法一一记下他在计程车驾驶座像变魔法吐出的那些漫天飞花的鱼族名字，（后来他开始聊软体动物纲，什么绿钮扣珊瑚、万花筒珊瑚、公主海葵、飞羽管虫、扇形海树……)但仿佛觉得整座灰败的城市,在我们这辆车所经之处,全燃放着无声的烟火。

这是那时候的计程车司机。

我亦曾坐过一辆夜间计程车,那个司机是个留络腮胡的秃头,他长相狰狞,声音却带着童腔。他告诉我他是个舞台剧演员。拍过一些电影,但通常是那些老大身后把记者照相机夺过来拉出底片的保镖。他说他白天攻读戏剧硕士,晚上则出来开计程车打工。他还向我描述了几个他曾载过的喝得烂醉茫茫然不知往哪去的陪酒女人,她们拿出一两张大钞要他在台北街道各处乱绕然后在后座呼呼大睡。我记得这位司机告诉我他叫"阿斗"。"你一定要记得这个名字,我将来一定会大红的。"后来我确曾在电视上看到他,一次是一家银行的信用卡广告,同样是那个秃头、络腮胡的胖子,他演一个在便利超市刷卡却中了百万奖金而昏倒的顾客;另一支广告他演一个(同一家信用卡)刷中特奖的赌神。另外一次我在赵自强的儿童节目里看见他,但是他似乎仍是演可怕的坏人叔叔……

后来我搭计程车就再没遇过这类怪异奇幻的司机了。他们的声调、照后镜看去的眼神,全被一种灰调子给占据,甚至连握着方向盘的姿势都垮掉了。他们不再强迫推销你台湾该独立吧，也不再神采奕奕地臭屁他的新车是才出厂两个月最新款的CAMRY、车上的音响可以再买一台新车啰……他们开始温和谦卑、琐碎但精准地背一些数据给你听：八月份失业率百分之五点三三，波及百万个家庭的生计；贫富差距高低所得差扩大至六点三九倍，远比日本、韩国恐怖许多了；贫穷风暴、六成五民众有迫切危机；美西封港对台湾出口货运造成之冲击更是雪上加霜……然后他们干巴巴地指给你看马路上四处隐伏的罚单陷阱：测速照相机、闯红灯照相机、躲在人行天桥上拿着伸缩镜头相机的警员、人行道旁长长的红线、路口的机车待红灯区……每个月扣掉的罚单钱和贵得要死的油费，能拿回家的生活费剩不了多少啰……

那个即使在更贫穷年代也不曾黯灭的华丽想象力，不知从何时起悄悄地离我们而去。我原以为真实世界的满目疮痍不足以侵蚀推倒人们对“奇迹来临”时刻的壮阔景观哪……

悼念一个朋友

我第一次与小说家照面是在阳明山那间赁租的旧屋。那幢房子坐落在纱帽山坳约腰侧部位的登山步道旁，算是贴山壁而筑的违章老建物，进出都要爬一段教人腿酸气喘的石阶。那一带相当幽静隐蔽，群聚的七八户老房子屋主都是老人（我们称他们“老阳明山”），建筑的格局极相似，都在屋外凿挖地窖，里面砌一水泥深池，拉粗水管，引中山楼附近的温泉作为泡汤浴室。且都隔间分租给学生。屋前皆相同品味植种了樱树、白茶花、含笑、杜鹃、李树……遮蔽不足，还会在梯阶外侧植一排南洋杉。

那时妻（其时犹算是女友）与一群女孩分租那幢房子。那屋有极宽敞开阔之客厅，门户是一排落地玻璃铝门，天气好时阳光倾洒而进，橘色的大块地砖几乎可倒影踩在上面的脚踝。客厅接下来的一区块被女孩们充作饭厅，放了一张长木桌，上方低悬一盏彩绘玻璃罩灯。那一区块靠着山壁，即使盛夏正午，点灯仍觉得昏暗。在这客厅与饭厅打通的公共空间两侧，有四间套房分租给四户女生。这四户女生之间的人际关系基本上与山下城市里那些分租公寓的女孩们没有差别，她们淡漠有礼，各自有亲密男友与进出之朋友，互不串门子，彼此错开开伙使用餐桌之时间，清楚摊分水费、电费、瓦斯费。偶尔有大批友人（或男友的友人）来聚会，也是窝挤在自己的卧房内，房门口排满各式球鞋。如果这批访客轮流去浴室泡澡，她们也会一脸抱歉敲门询问其他室友泡过澡了没？我注意到一个有趣现象，即是随时日迁移，住在里边两间的女孩，较敢把她们的男友带出房间，占用饭厅那张长桌（那个昏暗之区块）；而靠外两间的女孩（包括妻）则会使用客厅（那个敞亮透光的区块），招呼她们男人的朋友坐在房东留下的藤沙发上，泡茶聊天。

后来搬来一个女孩，叫梵玲。她的年纪较这些女学生略长，带了一个四岁的小女儿，叫安安。这个梵玲搬来后，多少改变了那屋子的气氛。她是个画家，光线好的时候，她会拉开玻璃门，搬出画架作画，其他人进出时看到那些未完成的画，总会充内行地应酬两句，品评一下。而她会睁着那双善意的美丽眼睛，开心地和你哈啦。慢慢地，那个宽敞而空荡荡的客厅，被铺在地板上油彩斑斓的报纸和上面瓶瓶罐罐或一些像挤扁的铅皮牙膏管的油画颜料给隔出了一条曲折走道。靠墙则堆放着她完成或作废的各种大小号的画作。我们开始穿过她的画室，再钻进里屋去找自己的马子。而她在烹饪了一桌美食后（她的厨艺确实不赖），也会逐一敲门邀大家共享。虽然大部分时候是被那些女孩或她们的男友疏离又腼腆地拒绝。当然厨房的角落也堆放了她各式新奇怪异的料理材料和调味瓶。

那个小女孩安安，基于一种小兽的直觉，养成了爱往妻的房间钻的习惯。她母亲作画的时候，或她母亲出外找艺术家朋友或一些修行团体聚会的时候，小女孩总会赖在年轻的妻的房里，好奇地玩弄那些大女生收藏的布偶、小摆饰，抽屉里的彩色回纹针、发饰、卡通贴纸、香水信笺，东问西问，甚至有时妻会和她玩起画口红、梳头，或把小瓶香水洒在手腕上这一类你说不出是幼稚或早熟的仕女游戏。

有时梵玲会带回一些她的艺术家朋友，这些人大抵是散居在阳明山上的各色人等——我难免暗自叹服这位单亲母亲女画家的社交才华，我不知道她是分别在哪些场合结识这许多不同类型的人物——有为生计所苦的木雕师傅、有住在大使馆或阳明山豪宅的贵妇、有我那年纪便已慕名常在副刊上读到文章的女小说家或女诗人，还有一些寡言但谈起静坐灵魂离体之神秘经验便两眼发光的奥修信徒……他们总会像契诃夫小说里那些边远乡下的军官家或女教师家的沙龙人物，时光悠缓神情虚无地端杯茶坐在光线盈满的客厅，或是阴暗饭厅的长桌旁喝红酒吃乳酪。我从妻的房间钻出经过他们时，梵玲会将我喊住，替我们互相介绍："喂，这是某某某噢。""他就是小说家某某某。"通常被介绍的双方都会愕然又尴尬。我们未必听过彼此的名字，却在那华丽夸张的描述里，各自成了那一行当中神之又神的传奇人物。不知该说些什么，于是："你们聊你们聊。""是，是，您忙。"

和小说家的第一次照面便是在那幢房子里。那天我或又臭着脸从妻的房间推门走出（心里嘀咕"喂你这位艺术家母亲老把我马子当免费保姆，现在小孩好不容易哄睡了，你倒是在外头呼朋引伴高谈阔论的"），女画家从饭厅那儿喊我：

"喂，骆以军，你看看这是谁？"

那时我站在那个强光的区块，身边乱七八糟堆放着一些未完成的画作。我略低了低头（这之间被一挑空的酒柜挡着），那是我第一次见到小说家，一旁坐着另一个娇小的女孩。“这是哲生，今年刚得了《时报文学》首奖，这是小ㄋㄧㄝ①，他老婆。”

彩绘罩灯的昏黄光晕下，一张老狐仙的脸在烟雾缭绕中苦笑着，那个笑脸中有一种抱歉的意味，虽然我不知他在抱歉什么。那时我或因年轻害羞，或因一种长期颓废山中（我有三四年弃笔没写出一篇像样的作品）的自弃情感，我竟没有趋前走近昏暗中坐着的他们，那样远远站着说：噢，我知道，那篇小说我非常喜欢，特别是后来那段，小儿子在基隆港送走父亲，独自一人跑去运动器材行买了一对昂贵的手套，却在车站苦候他的同伴不至，孤单单地帮一个陌生妇人顾她的小女孩……那一段写得真是太好了。我这样说的时候声音又急促又尖细，像一个嫉妒的少年。

小说家有没有离座走来向我致意，我全不记得了。后来一次再遇见他，是在凤山陆军官校的新兵训练中心，那时我刻意吃胖只需待一个月便可退训。我记得那是我待在那强光曝晒的炎暑军营的最后一个营区休假日，我和另一个胖子穿着

① ㄋㄧㄝ，发音近似 niē。

将军尺码的大号军服坐在楼梯间吸烟，突然有人自后拍我。那至少花了十秒钟才从一身菜鸟草绿服戴着军便帽和身边成千上万同样造型的轮廓中辨识出他来。他坐下和我们促膝抽烟，当他知道我即将打包回家时显得激愤不已，他不断亏我，且自叹命苦，那其中带有一种“日子这么难过，但真被你这小子找到一条脱逃的路”的亲爱情绪。他且半开玩笑向我勒索存烟，我便把身上那包捏扁剩不下几根的白长寿悉数交给他。

那之后，隔了几年，我发现我和小说家会周期性地在一些文学奖的评审场合碰头——我们在一些小奖当决审，在一些大奖当初审——总挥之不去那种打工仔既同病相怜又自相嘲弄的候鸟气氛。奇怪是每次会议结束后我们总是各自匆匆离去，没有一次找个咖啡屋坐下聊个近况或创作心得啦之类的。有时我独自走去停车处的途中，心里还会沮丧又挂惦刚刚一些对不同喜恶作品之争辩有没有得罪对方，在公开表演气氛中直面相见各自相左的美学信念，那不知该认真或只是扮戏的疑惑始终高烧亢奋久久无法散去……

另一次是出版社年终的尾牙餐宴，那晚聚餐结束后，大作家、畅销作家、美女作家们三两成群各自招车散去续摊，我发现餐厅门口站在冷风中只剩我和小说家两人。我们干巴巴地沿夜街走了好一段路，然后找了一间蜜蜂咖啡进去坐。自嘲的笑话，唉声叹气，话题仍是环绕着“操他妈的混得真差”或“那个某某某混得挺好”，又羡慕又感慨。就是那时我注意到他从外套口袋拿出一袋烟草、一小叠烟纸，开始在小咖啡桌上卷烟。他卷得专注而仔细，像表演一场魔术之前奏那样地慎重，但他卷好后，只是将那根烟叼在嘴上，点火，吞云吐雾。

那样地，像我和我那个流浪汉哥哥在父亲的丧礼空当沉默无言地抽烟，我们他妈的从来搞不懂那个一辈子匆匆忙忙一脸怒意的父亲究竟在穷忙活些什么？就像我们从来也弄不清这些年来对方在搞什么？我们像重考班的学生在阴暗的楼梯间打卡时相遇总会耸肩微笑，做个鬼脸。虽然那只是上道，我们比那些捷运上相对而坐的陌生人还更互不认识。

我记得最后一次和小说家哈啦，是在一个我们也许都弄错而走进的文艺 party 上，我和他和老 C 三人躲在墙角穷扯屁，那晚他怪怪的，像履行自己行善之承诺而背诵一篇祷词，不断对我说着他有多羡慕我等等。那令我浮躁起来，我对他说：“喂，老哥，我才羡慕你呐。”这些天我重读他最初的那本小说，发现自己心底浮现的，仍是和那晚一模一样的那句话。

次日

葬礼的次日，我坐在巷子里一间小咖啡屋外的露天咖啡座打盹。说是“露天咖啡座”，其实不过就是玻璃橱窗外多推出来用木头栏杆围出的，仅放一张白漆圆铁桌的小区块。无人的咖啡屋里禁烟，我坐在那儿其实不挺舒惬：围栏外边挨挤傍放着一排机车，下方的水沟盖飘出一种混合了洗衣泡沫和厨余秽物的臭味，乱了节序的午后阳光，晒得我头昏脑涨。但怎么说总是在“坐咖啡屋”。我付了咖啡钱，依傍在那间时不时传出咖啡机磨豆声响的咖啡屋外，有一张桌子在那段时光归我占用，我随时可以走进店内，穿过那些现代主义风格的桌位和吧台，使用那布尔乔亚气味的干净厕所。

且老板似乎是个煮咖啡的行家，我点了一杯曼巴咖啡，也许恰好宾果[1]选到了他有调煮心得的一项。喝完后他以一种对自己手艺或咖啡豆的叹赏又慷慨送了我一杯。其实我对咖啡是个五谷不分的品味白痴，他倒了第二杯后，站在我的面前，神秘地问我："怎么样？有没有一点不一样。"我装出用舌头"啧啧"在口腔内旋转回味那咖啡的细微层次，眼珠上翻，小心翼翼地说："唔，好像比较苦一点哈？"不知答得令他满意否，他没说什么又转身进去了。

我坐在那儿，试着想写一些什么好玩的，但不一会就撑着手肘打起盹来。我非常疲倦。脑袋里像忘了关机的影印机，断断续续重复着葬礼的种种：公祭时我和哥哥站在灵堂一侧像发条人偶那样地跪下答谢、绕棺、咬孝子钉，火葬场捡骨时看见师傅将那些怵白的长短骨块压碎塞满坛子、灵骨塔……一切都过去了，但整个身体各部位的关节肌肉，都像被酸醋浸过一样，乏软空松。

我试着想一些好玩的故事。我突然想起：在我结婚之前(那是好多年前了)的某一个星期天，我和妻回永和老家和母亲讨论大约是婚礼桌次或喜帖样式这一类琐事，然后我们开

---

① Bingo，指"中了"。

车到中山北路民权路口一家叫“蝴蝶树”的婚纱店挑选婚礼那天妻要换穿的三套礼服。假日的台北街头空空荡荡，但我的车一路从新生南路台大校园旁，穿过和平东路、信义路、仁爱路，乃至上了新生高架桥……沿途皆从四面八方窜出几辆响着蜂鸣器的消防车和救护车，有的从面前的街道疾驶过，有的自后超过我们……似乎从城市不同区域各角落被召唤，奔赴某一个集合地。

那时我不以为意（不过空荡的假日大街上，一些消防车和救护车像玩具那样在你四周跑来跑去，确实有点怪怪的），我们依约到那家婚纱店，我陪着年轻的妻在那一整片数百件的各式新娘白纱阵里待了一整下午（有曳地长纱的、有蓬蓬裙的、有仿和服剪裁的有镂空蝴蝶织的、有像傻瓜屁股那儿系一个大缎带蝴蝶的、有露背的、有低胸的、有缎面仿旗袍极简线条的……）直到眼前晕眩出现白纱蜃影纷飞。

当晚回家看了新闻，才知道在我们坐在那环墙一整衣柜一整衣柜的新娘白纱之间听那个接待小姐窸窸窣窣介绍每一件礼服特色和材质、年轻的妻进进出出更衣小间换上又脱下那些柔软华丽的魔幻衣裳，“好不好看？”“好。”“这件呢？”“太好了。”……的同时，就在我们不远处林森北路巷里的一幢大楼，大火烧死了数十个附近上班赁租的特种营业女郎。我记不清关于那场大火灾的相关细节（似乎事后有媒体第一次说，台北市消防局应该配备可浇灌超高大楼火警的大型云梯车），也不记得那幢大楼的名称；可是那个，像误闯一场灾难片拍摄时空的，在各街道转角和不同方向驶来的救护车交会错身的场面，却如此清晰……

不知为何会想起这件事？

我又想起念研究所时，班上一个叫张秀玲的女生，有一次恰好只剩我和她在研究室，她不知怎地开了话匣，告诉我她在她家排行老十，那时我们皆年不及三十，她的母亲已近九十了（比我的阿嬷还老）。她的大姐已七十好几。也就是说她其实是和我母亲同辈之人。她的家族记忆，成长过程由兄姐口中描述的那个世界，民间习俗、家中成员之生老病死……皆和我母亲那一辈人之记忆重叠。这个张秀玲其实是个娇小甜美的女孩，但从此我皆喊她“秀玲阿姨”。

她说她母亲这一辈子根本就是一个“生产机器”，她母亲在五十几岁时竟还怀上她，据说那时医生才从她母亲的肚子里取出一枚像废电池般年代久远早已无效能的古早避孕器“乐普”。我记得我在那个研究室里，瞳仁无法聚光地听着她说一些，诸如她小哥车祸，而之前哪个哥哥又中邪疯去，她姐姐们（一些六七十岁的老妇）请道士去问，原来是她生父那边的黄氏祖先和养父这边的张氏祖先在阴间打官司，当初分炉供祀香火的承诺没履行，所以不安宁……这一类，我母亲那一辈气氛的奇怪故事。

为何在父亲葬礼的隔日，无厘头地想起这些？

边打着盹，木栅栏外一个阿伯来牵机车，他的后座货架堆了极高的一层一层蓝色塑胶盛物盒，他踩踏了许久皆无法将引擎发动。后来他遂点一根烟歇缓一下。那样的停顿有些尴尬：我们靠得如此之近，几乎像并坐在一起抽烟。只不过他正要去送货，而我装模作样面前摆着一杯（可能是行家烧出的极品）咖啡，还有一摊沾满口水的空白稿纸。

他突然用台语问我："你那一杯咖啡多少？"

我说："一百块。"（其实是一百二。）

他悠然说："干！一百块去冰箱抓四罐啤露灌下去多爽，空面！"

我赔着笑说是啊。他问我为何交了一百块不进去吹冷气在这边罚坐？我说因为我呷烟，里面禁烟。

他又臭"干"一声"空面"，将机车发动，说他年轻时带小姐

(他说翘啦)去西宁南路一家卖咖啡的,一杯一百二,他一口咕噜便喝光,小姐说他没情调,他说这么少哪够我一口啊,我说原来您年轻时也是个老黑狗兄噢。

他摇摇手,光尘中催油,扬长而去。

父亲梦见“总统遇刺”

“总统”挨枪击的那一晚，我的父亲正躺在荣总[1]急诊室加护病房，他的嘴张大成一个孔洞，各种颜色粗细不一的管线塞挤着通进腔体内不同的脏器，另一端则缠绕地接在一台红灯闪着各种数据和波纹的仪器上，那个场景完全像电影里演的一样。我的哥哥刚签下放弃电击急救同意书。事实上一直到我们分别接到母亲电话赶回家里，拨一一九找救护车急送为止，没有人知道他的状况坏毁到这样的程度。稍晚，加护病房医生给我哥做出的简易病情描述是这样的：心肺衰竭、肺炎（所以替他作了气管切开术急救）、严重营养失调、全身水肿，进一步的检验出来发现他的肝部有恶性肿瘤，已扩散进腹腔和骨头里，属末期……父亲严重中风迄今已近三年，朋友问起

① 指台北荣民总医院。

我“你爸现在怎样？”时，我总将之描述成慢速几乎静止的古代化石鱼。似乎他的意识早已自这世界离场，只剩下一具慢慢锈坏的身体在折磨着我母亲。那像《百年孤寂》里马孔多那场四年十一个月零两天的漫长雨季，作为大家长的伊古阿兰在其间缓慢地死去。她的死亡方式是愈缩愈小，且愈分出真实和她记忆中的时间，她和死去的祖先们闲聊那些她出生之前发生的人和事。在这“缓慢死亡”进行同时，布恩迪亚家的后辈却快速老去，有几个人物像等不及地先死了。且马孔多这个小镇在无止境漫天大雨下，屋基塌毁，牛羊病痨，慢慢浮出废墟的样貌。

我和我哥一起站在急诊室的病患家属间，仰头张嘴看着墙上一台电视切播各种画面。不断地有各式各样紧急重症或病危的患者用担架床推进这个乱糟糟的空间。之前父亲邻床的一个老人在医师电击急救无效后，被盖上褐色金黄穗的帕被，由哭哭啼啼的家属和三个葬仪社人员推走。我想父亲或不知道身旁正有人死去，那些科幻意象的精密仪器在他体外另拉出了一个回路系统，他已进入爬虫类无时间意识混沌梦魇的状态吧？

这几天，“总统”中枪的这件事，在我的脑中，像3D电脑动画定格播放的雕塑剧场，大街上的场景，医院里的场景，它变得静穆又神秘，可以三百六十度旋转。那召唤着我读过的无数个小说，有一种难以言喻的情感扑袭且挑衅着我的职业自尊："如果这是虚构，那该调度怎样繁复多层次的实践素材？"那是什么？与真理、正义无关的，对权力者可能在密室中谋划、编剧、沙盘推演的好莱坞电影画面？或我的想象力可否为那改变历史的禁忌房间投射足以描绘出殉难（或阴谋）时刻之光源？

后来的几天，电视陆续播出警方公布的证物，以证明这件枪击案是真非伪：弹道比对，弹头 DNA 鉴定，弹壳寻获，后来还公布了"总统"中弹后躺在手术台上两眼茫然的近距血腥照，以及枪击现场包括骑楼及随扈车队的街道重建（因为那匿踪的杀手完成了一近乎好莱坞巧夺天工的、不可思议的射击——擦边球（天佑台湾）——改变历史，这三合一的神迹）……不知为何，这许多透过重描或遗留痕迹以拼贴一"真的发生过了"的叙事方式，让我陷入更大的忧郁和狐疑。它的语境气氛实在太像，太像我这一代透过好莱坞电影在一虚拟时光隧道里所熟悉的"梦工厂技术"了：包括《X 档案》、《鹈鹕档案》、《网路上身》、《致命游戏》、《MIB 星际战警》……种种透过失忆、更改系统资料、影像合成、庞大且专业之高科技黑机构、重构现场、关键证人消失——那已非小说(透过逻辑悖论或雄辩修辞、伪考据、伪知识、伪推理以实践之“神奇的写实”)而是电影(透过镜头语言、场景重建、剪接蒙太奇之暗示)的虚构术。

如果它是真的(等警方逮到那个凶手,可能只是一个无足轻重的赌盘组头:而不是我像《美丽心灵》里的数学家奈什,以为自己在成千上万杂乱无序的八卦杂志中找到巨大阴谋之数序密码,以为自己在和一个其实并不存在的庞大间谍网络打交道),那或许只是印证了一些伟大小说家的陈腐感慨:一则平庸无奇的社会新闻往往比一个天才小说家奇技淫巧、费尽心思的设计更要巧夺天工。但我的脑海挥之不去这样的画面:这压缩快速、充满戏剧性的几天所发生的事——包括谎言与真相的争夺;“总统”夫人与通缉犯记忆中不同光影、摆设的客厅;包括阴暗的医院急诊室,一群人围着中弹的“总统”;包括电视上那些不敢置信痛哭流涕或欣喜若狂的群众的脸——全像袅袅狼烟、或轻盈飘洒的磷火,钻进我父亲那插满各种管线的头颅里。那像是我父亲孤寂一人躺在冰冷且只有滴滴仪器声的加护病房里梦见了这一切,原先我们以为那枯暗的脑壳里,能掌握实体世界存有感的大脑灰质已逐形萎缩干涸。

但或许那样的净空使得他胖大的头颅变成像一座空旷有回音的火车站大厅，他以为四下空无一人，但困惑地看着地板上紊乱重叠快速移动的人形影子。在那个大厅角落的墙上，孤零零悬挂着一台电视，里头播放着诸如“总统”遭枪杀的各种角度黑白照片。于是他相信自己梦见了正发生的一切。

恰好读到一篇博尔赫斯谈“时间转回”的文章，他提到有三种主要形式：第一种是柏拉图在《蒂迈欧篇》中提到七大行星以其各自相互平衡的速度，最终转回它们的起点。柏拉图死后的雅典星相学认为：人的命运由天空中行星的位置决定。他们认为：如果行星的运行是周期性的，那么宇宙的历史也是周期性的，循环往复的。每个“柏拉图年”（他们定为 12 954 年）结束时，同样的人物将会重新出现、经历一样的命运。“阿喀琉斯将会重返特洛伊城，各种礼仪及宗教将会重现，人类历史将要重复。现在的每样东西无一不是过去曾经有过的……”

第二种时间转回形式博尔赫斯说“归功于尼采”（即昆德拉在《生命中不能承受之轻》开宗明义引述之“永劫回归”幻念），这一形式的论者认为不仅时间，而且还有那没有止境的空间，都充满了相似的世界及相同重复的世界。博尔赫斯且摘译了休谟《自然宗教对话录》中的一段话：“……我们不要像伊壁鸠鲁那样去设想无限的物质。我们应当设想物质是有限的。有限数量的微粒是不可能具有无限的变化的。在一个永恒的过程中，其一切次序及可能的位置可以重复无数次。这个世界以及它所包含的一切，包括最最微小的事物，它们被创造出来，又被毁没。它们又将再次被创造出来，再次被毁，如此无限地循环下去。……”

第三种形式，博尔赫斯热情洋溢地称之为“唯一富有想象力的方式”：他提到梵天的日日夜夜；提到那个不移动的时钟的周期，这个钟就是每隔一千年被一只鸟的翅膀轻轻地磨损一次的金字塔；提到希腊诗人笔下从黄金变成黑铁的人们……他提出许多纷纷芸芸的诗人和哲学家，并抄录了一段马尔科·奥雷里奥的话：“即使你的寿命长达三千年，或三千年的十倍，但你要记住：任何人失去的只不过是现在拥有的生活；拥有的只是会失去的生命。生命长一些或短一些完全是一样的。现在属于所有的人，死亡就是失去现在，它只是瞬间即逝的分秒之间的事。谁也不会失去过去或将来，因为他所没有的，别人无法剥夺它。切记：一切事物都在它自己相同的轨迹中运行和重复运行。对于观者而言，看它一百年、两百年或永远永远地观看下去，其实质是一样的。”博尔赫斯替这段奇怪的话做了一个他所担忧的误解猜想："现在就是整个生命的形式"——否定任何创新，人类的一切经验（包括暗杀或模仿电影中的伪造暗杀，包括所有形式的种族排他主义及法西斯）都是相似的假想，世界正走向纯粹的贫乏化——博尔赫斯开玩笑地说，如果我们和爱伦·坡，斯堪的纳维亚的海盗，或犹大，都悄悄地有一个完全一样的命运，那么宇宙史就成了一个人的历史。

博尔赫斯说："这种假想在最极端的形式上很容易驳倒的：一种味道不同于另一种味道，十分钟肉体感觉的疼痛不等于做十分钟的代数题。但在长的时间范围内，这一假设是可能的，是可以接受的。感觉、激情、思想、人世的变迁等等，它们的数量是有限的，在死亡来临之前，这一切都将结束。"

宇宙史成了一个人的历史。这些天我总在准许戴口罩穿着手术防菌衣进入加护病房的短暂半小时里，站在父亲的病床旁大声呼喊，一些好久以前他反复回忆的生命里的荣耀事迹，或我揣测他可能听见仍会垂涎的美食好酒（用支兰烤的羊后腿、羊肉泡馍、葱烧鲫鱼、大闸蟹膏、腌笃鲜，佐以陈高、或酒鬼、或五粮液、或草原白干），套句我母亲的话："让他在快乐些的心情中离开。"我在心底低声说：我不知道自己这一生能否经历您经历过的那么多事。其实我猜他什么也听不见，他或正梦见许多个同时存在的星体，那些星体有它们各自的历史，洪水、台风、瘟疫，或大屠杀，也有许多不同的总统在不同时空的情节与结局中挨枪子儿。不知为何我相信他梦见的，远较我正经历且半疑半信的这一切，要丰饶、凶险且壮阔许多。

偷云梯车的女人

“别去偷呐。”

那时我这样劝她。

“为什么不呢?”她病恹恹地问我。

“因为……慢慢变习惯后,你会不能自拔地,让自己就一直活在那个不见光的世界里。”

我总是这样。我总是站在一个,对方并不以为然或轻蔑看待的位置,气短心虚地劝阻着别人。像是有一条边界,我站在光的这一头,而她站在暗影的那一头。“反正你是他们那一国的。”她会说出这样负气的话来。

因为……有太长的一段时光,我一直活在偷来的世界里啊。从最小的时候开始,我偷我父亲西装裤口袋的零钱,偷超市的零食,偷漫画出租店的漫画;小学时我就懂得到蒸饭间偷吃班上有钱同学的便当;中学时一个喉结很大的家伙教会了我怎样偷人家骑楼里的脚踏车；高中时我把训导主任办公桌上的压克力职衔名牌偷回家放自己桌上……即使到了现在，如你所见，我已是一衣装称头的体面人了，我仍不断在偷：我偷办公室里无关轻重的订书机、彩色回纹针、立体三角茶包或影印纸；我也偷 Starbucks 的杯垫、pub 里烙印百威啤酒英文字的开罐器或是麻布茶房的七味粉调味瓶这些小东西；出差时我偷飞机上的小银汤匙小刀叉，或是豪华饭店里的白色晨褛、调酒杯或鞋拔；当然我也偷过像 Friday 餐厅厕所里的玛丽莲·梦露压裙照挂框，捷运站厕所的烘手机或是医院里的电动量血压器这类较大技术性稍麻烦的物事，不过那种东西偶一偷之即失去吸引力，它们和我另外偷来的消防栓龙头和土地公雕像一起堆放在我的房间里，像只为了虚荣而收集的大型动物标本一样，完全无法唤起顺手牵羊之瞬那种脸孔刷红呼吸急促仿佛进入一周遭人等全浸在游泳池底的慢速时刻的极致幸福……

我后来有一个领会：当你衣冠楚楚，当你以不成比例的高额度消费在那些高级的场合里，你愈能在众目睽睽之下如入无人之境地拿走那些精致的小东西。譬如当那些穿着制服的侍者毕恭毕敬地将签账单发票及信用卡呈递上来时，我不发一言地连同那真皮制的黑色长匣套塞进怀里，起身离开。那完全和那些交叉双臂拿着苍蝇拍守在店门口，盯着你外套下有没有鼓鼓漫画的出租店老板，是完全不同的难度差异呵。

“为什么不呢?”她的眼里带着促狭的笑意。我觉得她以为她看透了我。

这样的我却在劝她别……只有极少数的人知道我的角色是在何时移形换位，像深海荧光鱼随着情绪变换着它橙色冷光或蓝色冷光的腰腹尾鳍(仔细想来，这世界又似乎并未存有此一鱼种，可能是错幻误植了某些手机广告之印象)。那像是，当我在D君的电脑前以滑鼠览阅着他的紫微命盘时，这个脸廓深削常在影剧版以冷酷创作者气氛出现的美男子，却非常不合宜地在身后馋急追问:“怎么样? 那这十年的大流年有没有一些桃花星在潜伏发光? 有没有轧到马子的机会?”那时微微觉得一种旋转失位的晕眩。我曾以“第三者”的不伦身分捱度了两三年的青春。我躲在窄小而霉湿发臭的赁租宿舍里，像个“地下室人”那样抄写着一些奇幻扭曲、记录着乖异人心和残虐景观的小说段落。那似乎是我理解世界的方式。我不知道在那旷日费时(鬼鬼祟祟、带着罪恶感的、畏光的)磨耗过程，有什么我里面本来即十分单薄稀微的“社会化的联系”，彻底消失不见。

如他们所说:“最严酷贞烈的宗教必出于最淫乱的民族。”或一些耳语:“最洁身自爱的革命领袖常常是gay喔。”

因为曾目睹过恶德最璀璨炫目的形式,所以无法再从零星规模的小犯罪里觅得战颤欲狂的快感?因之无法像昆德拉笔下的萨宾娜,“以背叛下一个情人作为对背叛之前那个情人的赎罪”?

但她终究没听我的劝(她还是去偷了)。当我从电视新闻看到,他们播放着监视摄影机拍下(画质很差)她偷走那辆消防云梯车的全程——她气定神闲地晃到澄亮火红漆的车轮边,极艰难费力地攀上那对她显得太高的蹬脚板,然后钻进驾驶座。半分钟后把那辆大家伙开离镜头——我忍不住在电视机前痛哭失声。

除了我。没有人知道她偷走一辆消防云梯车要干什么?

大火焚毁的地铁车厢

此刻我妻子的尸体仍被覆盖在我们的伊芙·德伦牌羊毛被下。我离开的时候没关掉空调，所以此刻她的身躯或仍白皙腴软，面容栩栩如生，仿佛她最后哀伤又无辜地问我："我究竟做错了什么?"那永远冻结的神情。不想此刻我竟全身焦黑地僵坐在这，和这一车厢老的、小的、男的、女的，全变成黑人的"最后的同行者"。

真像是报应，不，我想说那更像是一则隐喻。我杀了自己的妻子(那个不贞的女人)，却在数小时后陪葬在这一群甚至我不识姓名的平庸市民之间。当然我知道你要说什么，不，伊阿古①，我爱她，我爱我的妻子，那种爱是你这样的人所不能

---

① 莎士比亚悲剧《奥赛罗》中，伊阿古利用奥赛罗的嫉妒，使奥赛罗杀死了自己的妻子苔斯德蒙娜。

理解。当然一切都按照着你的设计。当我一口口饮下你递上的毒酒，当我放任你那巧簧之舌，演奏繁复又严谨的挑拨巴洛克①，当我在勃起状况下用羊毛被将她活活闷死，我启动的不是一幅巨大的嫉妒与怨恨之景，而是复杂而形貌难辨的爱意。我确是爱你的，(这令你震惊了吧?)伊阿古父亲，邪恶的事物也藏着美好的精华。我必须按着你的暗示去完成所谓的“嫉妒”(虽然我不理解那究竟是什么？也许我体内着实缺少分泌这种情感的酶)，但我仍要说，这一次的悲剧是源自于爱：我的妻子爱我，小西(他现在应该已被你找去的人在酒吧后巷捅死了吧?)爱我的妻子，你爱我……，为了将这样凹凸残缺的碎片，拼图成一幅完整自足的国度——那个画面即是“第二个父亲，隐喻象征的父亲”，像那些在女性刊物上分析我这种男人的文章：“……他将不计任何代价来实践这位‘父亲’对他的期望……”

就像他们在“A Midsummer night's dream”里(对不起，那是复兴南路的一家历经无数次查抄及无数次重新注册更名的摇头吧，其中一次的店名)玩的把戏：

---

① 意指复杂繁多的阴谋。

我听见他们对着那些趴倒在吧台上的尤物耳边轻声唱着(他们挤花汁滴在她们的眼睑上,他们把白粉撒进她们的甜白酒里):等你一醒/睁开眼来/一看见什么就把什么爱/为了他/叹气又憔悴/不管是雪狸、狗熊、山猫、一身硬毛的野猪,还是山豹/只要你醒来一眼看到,它就是你的心肝宝贝。等丑东西走近,你再醒来。

那是我们那个年代的故事了。pub 里的强奸丸,第二天醒来时女孩们宿醉酸臭的嘴。“弄错了?干!”做了缺德事的家伙几年后被人看见跟在当年迷昏的那个马子后面(她变得臃肿又碎嘴),双人座娃娃车塞着一对儿女,车骨上挂满大包小包百货公司周年庆物事。或是女孩间唧唧咕咕不耻那个谁又和旧情人上床了?怎么回事?反迷昏。阴道除臭剂。威而柔。总是弄不清楚谁是谁的情人?谁归属谁?有时在不同的店家里遇见父亲的鬼魂在那游荡,满嘴臭水沟泥沼气味悲苦地告诉你,杀死他的正是那个贱人和她的姘头。他们且联手抢占了他在公司 CEO 的位置。隔两年你在另一间 pub 遇见父亲鬼魂,发现他看上去年轻了十岁(打肉毒杆菌?),你发现他这次阴郁仇视的对象正就是你。怎么回事?挡了人的马子。“不,父亲,您弄错了,那是过去式了。我总无法在几年前就预知:你在几年后,会对我就要分手的女人感兴趣吧?”(这或许就是她们所说的“抹黑女人以加入乌托邦式俱乐部”?)

事实上,我总是在pub里遇上这类鬼鬼祟祟凑近搭讪的巫女,他们专擅的项目不一,举凡塔罗牌、紫微、测字、西洋星图……有一次我开玩笑地问其中一个女人:“告诉我这一期乐透的六个数字吧?”没想到她直直看着我的眼睛,说:“你听了床畔女人的歪话,杀了那个正直的好人。你将窃取他全部的财产,并成为你那个国度的国王。”我保持微笑但内心实在震惊不已。除了蒙娜——我的妻子(愿她安息)——没有人知道这些年我密集出版饱受争议的一本一本小说,皆是窃取自我那位天才洋溢的朋友邓肯之手。当然没有证据可以指控我杀了他。女人又说:“你放心,除了在你自己接下来的小说里,没有人可以泄露这个秘密,也没有人能在小说之外杀死你。除非,一:你得小心一个戴绿帽子的男人。二:凡是从女人胎里出生的,都不能伤害你。三,除非山上的森林,都移到了你在这城市的房间窗外,攻击你……”

外边的人声愈来愈远了。伊阿古。黑色浓烟吸入我的肺泡。我想起我这不幸且罪恶的一生。我悔不该听信蒙娜的挑

拨而杀了我挚爱的邓肯，再听了你的挑拨而杀了她。（她们是同一个女人吗？为何可以在上一个故事如此邪恶却在另一个故事如此纯情？）当然我想你会在警察局作证我“杀死妻子再放火烧地下铁”。这多像是你喜欢的戏中戏。“像咱们这么低微的小人物，居然在这几块破板搭成的戏台上，搬演惊天动地的事迹。难道说，这一个‘斗鸡场’容得下整座世界？”那时我突然想起，那个面容恍惚拿着打火机和汽油桶的男人，不正就戴着一顶鸭嘴绿毛线帽吗？还是她指的是“戴绿帽”的我？（我更确定的是，我从来就不是从我妈的胯下生出来的，“我”是从邓肯笔下或键盘下敲打出来的。）后来我恍有所悟：当大火焚烧着这整座没有洒水装置的地铁车站，我从爆裂的玻璃窗外，看见贴近而融化中的压克力广告板后面，整座城市未砍尽埋藏地底的树根，像一座森林将我重重包围。

噩梦

我在黄昏时刻把那个老大哥击毙。梦里两个身体间的肌肉拉扯，衣物的扑刺声响，以及对方哀鸣时喷出的湿热鼻息，皆如此逼真有触感。我痛击他的前额和后脑，然后把“尸体”丢弃在永和老家院子中央的几盆植物间。

“他会不会已经死了?”天愈来愈黑了。我和母亲站在那幢老房子的客厅里，看着外面一片暗黑的院落。我感到老去的母亲从发际、肩背，乃至手脚流散而出的忧悒。“会不会死了?”“要不要出去看看?”该去探探他的鼻息? 或把他像受难耶稣那样扛进温暖的室内?

我的内心如潮汐反复追想着这个老大哥对我及同伴所做的坏事。一开始我是那么爱他呵。但他慢慢以(这些年来)一种半开玩笑、恩威并施，或是离间疏离的方式，让我和同伴们彼此憎恨，互相伤害，不知不觉地，我们全成了受他操纵的精神残疾病人。

年轻时,母亲总会接到学校教官打到家里的电话。“你儿子打人了。”(不可能!)“你儿子书包里被搜出一把刀子。”(不可能!)或是“妈,我开车撞到人了。”或是“妈,我对不起你,我活不下去了。”母亲后来回忆说,她每在傍晚时分,接到这种电话,下面的内容还未听明白,内心早就“魂飞魄散”(她用了这么个影像强烈的形容词)了。

我总是想向她解释,是这个世界先伤害我的啊。我向她解释:是他先攻击我的啊。一开始我以为是开玩笑,还故作天真地笑着。但之后我发现为何我听见自己骨头崩碎的声音。

那最后的画面是我转身,慢慢地,朝着他的下巴(如此腴软)殴击,然后像中邪般的慢动作:用柔道将他比想象中轻许多的身体,来回摔击,像渔夫刚自海中网捞起巨大形体的鲔鱼,在湿漉漉积满盐霜的甲板上,来回摔打,让它脑中的隔室软骨和脑浆全摔个稀烂,糊在一起。

夜幕低垂,我把老房子客厅里的四管日光灯悉数点亮,这样更完全看不见外面院落黑暗里的任何动静。母亲用父亲在世时那个大保温杯替我泡了一大杯浓茶(客厅的矮柜里还收着一罐一罐,父亲当初在一家高级茶行,怕人家瞧不起而大批收购，如今已潮霉过期的昂贵茶叶)，母子俩，像什么事也没发生，那样安惬悠闲地聊天。

灯光下我的脸或像戴着银漆面具一样，熠熠生辉却恍惚如不在现场。母亲，像没注意到我隔一段时间便朝窗外夜景无焦距张望的忐忑，自顾自叨絮着她膝盖的老化变形，还有肩膀的旧伤(那都是年轻时一袋一袋下班后从外头扛回家的家用什物所压垮的，我记得小时候，她总像魔法师一样从外头走进来，从那卸下肩的袋子里，变出各式各样稀奇古怪的东西：有时是一袋米，有时是酱油色拉油或米酒这一类瓶罐，有时是高丽菜红萝卜或马铃薯南瓜，有时则倾倒出一网袋的柳丁或一整粒的大西瓜，有时是一整副熬汤的猪大骨)。母亲在我们离开这幢老屋的时光里，不知从哪里的管道学会了各式各样的民俗疗法：针灸、拔罐、艾薰、刮痧、走经络、长生学调整……所以常在这样我们母子在这明亮又暗黑的老屋客厅里促膝夜谈时，她总像个盲眼的深海水母，在我身上摸摸搞搞，治疗我的肝经肺络或七号穴道……

(如果我们母子合力去那暗黑的院子里，把那具遭重击而逐渐失去生命的身体抬进来，母亲有办法用她那些民俗疗法将之起死回生吗?)

“我闯祸了。”我记得从年轻的时候开始，我便总是，在这相仿的光影里，在一场她无止境的牢骚、回忆或感伤的告白时刻，无比耐心地聆听，然后微笑地，打断她，告诉她我之所以会这样像儿时偎靠在她脚边，是因为我被那屋外的黑暗惊吓且包围，我被盯上了，或者说，我做了无法挽回的坏事，我已无法修复那被弄坏的、原有的样貌……

但母亲总有办法用天真的方法描述它。像我高中时有一次闯下大祸后和友伴跷家逃往南部，母亲只身前往学校教官室，在教官们历历指出种种罪状时，固执地反驳：“他从小就胆子小。”

面面相觑。愕然语塞。夫人，我只有一句话好说：您太宠您这个孩子了，有一天要后悔的……一个挂上校阶的主任教官语重心长地说。“我只希望，”暗影中母亲对我说：“那只是一个事件。事情过了你便快快走过它。不要把它变成一致命的、永远无法改变的影响。甚至变成你日后性格里的某一部分。”

也许我最终仍是以错误的方式理解母亲的话：天亮时我便离开那个童年的小镇。但是当我搭上的计程车犹在那幢老屋外的狭仄巷弄里艰困钻行时，我竟然从车窗看见，我的老大哥——那个原应被我击毙而弃尸在植物盆栽间的人——竟然(竟然没有死!)像个宿醉之人,两手扶着疼痛至极的头部,脸色惨白,和那些薄暮晨光里的无关路人一道站在巷弄里,眼神空茫但随着颈脖缓慢摆动,似乎在巡弋找寻什么……

"他在找我!"这么领会的当下,我完全不顾计程车司机从照后镜投来的猜疑眼光,在后座骚动着,上下攀爬,一面藏躲遮蔽不要被车窗外的人看见,一面又忍不住把脸贴在玻璃上观察确定那人群里站着的,真是昨夜被我痛击毁坏的躯体。那么贴近的恐惧感,多像好莱坞电影里(《魔鬼终结者》?)那些无论你用大榔头电锯霰弹枪压碎机……一切残虐恐怖的工具施以伤害,却仍能摇摇摆摆站起继续追杀你的机器人复制人橡皮人……

问题是这辆该死的计程车又在巷子拐弯处被一辆不肯相让的小发财车堵死了。两个司机摇下车窗,一边揿着喇叭一边咒骂着。后面马上又跟上三、四辆车,这下好了,前后动弹不得,我像是马戏团运送货柜车里关着的狮子,呆坐在车厢里由着来回路人好奇地览视。"我在这下好了。"塞给司机一张钞票,推开车门,回身站直,就在巷子里那家干洗店门前的塑胶檐棚下,几乎是面对着面,终于还是和我那老大哥,遭遇了。

（我该说句什么呢？“你真是打不死的铁汉子哪！”或是“我一直想把您抬进屋里急救。”或是假惺惺“还疼不疼？”或是威慑地提醒他，“这不是电影，您已经死了，已经被我亲手打死了，不要不接受事实。”）

但在我的眼前，像慢速镜头可以在微光中看见昙花将那复瓣层叠打开，他把捂着头脸的双手放下，疲惫又忧悒地看着我：“操！你这个小子，我不过多喝了两杯，可能迷糊中捶了你两拳，你就当真走人啦。把我一人扔在那堆破瓦盆间，冷风吹了一夜，还溺湿了裤子。现在看我全身骨头都要散了一样……”